Katrin Zipse

Antonia rettet die Welt
Papageienparty

Für Yvo

KATRIN ZIPSE

Antonia rettet die Welt

Papageienparty

magellan

1. Kapitel

Okay. Ich hab vielleicht nicht alles gleich so ganz richtig eingeschätzt, schon klar, aber es war nicht so, dass ich es nicht im Griff gehabt hätte. Das hatte ich nämlich. Also, die meiste Zeit. Auch wenn Igor und Valli das vielleicht anders gesehen haben. Aber mehr als die beiden habe ich auf jeden Fall begriffen, von Anfang an. Obwohl ich dafür jede Menge Puzzleteile zusammensetzen musste und alles ziemlich kompliziert gewesen ist.

Blöd ist jetzt nur, dass ich das unseren Eltern gar nicht erzählen kann, also, zumindest nicht genau so, wie es passiert ist. Und dann lasse ich es lieber gleich ganz. Denn wenn die Geschichte vorne und hinten nicht mehr so unbedingt stimmt und in der Mitte auch nur noch zum Teil, bringt mich das völlig durcheinander, und ich habe mich in der Sache sowieso schon genug verheddert.

Aber ich schreibe es wenigstens auf. Vielleicht wollen Matti und Marek ja später mal erfahren, wie alles gewesen ist, weil die bestimmt gar nichts von dem kapiert haben, was los war. Und dann können sie es nachlesen und wissen, dass sie sogar so was wie Helden gewesen sind.

Kleine irre Monsterhelden, klar. Aber immerhin.

2. Kapitel

Ungarisch ist die viertschwerste Sprache der Welt. Das habe ich mir nicht ausgedacht, das habe ich im Internet recherchiert. Nur Chinesisch, Arabisch und die Sprache von irgendwelchen Ureinwohnern in Südamerika sind schwieriger. Im Ungarischen gibt es zum Beispiel fünfunddreißig Fälle. Es können aber auch noch ein paar mehr sein, so genau weiß das anscheinend keiner. Also, nur damit das klar ist: Die haben nicht nur Nominativ, Genitiv, Dativ und Akkusativ, so wie wir, sondern auch noch völlig verrücktes Zeug, das eher so klingt wie irgendwas, mit dem man das Bad schrubbt, Superessiv und Terminativ und so. Und es gibt dort vierzehn Buchstaben mehr als bei uns. Ich hätte gar nicht gedacht, dass das überhaupt geht. Mit denen konstruieren sie dann gigantische Wortgebilde, die man niemals aussprechen kann, wenn man das nicht schon als Baby geübt hat.

Und da ist mein Vater hin.

Ich wusste noch nicht mal, wo Ungarn überhaupt liegt, als er abgereist ist. Nur, dass es zu Europa gehört und so weit weg ist, dass man besser hinfliegt und nicht das Auto nimmt. Das war's dann aber auch schon. Ich bin nicht so die Erdkundespezialistin.

Mir ist auch immer noch nicht so richtig klar, was mein Vater

dort eigentlich genau macht. Irgendwas mit Computern, hat er mir erklärt, bevor er weggeflogen ist, und dass er endlich seine eigene kleine Firma gründen will, weil er von irgendwelchen Chefs so was von die Schnauze voll hat.

Hat er echt gesagt.

»Und warum machst du das mit deiner Firma nicht bei uns?«, habe ich ihn gefragt.

»Das ist in Deutschland alles viel zu teuer und viel zu kompliziert«, hat er geantwortet. »Da habe ich in Ungarn schon hundert Firmen aufgebaut, bis das hier bei uns mit einer klappt. Und wenn es so läuft, wie ich mir das vorstelle, bin ich auch schon bald wieder zurück. Denn sobald die Firma etabliert ist, kann ich das meiste von zu Hause aus arbeiten.«

Nur lief es dann eben überhaupt nicht so, wie er sich das gedacht hatte, weil er sich schon nach ein paar Tagen seine Hand in einer Zerhäckselungsmaschine oder so was eingeklemmt hat. Mama sagt zwar, das war keine Maschine, die was zerhäckselt, sondern ein ganz normaler Multifunktionskopierer, und sie kann sich bis heute nicht erklären, wie man sich damit so wehtun kann, aber Papa hat es geschafft. Der Monteur, der dabei war, als das passiert ist, hat gemeint, dass er froh sein kann, dass er seine Hand überhaupt noch am Stück wieder aus dem Ding rausgekriegt hat, das hätte nämlich auch anders ausgehen können.

Was ich bei der ganzen Sache nicht verstehe, ist, warum Papa seine linke Hand genommen hat, um auszuprobieren, was passiert, wenn er sie in einen Multifunktionskopierer steckt. Weil er Linkshänder ist, braucht er die viel dringender als die rechte. Das hätte er echt besser wissen können, weil er sich nämlich jedes Mal wehtut, wenn er was mit den Händen macht, zum Beispiel Reifen wechseln oder so. Irgendwann klemmt er sich immer seine Finger ein oder haut sich auf den Daumen, und dann schreit er, bis Mama angerannt kommt und ihn verarztet und seine Arbeit fertig macht.

Ich glaube, sie würde sich manchmal auch gerne wehtun, damit Papa angelaufen kommt und ihre Sachen erledigt.

Aber dieses Mal ist sie zu weit weg gewesen, um Papa zu helfen, weil er ja schon in Ungarn war. Deshalb wurde er ohnmächtig und musste ins Krankenhaus in Budapest, und nachdem sie ihn dort geröntgt hatten, hat der Arzt gesagt, dass er seine Quetschhand unbedingt schonen musste, wenn er sie später mal wieder richtig benutzen wollte, weil die Knochen nämlich fast Matsch waren. Und dass er noch nicht mal sein neues Büro einrichten darf und erst recht keine Maschinen mehr ausprobieren und eigentlich noch nicht mal Zähne putzen. Dabei könnte er das sogar mit rechts.

Auf jeden Fall hat Mama deshalb entschieden, dass sie nach Ungarn fliegt und ihm hilft. Sie ist Übersetzerin für Englisch und Französisch und kann von überall arbeiten, weil sie ihre Aufträge sowieso übers Internet kriegt.

Einen Tag später war ich bei Paulina, um unsere Kostüme für Halloween zu basteln. Aber ich wäre besser zu Hause geblieben. Denn während ich versuchte, Spinnenbeine aus Klopapierrollen zusammenzukleben, die immer wieder auseinanderfielen, war Mama allein daheim und beschloss, mein Leben zu ruinieren.

Ich platzte genau in dem Moment in die Küche, als sie mit meiner Direktorin telefoniert hat.

Erst habe ich das gar nicht richtig mitgekriegt, weil ich so erledigt gewesen bin. Der Weg von Paulina bis zu mir war nämlich übersät gewesen mit dicken schwarzen Käfern, das war die totale Invasion, und alle lagen auf dem Rücken und ruderten so ganz langsam mit den Beinen in der Luft. Die waren völlig am Ende, weil sie es nicht schafften, sich wieder auf den Bauch zu drehen. Dafür sind sie nämlich nicht konstruiert.

Also habe ich ihnen geholfen. Es waren achtundsiebzig Käfer, und es dauerte ziemlich lange, und ich wollte doch unbedingt pünktlich zum Abendessen daheim sein, weil ich gedacht habe, wenn Mama jetzt bald nach Ungarn fliegt, soll sie mich in guter Erinnerung behalten. Deshalb bin ich das Treppenhaus in einem abartigen Tempo hochgesprintet. Ich habe nicht mal bei Mr Bond haltgemacht, obwohl ich dort sonst immer stoppe, um durch die Tür mit ihm zu reden. Er bellte wie blöd, als ich an seiner Wohnung vorbeirannte, und ich konnte ihm nur kurz Hallo zurufen. Das tat mir dann auch leid.

Und für was bitte?

Ich hätte mir den ganzen Stress sparen können. In der Küche war nämlich weit und breit nichts von einem Abendessen zu sehen. Mama saß einfach nur am leeren Tisch und schaute mich genervt an, weil ich so laut keuchte. Dabei ist das normal, wenn man so schnell gerannt ist.

»Gibt's nichts zu essen?«, fragte ich, aber sie wedelte nur mit der Hand, damit ich still war, und da kapierte ich endlich, dass sie mit irgendwem telefonierte.

»Vielen Dank«, sagte sie und: »Tut mir leid, dass ich Sie heute Abend noch gestört habe, aber es ist einfach ein familiärer Notfall und ich wüsste sonst keine andere Lösung.«

Und dann hat sie aufgelegt und mir erklärt, dass nicht nur sie in einer Woche nach Ungarn geht, sondern ich auch und dass sie das gerade mit meiner Direktorin geregelt hat. Super, dachte ich, dann habe ich schon ein paar Tage vor den Herbstferien schulfrei und darf sogar fliegen, und ich sehe Papa wieder, und vielleicht kommt er ja mit uns zurück nach Hause. Ich muss nur Paulina überreden, dass sie Mr Bond solange übernimmt, und hoffentlich ist sie nicht sauer, dass ich an Halloween nicht da bin.

Aber, Mann, ich lag ja so was von daneben.

»Mit deiner neuen Schule in Budapest habe ich auch schon gesprochen«, sagte Mama nämlich als Nächstes. »Du kannst dort schon in zehn Tagen anfangen.«

»Hä? Was soll ich denn da?«

»Na, was schon«, sagte Valli, und da habe ich sie überhaupt erst entdeckt. Sie hockte vor der offenen Kühlschranktür, in ihrem komischen Herzchenschlafanzug, den ihr ihr Freund geschenkt hat, und stopfte Käsescheiben in sich rein. Direkt vor dem Abendessen. Ich habe mich gewundert, dass Mama sich nicht darüber aufgeregt hat, aber wahrscheinlich war sie zu doll mit der Ungarnsache beschäftigt.

Sie hörte nämlich gar nicht mehr auf, davon zu reden.

»Das ist eine ganz tolle zweisprachige Schule! Dem halben Unterricht kannst du also auf jeden Fall folgen. Geschichte und Biologie und Informatik unterrichten sie dort zum Beispiel auf Deutsch und der Rest wird schon werden mit der Zeit.«

Hallo? In welchem Universum war es okay, dass man in der Schule nur die Hälfte kapierte? Und außerdem ging das nicht. Es ging einfach nicht. Ich konnte nicht weg.

»Aber das geht nicht. Mama! Ich kann nicht mit.«

Meine Mutter klopfte auf den Stuhl neben sich, damit ich mich setzte.

»Das mit Papas Hand wird länger dauern, Toni. Mindestens bis nach Weihnachten. Und ich kann dich nicht monatelang allein hierlassen.«

»Kommen Valli und Igor denn auch mit?«, fragte ich und blieb stehen, wo ich stand.

»Quatsch«, nuschelte Valli. Sie hatte sich so viel Käse in den Mund gestopft, dass man sie kaum verstehen konnte. »Was denkst du denn? So kurz vor dem Abi kann ich nicht weg, und Igor husten die was, wenn er sein FSJ sausen lässt. Die brauchen den doch für die Kleinen.«

Mein Bruder spielt nachmittags nämlich immer mit den Grundschülern Fußball, damit die bis 17.00 Uhr betreut sind. Eigentlich sollte er auch andere Sachen mit ihnen machen, basteln und so was, aber er behauptet, er kann nur Fußball, und deshalb kickt er den ganzen Nachmittag mit ihnen. Das heißt dann FSJ, hat aber gar nichts mit Fußball zu tun, auch wenn da ein F drin vorkommt, sondern bedeutet »freiwilliges soziales Jahr«.

Nur Igor sagt, das heißt »Fiel Arbeit, superwenig Geld und jede Menge Langeweile«.

Keine Ahnung, warum er das dann überhaupt macht.

Und in dem Moment war das sowieso unwichtig. Wichtig war nur, dass ich auf keinen Fall nach Ungarn konnte. Ich wollte nicht weg. Nicht von Paulina und nicht von meiner Schule und nicht von Mr Bond. Den kannte ich doch erst seit anderthalb Wochen.

»Wenn Valli und Igor dableiben, bin ich doch gar nicht allein!«, habe ich zu Mama gesagt.

»Die sind volljährig, Toni, aber du bist erst dreizehn.«

»Die können ja auf mich aufpassen!«

»Das geht nicht!«, mischte Valli sich wieder ein. »Ich muss fürs Abi lernen, ich kann mich nicht um dich kümmern.«

»Aber Igor kann!«

Notfalls würde ich sogar mit ihm und den Kleinen Fußball spielen. Jeden blöden Nachmittag. Echt.

Aber Mama hat mich nur angeguckt, als ob ich den Verstand verloren hätte.

»Das meinst du nicht im Ernst«, sagte sie. »Bei Igor bin ich ja schon froh, wenn er es für sich selber einigermaßen auf die Reihe kriegt.«

»Dann ziehe ich zu Jonas!«

Jonas war bestimmt fast dreißig und passte nicht nur auf sich selber auf, sondern auch auf Mr Bond. Der hätte mich da super noch mit reinnehmen können.

»Mann, Toni, du spinnst echt!« Valli tippte sich mit ihrem Käsefinger an die Stirn. »Der Typ wohnt erst seit zwei Wochen hier und du willst dich schon von dem adoptieren lassen. Von einem Typ, der seinen Hund nach einem englischen Geheimagenten benannt hat! Also echt.«

»Valentina, lass deine Schwester in Ruhe, und mach endlich den Kühlschrank zu, das ist die totale Energieverschwendung«, sagte Mama zu Valli, und zu mir: »Nur weil der einen Hund hat, heißt das doch nicht, dass du ihm vertrauen kannst. Und jetzt setz dich mal hin, damit wir in Ruhe reden können.«

»Ich will aber stehen bleiben.«

Und dann fing sie wieder mit ihrem Vortrag an, den ich echt schon auswendig kannte: dass sie nicht will, dass ich zu Jonas in die Wohnung gehe, wenn ich Mr Bond abhole, sondern dass ich ihn an seiner Tür in Empfang nehmen muss. Dass sie da wirklich drauf besteht. Weil Jonas nämlich ganz allein wohnt und wir noch nicht wissen, was er für einer ist.

»Mama, der hat sich den linken Arm und das rechte Bein gebrochen, der kann mir gar nichts tun!«

»Vielleicht hat er sich ja langgelegt, als er kleine Mädchen gejagt hat«, sagte Valli. »Kein normaler Mensch bricht sich fast den Hals, wenn er die Straße überquert.«

Ich kapierte ja auch nicht, wie jemand so dermaßen hinfallen konnte, wenn er über die Straße ging. Das würde nicht mal Papa schaffen. Aber ihre blöden Sprüche konnte sie sich trotzdem sparen.

»Warum musst du dich eigentlich immer in alles einmischen?«, habe ich sie angebrüllt. »Das ist so was von unnötig! Halt dich doch einfach mal raus!«

Und weil ich schon am Brüllen war, schrie ich Mama auch gleich noch an, dass ich ja genau deshalb auf gar keinen Fall nach Ungarn konnte. Weil ich Jonas versprochen hatte, dass ich mit Mr Bond spazieren ging, solange er sein Gipsbein hatte.

»Könntest du vielleicht ausnahmsweise mal nicht an irgendwelche Tiere in Not denken, sondern an deinen Vater? Der braucht uns auch«, sagte Mama.

Sie klang voll gereizt, aber das war mir egal.

»Papa hat doch dich! Und Mr Bond hat niemanden sonst!«

Valli pulte die letzte Scheibe Käse aus der Plastikfolie und sagte ganz lässig: »Es gibt professionelle Hundesitter, dann muss der Typ eben so jemanden engagieren. Der kann sich doch nicht einfach auf dich verlassen, nur weil ihn das nichts kostet. Ist schon komisch genug, dass der keine Freunde hat, die ihm helfen.«

Ich habe meine große Schwester angestarrt und mir vorgestellt, wie sie an unserer letzten Käsescheibe erstickt, und es hat mir gar nicht so leidgetan, wie es gesollt hätte.

»Valentina, mach jetzt sofort die Kühlschranktür zu, sonst zahlst du die nächste Stromrechnung!«, sagte Mama. Auf das, was ich gesagt hatte, ging sie gar nicht ein.

Doch ich ließ nicht locker.

»Außerdem geht es gar nicht nur um Mr Bond. Paulina braucht mich auch! Und soweit ich weiß, kann man sich noch nirgends eine professionelle beste Freundin kaufen.«

Das mit der professionellen Freundin sagte ich in Vallis Richtung, aber sie tat so, als ob sie die Rückseite von der Käsepackung lesen würde und überhaupt nicht zuhörte.

Doch Mama musste das überzeugen. Immerhin war Paulina kein Tier in Not, sondern ein Mensch, genau wie Papa, also hatte sie ja wohl die gleichen Rechte wie er. Und Paulina brauchte mich wirklich. Ohne mich drehte sie durch, das hatte sie selber gesagt. »Echt, Toni, wenn du mir nicht hilfst, mit Matti und Marek fertigzuwerden, backe ich sie zu Brot.« Das hat sie geschworen, als ich im Sommer mit meinen Eltern von der Ostsee gekommen bin, und da war ich nur zwei Wochen weg.

»Und Paulinas Brüder brauchen mich noch viel dringender! Bei denen geht's ums Überleben!«

»Toni, du spinnst voll«, sagte Valli.

Und Mama sagte: »Paulina hat doch Matti und Marek, und

Matti und Marek haben Paulina. Die kommen auch mal ein paar Monate ohne dich klar! Dazu hat man schließlich Geschwister!«

Manche Sachen kapierte sie einfach nicht.

Valli stand auf, weil die Käsepackung jetzt endgültig leer war, und wühlte im obersten Kühlschrankfach. »Na ja«, sagte sie. »Der Sinn von Geschwistern wird auch überschätzt. Und wo wir schon beim Thema sind: Wo ist Igor eigentlich? Wollte der nicht zum Abendessen kommen?«

Mama verdrehte die Augen. »Der ist wieder irgendwo, wo er keinen Handyempfang hat.«

Valli zog meinen Lieblingsjoghurt aus dem Kühlschrank, Erdbeer mit Vanille, und sagte: »Das schafft auch nur mein Bruder. In einer Stadt mit dreihundertneununddreißig Handymasten einen Standort zu finden, wo man ihn nicht erreichen kann.«

»Weißt du, was er da immer treibt?«

»Das musst du ihn schon selber fragen, Mama, ich sag dazu nichts«, antwortete Valli und schlug endlich die Kühlschranktür zu.

Das mit den heimlichen Partys, die Igor fast jeden Samstag veranstaltet, dürfen unsere Eltern nämlich nicht wissen. Die denken immer noch, dass er am Wochenende bei einem ganz normalen Cateringunternehmen jobbt.

»Was hast du eigentlich mit der leeren Käsepackung gemacht?«, fragte Mama.

»Ich? Ich glaube, die hab ich in den Kühlschrank zurückgelegt.«

»Nicht zu fassen.« Mama seufzte und wackelte mit dem Kopf. »Ich sollte jeden von euch mitnehmen. Ihr seid ja alle drei noch viel zu klein zum Hierbleiben!«

Valli holte sich einen Löffel aus der Besteckschublade. »Nimm's nicht so schwer«, sagte sie und gab Mama einen Kuss auf die Backe. Dann verschwand sie mit meinem Joghurt aus der Küche.

»Und was ist jetzt mit mir?«, fragte ich. Schließlich war es eigentlich gerade um mich gegangen.

Mama schaute mich ratlos an.

»Was ist so schlimm an Ungarn, Toni?«

»Alles!«

»Was alles?«

»Ich kann hier nicht weg!«

»So kommen wir nicht weiter.« Mama klang richtig erschöpft. »Nenn mir einen vernünftigen Grund, der gegen Ungarn spricht, dann reden wir noch mal. Aber jetzt räum bitte die Spülmaschine aus und deck den Tisch.«

»Valli soll auch mithelfen!«

»Hab schon gegessen!«, brüllte Valli aus ihrem Zimmer. »Muss fürs Abi lernen. Ich will nachher noch zu Leon.«

Doch sie hat überhaupt nicht gelernt, sondern ununterbrochen auf ihrem Handy rumgetippt. Das konnte ich genau hören, weil ich mein Ohr an ihre Tür gelegt habe. Sie hat nämlich einen total nervigen Tastenton.

Zum Abendessen gab es dann nur Butterbrot. Voll blöd. Mama war wegen dem ganzen Mist mit Ungarn nicht zum Einkaufen gekommen und der Käse war ja sowieso schon alle. Und vom Joghurt waren nur noch Sorten da, die ich nicht mochte.

3. Kapitel

In meiner Familie muss man total hartnäckig sein, wenn man was erreichen will. Also, zumindest ich. Das war schon immer so. Ich muss ewig um alles betteln, und meistens habe ich vier Leute gegen mich, die Nein sagen, weil sie denken, sie wüssten sowieso alles besser, nur weil sie älter sind.

Das ist so was von lästig.

Als ich noch klein war, wollte ich unbedingt ein Kaninchen haben. Papa war dagegen, weil die manchmal beißen, Mama wollte keins, weil sie Angst hatte, wir kriegten ein schwangeres und dann müssten wir bald Hunderte durchfüttern, Valli fand, die stinken, und Igor war prinzipiell gegen Käfighaltung. Dabei hätte ich das Kaninchen doch nur zum Schlafen in den Käfig gesetzt. Den ganzen Tag über hätte es frei in meinem Zimmer rumrennen dürfen. Ich habe wochenlang jeden in meiner Familie einzeln bearbeitet, dass er mir das Kaninchen erlaubt, ich habe Igor versprochen, dass er viel weniger Salat essen muss, wenn das Kaninchen da ist, weil das dann alles Grünzeug kriegt, und Valli, dass ich ihr Zimmer aufräume, solange das Kaninchen lebt, ich habe überall in der Wohnung Kaninchenbilder aufgehängt, sogar auf dem Klo, und ich habe ein Kaninchenlied komponiert, das ich jeden Morgen beim Frühstück gesungen habe. Das ist allerdings der Teil der Geschichte, an den ich mich nicht mehr so gerne erinnere, weil das ein bisschen peinlich war.

Irgendwann hatte ich sie wirklich alle überzeugt. Ich kriegte ein Kaninchen. Ich weiß noch genau, wie Mama und ich ins Tierheim gefahren sind und ich mir dort eines aussuchen durfte. Es war weiß mit ein paar grauen Tupfen und erst drei Monate alt. Ich habe gleich gewusst, dass es Möhrchen heißen muss. Aber leider war das Kaninchen noch keinen Tag bei uns, da fing Papa schon an zu niesen und hörte nicht mehr auf. Der Arzt sagte, dass er eine Tierhaarallergie hätte, und das war's dann mit Möhrchen. Ich musste es ins Tierheim zurückbringen. Das war der schlimmste Tag meines Lebens.

Meine Familie denkt, dass ich den Tick mit dem Tiereretten habe, weil ich nicht über Möhrchen wegkomme. Aber das ist Schwachsinn. Denn erstens habe ich überhaupt keinen Tick, sondern helfe einfach nur Tieren, wenn sie in Not sind, und das ist ja wohl völlig normal, und ich finde es viel komischer, dass das nicht jeder macht. Und zweitens haben Mistkäfer und Kaninchen nichts miteinander zu tun. Ich kann tausend Käfer retten und bin trotzdem noch traurig wegen Möhrchen.

Aber darum geht's jetzt gar nicht. Ich habe das mit Möhrchen nur erzählt, weil ich seitdem weiß, dass ich in meiner Familie nicht lockerlassen darf. Als Kleinste muss man die anderen so lange überzeugen, bis sie aufgeben.

Deshalb habe ich später am Abend auch noch mal davon angefangen, als mir ein neuer Grund eingefallen ist, warum ich auf keinen Fall nach Ungarn mitkonnte.

Mama lag schon im Bett und wollte gerade das Licht ausmachen.

»Toni, was ist denn noch? Warum schläfst du nicht?«, hat sie gefragt.

Ich habe mich auf ihre Bettkante gesetzt, weil sie so verzweifelt geklungen hat. Ich habe gedacht, dass ihr bestimmt Papa fehlt. Sie sah ganz klein und einsam aus in dem großen Bett.

»Wir müssen noch mal reden, Mama.«

»Süße, lass uns das auf morgen verschieben. Morgen setzen wir beide uns zusammen und besprechen, wie wir es dir in Ungarn schön machen können, ja?«

»Darum geht's gar nicht. Sondern um Igor. Der ist immer noch nicht heimgekommen.«

»Ich weiß. Aber der kommt doch oft so spät und sagt nicht, wo er ist. Da musst du dir nichts dabei denken.«

»Es geht um das, was du vorhin gesagt hast.«

Mama seufzte und rückte ein bisschen zur Seite, weil ich zu ihr ins Bett rutschen wollte.

»Was hab ich denn gesagt?«

»Dass du froh bist, wenn er es für sich selber auf die Reihe kriegt.«

»Ja, leider.«

Mama seufzte noch mehr, aber diesmal nicht wegen mir. Ich habe nämlich ganz ruhig neben ihr gelegen und überhaupt nicht gezappelt, weil ich weiß, dass sie es hasst, wenn ich sie aus Versehen trete.

»Wenn ich hierbleibe, könnte ich doch auf ihn aufpassen«, habe ich gesagt.

Mama drehte sich zu mir. Sie stützte sich auf ihrem Ellbogen ab und starrte mich so ungläubig an, als ob ich mich gerade in eine Außerirdische verwandeln würde, mit runzligem Alienkopf und riesigen Glubschaugen und so was.

»Igor ist nicht Mr Bond, Toni, das weißt du aber schon, oder? Der lässt sich von dir doch nichts sagen. Der kommt und geht, wie er will.«

Ich habe erst mal gar nichts darauf geantwortet, sondern an die Zimmerdecke geguckt, um ihrem Alienforscherblick auszuweichen und auch um mich besser konzentrieren zu können. Mama hat nämlich mit Leuchtfarbe ein Labyrinth über ihr Bett gemalt, in dem man total gut mit den Augen spazieren gehen kann. Es hilft ihr beim Einschlafen, sagt sie, weil sie das von Papas Schnarcherei ablenkt. Aber ich benutze es immer zum Nachdenken.

Natürlich konnte man meinen Bruder nicht an die Leine nehmen, das war mir klar. Aber ich fand, dass Igor mich trotzdem brauchte, vielleicht nicht so sehr wie Mr Bond und Paulina, aber schon auch. Und wenn ich weiter darüber nachdachte, brauchte mich sogar Valli. Ich bin nämlich die Einzige in unserer Familie, die Ordnung halten kann. Außer Mama. Vallis Zimmer sieht aus wie ein Müllhaufen, weil sie ihre Klamotten immer nur auf den Boden schmeißt, die frischen und die getragenen, alle durcheinander, und irgendwelche Schuhe liegen auch noch dazwischen und ihre ganzen Schulsachen. Jeden Morgen wühlt sie schreiend in ihrem Chaos und findet keinen Pulli und kein einziges ihrer Hefte. Und Igors Zimmer ist auch nicht viel besser, nur dass er weniger Zeug hat, das rumliegen kann, denn er hat gleich nach dem Abi alle Schulsachen in die Mülltonne gestopft, sogar die Bücher, und zum Anziehen braucht er sowieso nicht

viel, weil er immer das Gleiche trägt. Schwarze Hosen, schwarzer Pulli, schwarzes T-Shirt, und alles stinkt nach Rauch. Dafür stehen bei ihm lauter gammlige Esssachen rum, Pizzareste mit grünem Flaum und kohlschwarze Bananen und anderes ekliges Zeug. Zum Beispiel mindestens fünf Becher, in denen grünlich weiße Schimmelinseln auf den Kaffeepfützen schwimmen. Und zwei von den Bechern gehören garantiert immer mir. Wir haben nämlich jeder unsere eigene Farbe. Ich habe Rosa, Igor Blau, Valli Rot, Mama Gelb und Papa Grün. Und wenn Igor die blauen Becher alle verdreckt hat, nimmt er meine rosafarbenen.

Mama sagt, wenn sie nicht ab und zu bei meinen Geschwistern aufräumen würde, wäre Valli schon längst unter ihrem Müllhaufen erstickt und Igor von Maden gefressen worden, und dass ich die Einzige bin, die ihren Ordnungssinn geerbt hat. Schon deshalb war es doch logisch, dass ich hierbleiben und alles in Ordnung halten musste, weil das sonst keiner konnte.

Und das war ja noch nicht alles.

Mama musste Igor jeden Morgen aus dem Bett werfen, sonst hätte er es nie vor Einbruch der Dunkelheit zu seinen Grundschülern geschafft, um mit ihnen zu kicken. Das Igor-Wecken konnte ich auch prima übernehmen. Valli machte das bestimmt nicht. Die kümmerte sich nur noch um ihren Freund, mit dem sie die ganze Zeit im Bett lag mit Tür zu.

Mama fand den Plan auch toll. Zumindest hat sie gesagt, dass wir morgen noch mal über Ungarn reden würden und dass wir dann auch über Igor nachdenken könnten, aber dass sie jetzt unbedingt die Augen zumachen müsste, weil Papa schon in sechs Stunden mit ihr telefonieren wollte.

Ich habe ihr einen Gutenachtkuss gegeben und bin gegangen.

Ich hätte sie gerne in Ruhe schlafen lassen, wirklich, aber das ging nicht. Wegen der Hunde. Gleich als ich aus ihrem Zimmer raus war, habe ich mich nämlich an Vallis Computer gesetzt, um mich über Ungarn zu informieren und noch ein paar Gründe mehr zu finden, warum ich da auf keinen Fall hingehen konnte.

Und da habe ich das alles gelesen. Nicht nur, dass Ungarisch mal zufällig die viertschwerste Sprache der Welt ist, sondern auch, dass die Ungarn ihre Kinder acht Jahre lang in die Grundschule schicken. Acht Jahre! Das bedeutete, dass ich dort wieder mit den Kleinen zusammen in die Schule gehen müsste, obwohl ich hier schon seit der fünften auf dem Gymnasium war. Die würden mich womöglich sogar noch mal in die erste Klasse stecken, weil ich niemals im Leben eine Sprache mit vierzig Buchstaben und fünfunddreißig Fällen lernen könnte. Ich müsste den Rest meines Lebens »Otto mag Anna« auf Ungarisch üben und in der Pause mit Sechsjährigen Fangen spielen.

Ungarn war der Untergang. Ganz klar.

Außerdem haben sie dort Gulasch erfunden, das ist das ungarische Nationalgericht. Garantiert gab es das jeden Tag in der Schulkantine und ich mag überhaupt kein Fleisch und Gulasch erst recht nicht.

Aber das Schrecklichste, das Allerschrecklichste, habe ich rausgekriegt, als ich »Ungarn« und »Hunde« ins Suchfeld getippt habe. Ich wollte wissen, ob Mr Bond mich mal besuchen konnte, wenn Mama mich verschleppte.

Und da habe ich es gelesen: In Ungarn gibt es Tötungsstationen für Hunde.

Ich rannte zu Mama ins Schlafzimmer und rüttelte sie wach.

»Mama, du spinnst ja! Da geh ich im Leben nicht hin! Die essen dort Hunde!«

Mama machte das Licht neben ihrem Bett an und setzte sich blinzelnd auf. Ihre Haare waren verwuschelt und eine dicke Locke hing ihr ins Auge.

»Wo?«, fragte sie und strich sich die Locke hinters Ohr.

»In Ungarn!«

»Ach, Quatsch!«

»Doch! Ich hab's ja gelesen! Die essen am liebsten Gulasch und dafür töten die ihre Hunde. Ist doch klar! Die haben doch sonst gar nicht genug Fleisch!«

»Hör auf, mich anzuschreien, Toni. Du warst im Internet, oder? Du musst da irgendwas falsch verstanden haben.«

»Hab ich nicht!«

Ich redete immer noch viel zu laut, weil ich es einfach nicht fassen konnte, und Mama guckte genervt. Es war ihr überhaupt nicht recht, dass ich das rausgefunden hatte.

»Was ist denn bei euch los?«

Igor musste die Wohnungstür aufgeschlossen haben, ohne dass ich es bemerkt hatte. Er lehnte im Türrahmen und schaute uns irritiert an. Er sah müde aus.

»Die essen Hunde in Ungarn! Und Mama will mich zwingen, dahin mitzukommen!«

»Echt jetzt?«, fragte Igor.

»Du musst ihr sagen, dass ich hierbleiben darf!«

»Verdammt, Toni, jetzt hör mal auf zu brüllen!«, schrie Mama.

Und weil ich dann wirklich mal kurz ruhig war, hat sie ein bisschen leiser gesagt: »Also erstens essen die nicht nur Gulasch, sondern die haben auch total leckere Pfannkuchen. Palatschinken heißen die, und ganz viele andere süße Sachen. Und außerdem wird Gulasch nicht aus Hundefleisch gemacht.«

»Aber die haben extra Tötungsstationen für Hunde! Wofür haben die die denn sonst?«

»Die gibt es in vielen Ländern. Dort töten sie die wilden Hunde, die allein auf den Straßen leben. Deshalb versuchen die Tierschutzorganisationen doch, möglichst viele zu retten und zu uns zu bringen. Mr Bond kommt garantiert auch aus einem Land, in dem herrenlose Hunde getötet werden. Aber die essen die Hunde bestimmt nicht auf.«

Super. Die Ungarn hätten Mr Bond einfach so ermordet, wenn er ihnen in die Hände gefallen wäre. Und ich hätte ihnen nicht mal klarmachen können, dass sie das nicht durften, weil ich nicht mit ihnen hätte reden können.

»Du kannst sagen, was du willst, ich gehe da nicht hin. Und wenn du mich zwingst, haue ich ab, sobald wir da sind, und laufe zu Fuß nach Hause zurück. Das schwöre ich dir, Mama.«

Und als ob das hier jetzt schon Ungarn gewesen wäre, bin ich aufgestanden und aus ihrem Schlafzimmer marschiert, damit sie sich schon mal vorstellen konnte, wie das wäre, wenn ich einfach ginge.

Als ich im Flur war, hörte ich, wie Mama zu Igor sagte: »Das passiert, wenn sie was googelt und es nicht kapiert! Dann reimt sie sich alles Mögliche zusammen. Ich habe Valentina schon hundertmal gesagt, dass sie ein Passwort braucht, damit Toni nicht wieder an den PC geht, ohne dass ich es weiß.«

Dabei hat Valli inzwischen sogar ein Passwort. »LEON« heißt es. War jetzt nicht so riesig schwer, das rauszukriegen.

Mir bleibt in dieser Familie leider nichts anderes übrig, als Vallis Laptop zu hacken, weil ich wahrscheinlich für den Rest meines Lebens nicht mehr allein an einen Computer darf. Nur weil ich ein paarmal versucht habe, einen Hund über die »Jeder Hund braucht eine Heimat«-Seite im Internet zu bestellen. Die haben mich auf den Fotos so bittend angeguckt, dass es völlig klar war, dass sie zu mir wollten, und gegen Hunde war Papa ja vielleicht nicht allergisch. Meine Eltern hatten dann ein bisschen Ärger mit dem Verein, der die Seite betreibt, weil die dachten, ich würde sie stalken. Aber das ist schon ewig her, da war ich noch in der Siebten.

Normalerweise hätte ich mich ja tierisch darüber aufgeregt, dass Mama immer noch meinte, ich sei zu blöd fürs Internet, aber ich bin nicht dazugekommen, weil Igor nämlich gesagt hat:

»Es stimmt aber, was Toni behauptet. Die töten da Hunde.«

Ich konnte es kaum glauben. Mein großer Bruder gab mir recht!

»Aus der Aussage ›Sie essen Gulasch‹ und der Aussage ›Sie töten Hunde‹ folgt aber nicht zwangsläufig ›Sie essen Hundegulasch‹, das ist dir schon klar, oder?«, fragte ihn Mama, und sie klang ziemlich giftig dabei.

»Mir ja«, antwortete Igor. »Nur die Babykröte macht eben ihre eigene Geschichte draus.«

Das war aber totaler Quatsch, ehrlich! Ich mache überhaupt keine eigenen Geschichten aus irgendwas, ich denke nur weiter als andere Leute, und ich habe vielleicht nicht immer ganz hundertprozentig recht damit, aber meistens hätte es schon auch genau so sein können, wie ich mir gedacht habe, und das ist dann ja wohl kein Zusammenreimen, sondern genauso eine Art von

Rechthaben. Also, ich spinne jetzt nicht rum oder so, das meine ich damit.

Zum Beispiel damals, bei der Sache im Park. Das ist auch so was, was mir Valli und Igor nachtragen werden, bis ich hundert bin. In meiner Familie haben sie ein Gedächtnis wie ein Elefant, aber nur, wenn's um irgendwas geht, was ich verbockt haben soll. Dabei habe ich nur versucht zu helfen, und ich glaube außerdem immer noch, dass ich recht gehabt habe.

Das war ziemlich am Ende von den Sommerferien. Ich war mit Paulina und ihren Brüdern auf dem Spielplatz und da habe ich Leon mit einem Mädchen auf einer Bank bei den hohen Büschen entdeckt. Ich konnte die beiden nur von hinten sehen, aber Leon erkannte ich gleich, weil er so wuschelige Haare hat, wie man sie kriegt, wenn man sich nie kämmt. Und natürlich habe ich gedacht, dass das Mädchen neben ihm Valli ist, weil es die gleichen braunen Haare hatte und den Pferdeschwanz, den sie sich auch immer macht. Nur deshalb bin ich überhaupt näher ran.

Ich habe mich von hinten angeschlichen, um sie zu erschrecken. Sie hatten die Köpfe ganz nah beieinander und tuschelten irgendwas und plötzlich hat sie ihn auf den Hals geküsst. Und da habe ich gesehen, dass das Mädchen gar nicht Valli war, von der Seite sah die nämlich anders aus, nur der Junge neben ihr, das war wirklich Leon. Also bin ich wieder in Deckung gegangen und habe Valli eine SMS geschrieben, dass Leon mit einer anderen im Park rumknutscht. Damit sie wusste, was Sache war.

Valli kriegte fast einen Herzinfarkt, weil sie sich so aufregte, sie war nämlich damals noch ganz frisch mit dem zusammen und voll froh, dass sie ihn abgekriegt hatte. Sie hat Igor ange-

fleht, mit ihr in den Park zu gehen und Leon zur Rede zu stellen, und als sie da waren, saß nur noch Leon auf der Bank und hat behauptet, dass das seine Schwester gewesen wäre. Valli und Igor war es stinkpeinlich, und Valli hat gemeint, wenn ich mich noch mal in ihre Beziehung einmische, dreht sie mir den Hals um. Aber mal ehrlich, ich kaufe Leon das mit der Schwester immer noch nicht ab. Wenn Igor und ich nebeneinandersitzen, küssen wir uns schließlich auch nicht auf den Hals. Und außerdem kenne ich seine Schwester. Die ist eine Klasse unter mir und ich würde sie niemals mit Valli verwechseln. Kann ja sein, dass er auch noch eine große Schwester hat, aber die sieht Valli doch dann bestimmt auch nicht ähnlich, oder?

Igor und Mama redeten noch ewig über Papas Hand und die neue Firma und so, und ich kriegte allmählich kalte Füße, aber ich wollte trotzdem nicht in mein Zimmer zurück, weil ich dachte, vielleicht sagen sie ja auch noch mal was über mich, und das könnte wichtig sein wegen unserem Gespräch morgen.

Und wirklich. Irgendwann fragte Igor, ob er die Tür zumachen soll, damit Mama weiterschlafen kann, und ich wollte mich eben verziehen, als sie sagte: »Ich kann doch sowieso nicht einschlafen, solange ich nicht weiß, wie ich Toni nach Ungarn kriege, ohne sie völlig unglücklich zu machen.«

»Lass sie doch einfach hier«, hat Igor zu ihr gesagt. »Ist ja nur für ein paar Monate.«

Hammer!

»Du stellst dir alles immer so leicht vor«, hat Mama gemeint. »Aber Valentina ist komplett mit sich selbst beschäftigt und du treibst dich ständig irgendwo rum. Wer soll sich denn um sie kümmern?«

Manchmal glaube ich, dass Mama in der Zeit stehen geblieben ist, als ich ungefähr acht Jahre alt war. Wenn sie sich nicht zusammenreißt und genau überlegt, in welchem Jahr sie sich befindet, sieht sie mich immer noch mit »Prinzessin Lilifee«-Schulranzen und enormer Zahnlücke vor sich. Dabei bin ich schon fast so groß wie sie, und wenn man mich von hinten sieht, könnte man mich auch mit Valli verwechseln, also fast. Meine Haare sind sogar ein bisschen länger als ihre. Nur von vorne sehen wir uns leider nicht so ähnlich. Ich bin nämlich nicht so hübsch. Igor behauptet zwar, das kommt noch, aber ich habe noch nie gehört, dass Nasen mit dem Älterwerden schrumpfen. Und das wäre meine einzige Chance.

»Ich pass auf sie auf«, hat Igor geantwortet. »Versprochen. Und außerdem ist sie größer, als du glaubst, die kann auch schon ganz gut für sich allein sorgen.«

Igor wirkt zwar meistens so, als sei er nicht richtig anwesend, weil er immer Kopfhörer aufhat, wenn er durch die Wohnung läuft, und seltsame Zuckungen macht dabei, doch anscheinend kriegt er mehr mit, als man denkt. Nur Mama war sich da wohl nicht so sicher.

»Das muss sie mir erst mal beweisen«, hat sie gemurmelt. »Und du solltest jetzt auch mal ins Bett gehen, Großer. Du siehst ziemlich fertig aus.«

4. Kapitel

Mama kam zu mir ins Zimmer, als ich gerade aufgestanden war und wie blöd herumraste, um meine Schulsachen zusammenzusuchen. Wegen dem ganzen Stress mit Ungarn hatte ich das gestern nicht geschafft.

Sie setzte sich auf die Ecke von meinem Schreibtisch und schaute mir zu.

»Ich habe mit Igor und mit deinem Vater gesprochen«, sagte sie. »Die finden die Idee gar nicht mal so dumm, dass du hierbleibst. Wenn ich mir allerdings anschaue, wie dein Zimmer aussieht, bin ich immer noch nicht dafür.«

Aber das war völlig ungerecht. Normal bin ich nämlich total ordentlich.

»Ich räume heute noch auf! Versprochen!«

»Das reicht nicht. Falls ich dich hierlasse, muss ich mir sicher sein, dass du in der Lage bist, von allein Verantwortung für dich zu übernehmen. Und das fängt bei deinem Zimmer und deinen Schulsachen an.«

»Mama! Also echt! Ich mache meine Hausaufgaben, ohne dass mich wer dran erinnern muss, ich stopfe meine schmutzigen Klamotten in den Dreckwäschekorb, ich räume die Spülmaschine aus, ich rufe manchmal Oma an … Was soll ich denn noch tun?«

»Ich weiß es nicht.« Mama klang plötzlich ganz unglücklich. »Ich muss einfach ein gutes Gefühl haben, wenn du mit Valentina und Igor hierbleibst. Und ich kann mir im Moment nicht vorstellen, wie ich das kriegen könnte.«

»Aber ich kann wirklich supergut auf mich aufpassen, Mama, und auf Valli und Igor auch, wenn dich das beruhigt«, sagte ich und versuchte, möglichst unauffällig unter meinem Bett nach meinem Matheheft zu suchen. Das konnte ich nämlich nirgends finden.

Mama lächelte mich schief an.

»Ich denk drüber nach«, sagte sie. »Aber mach dir nicht zu viele Hoffnungen. Und jetzt nimm deine Sachen und komm frühstücken, sonst wird es zu spät für die Schule.«

In der ersten Stunde bin ich fast aus Englisch rausgeflogen, weil ich versucht habe, Paulina schon mal über das Nötigste zu informieren, was gestern passiert war. Ich hatte Angst, die Pause reichte nicht für alles. Aber mehr als »Ungarn« und »große Katastrophe« bin ich nicht losgeworden, da wurden wir schon auseinandergesetzt.

Also konnte ich es ihr erst in der großen Pause erzählen. Dass Mama mich nach Ungarn verschleppen wollte und dass Mr Bond dann niemanden mehr hatte, der mit ihm spazieren ging. Und dass es auch für Igor und Valli schwierig wurde ohne mich. Und für die ganzen Grundschüler, die nachmittags nicht mehr betreut waren, weil Igor es nicht schaffte, pünktlich zur Arbeit zu kommen.

Wir standen frierend in unserer Geheimecke hinter den Ginsterbüschen, und Paulina guckte immer düsterer vor sich hin, während ich meinen Schreckensbericht ablieferte. Als ich damit fertig war, sagte sie mit Grabesstimme: »Du hast die Gremlins vergessen.«

So nennen wir ihre Brüder, seit Paulina nachts mal den Film »Gremlins – Kleine Monster« gesehen hat. Ich kenne den nicht, aber im Internet steht, dass die Gremlins Zerstörung, Panik, Vandalismus und Chaos lieben. Und das passt voll auf Matti und Marek.

»Ich habe die nicht vergessen. Ich wollte dich nur nicht noch mehr deprimieren.«

»Wenn du mich monatelang mit dem Monsterdoppelpack allein lässt, backe ich sie zu Brot. Das habe ich dir geschworen!«

»Ich weiß.«

»Können wir denn gar nichts dagegen tun?«

»Meine Mutter sagt, wenn sie sich sicher ist, dass ich Verantwortung für mich selber übernehmen kann, lässt sie mich vielleicht hier. Aber ich weiß überhaupt nicht, was sie damit meint. Das mache ich doch sowieso schon.«

»Dann zeig ihr, wie gut du dich außerdem auch noch um deine Geschwister kümmerst.«

»Aber wie denn? Das geht vielleicht bei so Kleinen wie den Gremlins. Aber wie soll ich ihr denn beweisen, dass ich Igor morgens aus dem Bett kriege? Soll ich ihn vor ihren Augen zur Arbeit zerren? Das ist doch bescheuert.«

»Am besten wäre es sowieso, wenn irgendjemand Fremdes deiner Mutter sagen würde, dass du das mit der Verantwortung total gut hinkriegst. Ein unabhängiger Zeuge! Das ist es.«

Auf so was kann nur Paulina kommen. Wenn ihre Eltern Spätschicht haben, schaut sie die halbe Nacht Krimiserien.

»Und wer soll das sein?«

»Nimm doch Jonas. Der bescheinigt ihr bestimmt, dass du dich schon seit Wochen super um Mr Bond kümmerst. Immerhin gehst du jeden Tag mit ihm raus, egal, wie eklig das Wetter ist.«

Das war eine geniale Idee. Eigentlich. Nur dass sie nicht funktionierte. Jonas kam als Zeuge leider nicht infrage, weil Mama ihn nicht seriös fand. Ich habe mitgekriegt, wie sie das mal zu Papa gesagt hat, als sie den Abwasch gemacht haben: »Der macht auf mich keinen seriösen Eindruck. Findest du es denn nicht komisch, wenn ein dreißigjähriger Mann ganz allein lebt?«

»Nein«, hat Papa geantwortet, und ich konnte hören, wie er grinste. Gesehen hab ich ihn nicht, weil ich mich in den Flur verdrückt hatte. »Das finde ich einfach nur beneidenswert.«

Danach hat er geschrien, weil Mama ihn mit dem Küchenhandtuch gehauen hat.

Später fragte ich Igor, was »seriös« eigentlich bedeutet.

»Spießig«, sagte er.

Aber im Internet stand etwas anderes, nämlich »anständig, ordentlich, zuverlässig«. Und wenn Mama Jonas nicht anständig fand, hatte er als Zeuge garantiert keine Chance bei ihr.

Jemand Geeigneteres fiel uns aber auch nicht ein, dazu war die Pause zu kurz. Und nach dem Unterricht konnten wir nicht weiter darüber nachdenken, weil Paulina sofort zum Kindergarten rasen musste, um Matti abzuholen. Der hatte sich nämlich auf die Zunge gebissen.

Mein Matheheft habe ich dann übrigens wiedergefunden.

Es lag daheim auf meinem Schreibtisch. Garantiert war Mama draufgesessen, als ich es gesucht habe.

Streng genommen hätte sie die Strafarbeit machen müssen, die mir die Sommerhalder deshalb aufgebrummt hat. Aber ich sagte ihr lieber nichts davon.

5. Kapitel

Mr Bond hat sich irre gefreut, als ich am Nachmittag gekommen bin. Er hat kurze, krumme Beine, weil er ein Mischling aus Dackel und noch was anderem ziemlich Kleinen ist, und kriegt es nicht so richtig hin, zur Begrüßung an einem hochzuspringen. Deshalb legt er sich lieber auf den Rücken, wenn er sich freut, und rudert mit dem Schwanz, und weil Jonas Parkettboden hat, propellert er dabei meistens einmal um sich selbst. Das sieht total süß aus.

Ich nahm ihn auf den Arm und trug ihn ins Wohnzimmer, und Jonas setzte Wasser auf, weil wir immer erst noch Pu-Erh-Tee tranken, bevor ich mit Mr Bond rausging.

Das Wohnzimmer von Jonas ist voll edel. Es steht nur ein riesengroßes graues Sofa drin, auf dem mindestens fünf Leute Platz hätten, und davor ein Glastischchen, und dann gibt es noch einen gigantischen Fernseher mit zwei hohen, schmalen Lautsprecherboxen und ein weißes Regal mit Bildbänden. Sonst nichts.

Wenn ich mal allein wohne, will ich genau so ein Wohnzimmer haben. Und auch mit den gleichen riesengroßen Schwarz-Weiß-Fotos von Tieren aus der ganzen Welt an den Wänden.

Jonas ist nämlich Fotograf, und am allerliebsten arbeitet er mit Tieren, hat er mir mal erzählt.

Von Mr Bond gibt es auch viele Fotos, die in einer langen Reihe im Flur hängen. Auf den meisten ist er noch ein Welpe, ganz klein und rund und mit diesem dunklen Fleck unter dem rechten Auge, den er immer noch hat. Er sieht unglaublich niedlich aus.

Die würde ich mir alle übers Bett hängen.

Als der Tee fertig war, kam Jonas mit der Kanne und setzte sich zu uns auf das Riesensofa. Pu-Erh-Tee schmeckt jetzt nicht so besonders, aber die Schalen, aus denen man ihn trinkt, sind wunderschön, blassgrünblau und aus viel dünnerem Porzellan als normale Tassen.

Mr Bond lag auf meinem Schoß und schnarchte, und Jonas erzählte von Neuseeland, wo er den kleinsten Wal der Welt fotografiert hat.

»Das war so toll«, sagte er. »Ich war drei Monate unterwegs und konnte mich nicht sattsehen an der Landschaft. Irgendwann zeige ich dir mal die ganzen Fotos.«

Seine Augen strahlten, als er das sagte. Sie sind blau mit kleinen goldenen Sprenkeln, und wenn er begeistert ist, fangen sie an zu leuchten. Richtig schön.

Und bald war das alles womöglich vorbei.

Ich wollte Jonas das mit Ungarn sagen, damit er sich drauf vorbereiten konnte, aber ich wusste nicht, wie. Mr Bond hätte bestimmt an meiner Stimme gemerkt, dass etwas nicht in Ordnung war, und Angst gekriegt. Hunde spüren so was nämlich.

Aber Jonas anscheinend auch.

Er hörte nämlich mitten im Satz auf zu erzählen und fragte, ob mit mir alles okay wäre.

»Du siehst so unglücklich aus. Hast du Stress in der Schule?«

»Nee.«

»Manchmal mache ich mir Sorgen, dass dir das mit Mr Bond zu viel wird, wegen deinem ganzen Nachmittagsunterricht und allem. Du sagst mir, wenn's nicht mehr geht, ja? Obwohl ich echt nicht wüsste, was ich ohne dich täte. Es dauert so ewig, bis diese verdammten Brüche verheilt sind.«

Wie hätte ich ihm denn da erzählen sollen, dass ich ihn womöglich bald hängen ließ? Das ging doch schon wegen seiner Verletzungen nicht. Die heilten bestimmt langsamer, wenn er sich aufregte. Bei Erkältungen und Fieber war das auch so.

Deshalb habe ich gesagt, dass wirklich alles okay wäre, und ihn nur ganz allgemein gefragt, was mit Mr Bond denn passieren würde, wenn ich nicht da wäre.

»Dann müsste ich ihn erst mal weggeben«, meinte er.

»Wohin?«

Er zuckte mit den Schultern. »Keine Ahnung.«

»Ins Tierheim?«

»Wenn es blöd laufen würde, ja.«

»Aber das geht doch nicht!«

Mr Bond ist klein und alt und nicht besonders schlank. Eigentlich sieht er aus wie eine dunkelbraune Wurst auf Stummelbeinen. Im Tierheim würden ihn die anderen Hunde wahrscheinlich fressen.

»Jetzt schau nicht so betrübt«, sagte Jonas. »Das passiert doch nicht. Du bist ja da.«

Er griff nach dem Umschlag, der auf dem Glastisch lag. »Ich

zeig dir was.« Er zog einen Stapel Fotos aus dem Kuvert. »Das sind so wunderschöne Bilder, da kannst du nicht mehr traurig sein, wenn du die siehst.«

Normalerweise fotografierte Jonas immer in Schwarz-Weiß, aber diese Fotos waren farbig. Sie zeigten verschiedene Papageien und sie waren wirklich unglaublich schön.

Ein Papagei war tiefblau und um die Augen und am Schnabel leuchtete er gelb, ein anderer Papagei schillerte in allen Farben und nur sein Kopf war blau. Und dann gab es noch einen, der ganz grün war, mit ein paar roten Flecken.

Aber am schrillsten war der schwarze. Er hatte eine Federhaube auf dem Kopf und nur im Gesicht war er rot. Er sah aus wie einer von den Punks, die bei uns immer am Brunnen vor dem Bahnhof sitzen.

»Irre. Wo hast du die denn fotografiert?«

»Das war ziemlich kompliziert. Ich habe die Zoos in halb Europa dafür abgeklappert. Sogar auf Jersey war ich deshalb. Das ist eine der Kanalinseln, zwischen England und Frankreich. Und auf Teneriffa. War alles kurz vor meinem Unfall. In letzter Zeit fotografiere ich ja nur noch meinen alten Hund und ein paar Stubenfliegen.«

»Machst du ein Buch über Papageien?«

»Die sind wahrscheinlich eher für eine Reportage. Ist aber noch nicht ganz sicher.«

»Und für welche Zeitschrift?«

»Muss ich noch sehen. Ich bin an ein paar dran.«

»Fotografierst du dafür nur Papageien?«

»Vermutlich nicht.«

Während wir redeten, schaute ich den Stapel durch. Jonas

hatte von jedem der Papageien mindestens zehn Fotos gemacht, aus allen möglichen Richtungen.

Beim letzten Bild stutzte ich. Es war auch in Farbe, aber es zeigte ein Auto. Ein knallgelbes Porsche-Cabrio mit schwarzem Stoffdach. Ein junger Mann saß am Steuer und grinste fröhlich in die Kamera, soweit man das erkennen konnte. Er war nur ziemlich klein drauf.

»Und wofür ist das?«, fragte ich und zeigte ihm das Foto.

Er nahm es mir schnell aus der Hand.

»Das gehört gar nicht dazu«, sagte er und legte es verkehrt herum auf den Tisch.

»Ist das auch ein neues Projekt von dir? Machst du jetzt was mit Autos? Nicht mehr nur mit Tieren?«

Das hätte ich echt schade gefunden. Tiere zu fotografieren war viel cooler.

Jonas schüttelte den Kopf. »Das liegt nur da, um mich daran zu erinnern, dass man nachts vorsichtig sein sollte.«

»Wer soll vorsichtig sein? Du? Warum?«

»Na ja.« Er deutete auf sein Gipsbein. »Manches könnte man sich dann vielleicht ersparen.«

»Aber was hat denn das Auto damit zu tun? Hast du einen Unfall gehabt? Du hast doch gesagt, dass du einfach nur ausgerutscht bist.«

Jonas schob die Fotos in den Umschlag zurück. Nur das mit dem Cabrio ließ er verkehrt herum auf dem Tisch liegen.

»Ach, Toni, das ist eine zu lange Geschichte und sie ist nicht besonders lustig. Außerdem glaube ich, dass Mr Bond jetzt mal rausmüsste. Der atmet schon so unruhig.«

Das fand ich eigentlich nicht. Mr Bond hatte sich in der letzten halben Stunde überhaupt nicht gerührt. Wenn er nicht so laut geschnarcht hätte, hätte man denken können, er sei tot.

Aber als er jetzt seinen Namen hörte, wachte er tatsächlich auf, schnaufte und rappelte sich hoch. Deshalb gingen wir dann auch los.

6. Kapitel

Mr Bond und ich trotteten durch den nebligen Park. Wir kamen nur langsam voran, weil er sich in jedem Laubhaufen wälzen musste, der am Wegrand aufgeschichtet war. Das war natürlich ziemlich blöd für die Leute, die sich solche Mühe gegeben hatten, um den Weg sauber zu machen, aber ich habe es ihm trotzdem erlaubt, weil es vielleicht eins der letzten Male war, dass er so schön draußen spielen konnte. Im Tierheim gab's garantiert keine Blätterhaufen zum Toben. Und vielleicht überlebte er dort ja nicht mal den ersten Tag.

Ein paar verwüstete Laubhaufen später klingelte mein Handy. Paulina war dran.

»Wo bist du?«, fragte sie. »Ich muss dich treffen. Unbedingt. Kannst du zum Spielplatz kommen? Jetzt sofort?«

Fünf Minuten später waren Mr Bond und ich an dem großen Spielplatz im Park. Paulina stand schon am Eingangstürchen und winkte ungeduldig.

»Toni, du musst mir helfen!«

Sie deutete auf den Sandkasten. Dort kniete ein Gnom mit knallroter Jacke und orangener Bommelmütze im nassen Sand und wurde von einem anderen Zwerg in neongrünem Anorak mit irgendetwas Matschigem gefüttert, das er prustend wieder ausspuckte.

»Soll ich was machen, weil Matti Marek vergiftet?«, fragte ich.

Paulina schüttelte lässig den Kopf. »Ist nur Sandpampe. Das macht dem nix.«

»Um was geht's dann?«

»Ich hab ein Problem. Ein richtig großes.«

Sie guckte auf den Boden und scharrte mit dem Fuß in dem Blätterhaufen, der eigentlich Mr Bond gehörte. Er versuchte, in ihren Schuh zu beißen, aber sie beachtete ihn gar nicht.

»Ich muss morgen dringend weg. Aber ich hab die Gremlins an der Hacke, weil mein Vater Sonderschicht am Band schiebt, und meine Mutter hat Dienst im Krankenhaus.« Sie schaute mich verzweifelt an. »Ich weiß überhaupt nicht, was ich machen soll.«

»Wo musst du denn hin?«

»Ich?«, fragte sie mit ganz hoher Stimme. Sie klang gar nicht wie sonst. Und sie schaute auch schon wieder weg und grub mit ihrem Fuß in Mr Bonds Blätterhaufen. Aber jetzt machte sie außerdem noch seltsame Geräusche, so was wie räuspern und singen gleichzeitig. Mr Bond hörte auf, nach ihrem Schuh zu schnappen, und schaute sie irritiert an.

Ich auch.

»Ja, du. Wer sonst?«, fragte ich.

Und da rückte sie damit raus. Sie brauchte allerdings jede Menge Anlauf dafür. Erst kam nur so was wie: »Also … das ist, weil … also …«, und dazu das Geraschel im Laubhaufen, und dann endlich, als ich die Hoffnung schon fast aufgegeben hatte, ratterte sie plötzlich los: »Also, das ist so, Bekir hat morgen ein Fußballspiel in einem von den Dörfern hier, und die fahren mit dem Bus hin, und da sind noch ein paar Plätze frei, und er hat mich gefragt, ob ich nicht vielleicht Lust hätte, mitzukommen und –«

»Bekir???«

Sie nickte und starrte immer noch wie gebannt auf den Laubhaufen, der jetzt von Mr Bond angepinkelt wurde. Wahrscheinlich wollte er die Besitzverhältnisse klären. Wenigstens hatte sie ihren Fuß ein Stückchen weggezogen.

Ich sah zum Sandkasten rüber, weil ich mal kurz eine Pause brauchte, um ganz für mich fassungslos zu sein.

Paulina und Bekir.

Im Sandkasten war Matti inzwischen dabei, Mareks Kopf als Unterlage für seine Sandburg zu benutzen, was den nicht weiter störte, weil er vollauf damit beschäftigt war, seinem Bruder Sand in die Gummistiefel zu stopfen. Vielleicht hätte ich ihnen sagen müssen, dass sie aufhören sollten, aber ich war viel zu verwirrt dazu.

Paulina und Bekir.

Wahnsinn.

Das haute mich echt um.

Es ist nämlich so, dass Paulina seit Anbeginn der Menschheit in Bekir verliebt ist. Und das ist höchstens ein klein bisschen übertrieben, denn acht Jahre sind es bestimmt schon. Acht Jahre! Fast zwei Drittel unseres Lebens. Und Paulina kann noch haargenau sagen, wann ihre Liebe begonnen hat. Nämlich in ihrem letzten Jahr im Kindergarten, als Bekir ihr nach den Sommerferien eine Schneekugel aus Istanbul mitbrachte, in der kleine bunte Segelboote schwammen. Wenn man die Kugel schüttelte, schneite es auf die Boote. Und damit war's um Paulina geschehen. Seitdem steht die Schneekugel auf ihrem Fensterbrett, und ich glaube, dass sie sie immer noch jeden Abend schüttelt und staunend vor diesem Wunder steht. Aber das würde sie nicht mal mir verraten.

Leider tauschte Bekir seine kurze romantische Schneekugelphase gegen eine unvergleichlich viel länger dauernde Fußballphase ein, als er in die Schule kam. Und obwohl er die gesamte Grundschulzeit mit Paulina in einer Klasse war, hat er sie von da an ignoriert.

Paulina blieb trotzdem standhaft weiter in ihn verliebt, die ganzen Jahre, bis jetzt, und das, obwohl sie seit der Fünften nicht mal mehr auf die gleiche Schule gingen und sie ihn eigentlich kaum mehr sah.

Das habe ich zumindest geglaubt.

Und jetzt also das. Einfach so.

»Wann hat er dich denn gefragt, ob du mitkommen willst?«

Das wollte ich schon gern wissen.

»Gerade eben erst«, flüsterte Paulina. »Ich hab ihn im Kindergarten getroffen, als er seine kleine Schwester abgeholt hat.«

»Wie? Die geht in den gleichen Kindergarten wie die Gremlins?«

»Ja. Seit dem Sommer.«

»Davon weiß ich ja gar nichts!«

»Da gab's auch nichts zu wissen«, sagte Paulina und guckte mich endlich wieder an. »Bis gestern hat er mir ja nicht mal richtig Tag gesagt. Und heute hat er mich plötzlich gefragt. Komisch, oder?«

Voll komisch. Aber was hatte sie erwartet? Das war ein Junge.

»Und jetzt?«

»Ich würde unheimlich gerne mit.« Sie redete so leise, dass ich sie kaum verstand.

Und noch bevor ich etwas erwidern konnte, fing Matti an zu schreien. Marek war zum Angriff übergegangen und hatte ihm den Gummistiefel vom Fuß gezerrt. Jetzt füllte er ihn komplett mit Sand.

»Sagt mal, geht's noch?«, brüllte Paulina und raste zu ihren Brüdern.

Sie riss Marek den Gummistiefel aus den Händen und schleuderte ihn weg. Dann setzte sie ihren Bruder auf eine Bank und kämmte ihm mit den Fingern den Sand aus den Haaren. Marek sträubte sich heftig und schimpfte die ganze Zeit.

Ich band Mr Bond am nächstbesten Busch fest und fing Matti ein, der mit nur einem Schuh über den Zaun klettern und vom Spielplatz türmen wollte. Als ich ihn hochhob, krallte er sich schreiend an einer Holzlatte fest, bis Paulina zu uns rannte und seine Finger vom Holz löste. Ich war schweißgebadet, als ich ihn zurückgetragen und neben Marek auf die Bank gesetzt hatte.

»Meinst du, ich kann Bekir fragen, ob die Gremlins mitkommen können? Vielleicht ist für die ja auch noch Platz im Bus«, sagte Paulina. Sie kniete vor Matti und versuchte, ihm den blöden Gummistiefel wieder anzuziehen. Er streckte ihr seinen Fuß ins Gesicht und jammerte, weil er den Sand vom Strumpf abgeklopft haben wollte. »Das mach ich daheim«, erklärte sie ihm. »Das dauert jetzt zu lange. Ihr seid beide eiskalt und wir müssen so schnell wie möglich mit euch nach Hause.«

Aber damit war Matti nicht einverstanden. Er strampelte mit

seinen kurzen Beinen und kickte den Gummistiefel aus ihrer Hand. Marek lachte und strampelte mit. Die ganze Bank wackelte.

Paulina setzte sich auf den Boden und guckte mich verzweifelt an. »Das ist eine Scheißidee, Toni, oder? Die Gremlins machen mir doch alles kaputt, wenn ich sie am Samstag mitnehme.«

Und dann fing sie an zu weinen.

Wie auf Kommando hielten Matti und Marek die Beine still und starrten mit großen Augen auf ihre Schwester.

»Super, Jungs, echt«, sagte ich böse und holte den Gummistiefel. Matti zog ihn ohne Murren an.

Aber das half jetzt auch nichts mehr. Paulina weinte und weinte und hörte nicht mehr auf.

Ich stand da und schaute auf die weinende Paulina und ihre Brüder, die sie unglücklich beobachteten, und auf Mr Bond, der immer noch am Busch festgebunden war und so aussah, als hätte ihn jemand dort vergessen, und auf den traurigen braunen Blätterhaufen neben ihm und die ganze Trostlosigkeit um mich herum, und plötzlich wusste ich die Lösung. Ohne Mamas Labyrinth an der Decke und einfach so und nicht nur für Paulinas Problem, sondern auch für meines und für das von Matti und Marek und Mr Bond und Jonas und allen.

Manchmal gibt es solche Momente.

Ich würde die Gremlins hüten. Den ganzen Samstag über. Ich würde meiner besten Freundin helfen, die Liebe ihres Lebens zurückzugewinnen, und gleichzeitig meiner Mutter beweisen, dass ich problemlos in der Lage war, Verantwortung für mich und sogar für andere zu übernehmen. Wenn ich die Gremlins unbeschadet durch den Tag brachte, hatte ich dafür zwei perfekte Zeugen.

»Hey, es wird alles gut.« Ich hockte mich vor Paulina und streichelte ihren Rücken. »Ich passe morgen auf die beiden auf und du gehst mit Bekir zum Fußball. Du wirst sehen, das klappt super.«

Sie guckte hoch.

»Echt? Würdest du das wirklich machen, Toni?«

»Klar. Aber nur, wenn ihr euer erstes Kind nach mir nennt.«

Paulina umarmte mich und lachte und weinte gleichzeitig, und die Gremlins rannten zu Mr Bond und stopften sich gegenseitig Blätter in den Anorak, auf die er vorhin bestimmt gepinkelt hatte.

Ich half Paulina, ihre Brüder nach Hause zu bringen und zu entsanden, und danach wuschen wir auch noch Mr Bond, damit Jonas sich freute. Das gab eine ziemliche Sauerei, weil die Babywanne umkippte, als wir ihn schrubben wollten. Er rannte panisch davon, und während wir versuchten, ihn einzufangen, liefen die Gremlins ins Bad und spielten Überschwemmung mit noch mehr Wasser. Am Ende war die ganze Wohnung klatschnass, Mr Bond hockte zitternd unter dem Küchentisch und Matti und Marek saßen in ihren Bademänteln vor dem Fernseher und sahen aus wie zwei harmlose Wichtel.

»Bleib mit den Gremlins morgen am besten in der Wohnung«, sagte Paulina.

Wir hatten uns in die Küche verzogen und stopften eine Riesenpackung Chips in uns rein und schafften es, so leise zu kauen, dass Matti und Marek nichts davon mitkriegten. »Wenn du meine Zimmertür abschließt, den Rollladen an der Balkontür runterlässt und die Küchentür verrammelst, dürfte eigentlich nichts passieren. Und bring Mr Bond lieber nicht mit. Ich hab die dunkle Ahnung, dass das nicht funktioniert.«

Das glaubte ich allerdings auch. Dann musste Jonas morgen Nachmittag eben ganz ausnahmsweise mit ihm vor die Tür humpeln und ihn an die Laterne pinkeln lassen. Das machte er ja auch immer vormittags, wenn ich in der Schule war. Und am Sonntag würde ich dafür extralange mit Mr Bond rausgehen.

»Musst du nicht noch deine Mutter fragen, ob sie mir die Gremlins überhaupt leiht?«, fragte ich noch, damit auch wirklich alles geklärt war.

»Bloß nicht. Die hätte garantiert was dagegen, dass ich mit einem Jungen zum Fußball gehe.«

In manchen Sachen war Paulinas Mutter tierisch altmodisch. Meine Eltern wären wahrscheinlich gerührt gewesen, wenn ich mit einem aus meiner alten Kindergartengruppe zum Fußball gegangen wäre.

Nur hätte ich da voll keine Lust drauf gehabt.

Okay. Ich bin ja auch nicht gefragt worden.

Aber das war wirklich nicht schlimm. Jungs interessieren sich einfach mehr für Paulina als für mich, doch das macht mir echt nichts aus. Paulina ist ziemlich klein und knuffig, und sie hat schon so viel Busen, dass auch der blindeste Junge den nicht übersehen kann. Alles an ihr ist irgendwie weich und nett. Ich bin größer als die meisten Jungs in meiner Klasse und mein Busen ist noch in Arbeit. Bis ich einem Jungen erklären muss, dass mich Fußballspiele völlig kaltlassen, könnte es noch das eine oder andere Jahrzehnt dauern.

»Und was sagst du deiner Mutter, wenn die Gremlins ihr erzählen, dass du weg warst?«, fragte ich.

»Die quatschen so viel. Und das meiste davon denken sie sich nur aus. Wenn sie dann aus Versehen mal die Wahrheit sagen, glaubt ihnen das sowieso keiner.«

So gesehen hatte ich vielleicht nicht die alleroptimalsten Zeugen erwischt. Aber einen Versuch war es trotzdem wert. Und außerdem hatte ich niemand anderen.

»Ich geh dann mal«, sagte ich und stand auf. »Sonst behauptet meine Mutter noch, dass sie mich nicht hierlassen kann, weil ich nicht in der Lage bin, die Uhr zu lesen. Und ich muss doch noch die Käfer umdrehen, bevor es Essen gibt.«

Paulina schaute mich mit gerunzelter Stirn an. »Ich finde, nach so einem Tag darf man Käfer auch mal auf dem Rücken liegen lassen.«

Ich schüttelte den Kopf. »Das geht nicht. Wenn man sie sieht, muss man ihnen auch helfen.«

»Dann sieh weg. Oder nimm einen anderen Weg.«

Ich habe es leider noch nicht geschafft, Paulina vom Käferretten zu überzeugen. Vom Regenwurm-, Vogel- oder Froschretten übrigens auch nicht. Sie sagt, das lohnt sich sowieso nicht, weil die alle nur so kurz leben.

Aber das stimmt überhaupt nicht. Ein Regenwurm kann zwölf Jahre alt werden und eine Spinne sogar zwanzig, das habe ich gegoogelt. Das ist ja wohl nicht kurz, das ist länger, als ich auf der Welt bin.

Aber mir ist das sowieso egal. Ich kümmere mich auch um die, die nicht so lange leben, Fliegen zum Beispiel, obwohl die nur zwei oder drei Wochen alt werden. Und die sind wirklich schwer zu retten, weil die nie begreifen, dass man ihnen helfen will.

Ich glaube ja, Paulina hat einfach keine Nerven zum Tiereretten, weil sie die Gremlins schon immer vor allem Möglichen bewahren muss. Ich bin ihr auch nicht böse, dass sie deswegen nicht mehr mit mir zusammen zur Schule geht.

»Wenn ich allein laufe, muss ich zehn Minuten später los und komme trotzdem früher an als du«, hat sie behauptet. »Und tot gefroren bin ich dann auch nicht.«

Das war, als die Kältewelle in diesem Frühling gekommen war. Da wurde es plötzlich noch mal eisig kalt und ganz viele kleine Tiere kriegten das nicht richtig mit. Drei Tage lang musste ich auf dem Schulweg halb erfrorene Spinnen und Käfer einsammeln und sie im Schulgebäude wieder freilassen, weil wir da eine Pflanzenecke haben, wo sie sich aufwärmen konnten. Leider sind wir deshalb jeden Morgen zu spät gekommen, und am dritten Tag wurden wir zur Direktorin gerufen, weil sie uns das mit der Pünktlichkeit noch mal von Grund auf erklären wollte. Seitdem weigert sich Paulina, mit mir zusammen zur Schule zu gehen, und sie will auch nicht einsehen, dass es überhaupt kein Problem gegeben hätte, wenn sie mir geholfen hätte. Dann wären wir nämlich doppelt so schnell im Tiereretten gewesen und immerhin fast pünktlich gekommen.

Aber wenigstens geht sie nach der Schule immer noch mit mir zusammen zurück. Meistens muss sie dann Matti und Marek vom Kindergarten abholen und da hat sie es nicht so besonders eilig. Und ich finde ja sowieso, dass das Käferretten im Vergleich zum Gremlinhüten die reinste Erholung ist.

Den ganzen Weg von Paulina bis zu mir nach Hause dachte ich darüber nach, ob es jetzt eigentlich besser ist, zwei große Geschwister zu haben wie Igor und Valli oder zwei kleine wie Matti und Marek. Ich konnte mich einfach nicht entscheiden.

Große Geschwister waren vielleicht ein bisschen besser, weil man ihnen keinen Sand von den schweißnassen Stinkefüßen rubbeln musste, und man musste sie auch nicht vom Spielplatz nach Hause schleppen und sich dabei ununterbrochen anmeckern lassen, und sie machten auch nicht alles nass. Aber dafür konnte man große Geschwister auch nicht ins Treppenhaus setzen und ihnen sagen, dass sie jetzt endlich ihre Klappe halten sollen, weil Fernsehen sonst für heute und morgen und die nächsten zehn Jahre gestrichen ist. Außerdem futterten sie einem weniger weg und ihre alten Winterjacken musste man auch nicht auftragen. Und sie wollten auch nicht immer recht haben, sondern nur meistens.

Also unentschieden.

Doch wenn ich am Ende des nächsten Tages noch die Nerven gehabt hätte, mich zu fragen, was ich besser fand, große oder kleine Geschwister, hätte ich die Antwort sofort gewusst: große. Eindeutig. Selbst wenn es nur trockenes Brot zum Frühstück gibt, weil dein großer Bruder in der Nacht das ganze Nutella leer gefressen hat, selbst wenn deine große Schwester deine Dreckwäsche immer wieder nach unten in den Korb baggert, damit ihre Sachen oben liegen und schneller gewaschen werden, und sogar wenn sie dich ohne jede anständige Vorankündigung aus ihren Zimmern schmeißen und dich dabei angucken, als wärst du eine kleine lästige Stubenfliege, die auf ihr Fensterbrett gekackt hat – alles besser als kleine Geschwister, ich schwör's!

7. Kapitel

Punkt neun am nächsten Morgen klingelte ich bei Paulina. Ich wollte von Anfang an alles richtig machen, pünktlich sein, zuverlässig, gut organisiert. Auch wenn Mama das so detailliert ja gar nicht mitkriegen würde, wollte ich einfach, dass sie sogar zufrieden gewesen wäre, wenn sie mich den ganzen Tag mit einer Überwachungsdrohne verfolgt hätte. Dabei wusste sie ja nicht mal, dass ich die Gremlins hütete, sondern nur, dass ich bei Paulina war. Den Rest wollte ich ihr erst erzählen, wenn alles geschafft war.

Paulina öffnete mir die Tür mit knallrot geschminkten Lippen und im kürzesten schwarzen Rock, den ich je gesehen hatte. Ich blieb im Treppenhaus stehen und starrte sie an.

»Wo hast du den denn her?«

»Den hatte ich zum Klarinettenvorspiel an, im Sommer. Weißt du doch. Ich habe ihn nur ein bisschen kürzer gemacht.«

Ein bisschen war gut. Das, was sie abgeschnitten hatte, reichte noch mal für ein komplettes Kleid. Mit Rollkragen und Schleppe. Mindestens.

»Jetzt guck nicht so.« Sie zog mich in die Wohnung. »Ganz so kurz wollte ich ihn ja gar nicht haben, aber der Saum war total

schief, nachdem ich dran rumgesäbelt hatte. Und es hat ein paar Versuche gebraucht, bis er wieder gerade war.« Sie zupfte an dem kümmerlichen Rest von ihrem Rock. »Meinst du, Bekir findet ihn zu kurz? Soll ich lieber eine Hose anziehen?«

Keine Ahnung. Woher sollte ich denn wissen, welche Klamotten Jungs gut fanden? Igor mit seinen zerfetzten Hosen war wahrscheinlich nicht so der Maßstab. Sonst hätten wir noch ein paar Löcher in den Stoff bohren müssen.

Paulina zappelte vor mir rum. »Sag schon! Sieht's gut aus oder nicht?«

»Sieht aus, als ob du damit frierst.«

»Mann, Toni«, stöhnte sie. »Den Spruch hätte auch meine Mutter bringen können.«

»Zeig mal von hinten.«

Sie drehte sich langsam um sich selbst. Der Rock war hinten noch kürzer als vorne. Nur mit viel gutem Willen konnte man behaupten, dass er überhaupt den Po bedeckte.

»Warum runzelst du deine Nase so komisch?«, fragte sie, als sie wieder in meine Richtung schaute. »Hör auf, so bescheuert mit dem Kopf zu wackeln, und sag endlich, ob es dir gefällt.«

Es gefiel mir jetzt nicht so übermäßig super, aber hässlich sah es auch nicht aus. Für mich war Paulina sowieso immer hübsch, sie hätte auch ein Hasenkostüm mit Schlappohren anziehen können. Aber um mich ging es hier gar nicht. Und Bekir war schon ein ziemlich spezieller Fall.

»Also, sag schon, soll ich das anlassen? Ja oder nein?«

»Ich find's okay. Aber vielleicht mag der ja gar keine Röcke«, sagte ich.

»Bekir? Wieso? Jeder Junge mag Röcke.«

»Aber auf deinen Kindergartenfotos hast du nie einen Rock an, sondern immer nur eine blaue Matschhose oder so eine rote aus Stoff mit bunten Bärchen drauf. Und immerhin hat er sich damals in dich verliebt.«

»Soll ich vielleicht was von den Gremlins anziehen?«, fragte Paulina böse. »Die Jeans mit den Kniepolstern oder doch lieber die Latzhose mit dem fetten Drachen vorne drauf? Meinst du nicht, dass der sich vielleicht auch weiterentwickelt hat?«

»Also, so sicher wäre ich mir da nicht bei einem, der am liebsten in kurzen Hosen hinter einem Ball herrennt. Hey, das ist es überhaupt, Pauli. Du solltest kurze Hosen anziehen. Damit kannst du gar nichts falsch machen.«

Paulina starrte mich an. »Kurze Hosen. Ende Oktober. Mann, Toni, du bist echt irre«, sagte sie. »Ich zieh meine Jeans an.«

Sie verschwand in ihrem Zimmer und ich machte mich auf die Suche nach den Gremlins. Es war komisch, dass ich noch nichts von ihnen gehört hatte.

Ich entdeckte sie im Bad.

Matti hatte Paulinas Lippenstift in der Hand und war dabei, ein Massaker in Mareks Gesicht anzurichten. Die Stirn war schon komplett rot. Jetzt war die Nase dran.

»Marek ist ein Clown«, sagte er, als er mich sah, und grinste breit.

Marek grinste auch, und das sah fürchterlich aus, weil seine Zähne ungefähr genauso rot waren wie seine Stirn. Wenn Paulina das sah und dazu den traurigen Rest ihres Lippenstifts, flippte sie aus. Garantiert.

Ich holte einen Waschlappen aus dem Badezimmerschrank und drückte ihn Matti in die Hand.

»Du machst deinen Bruder wieder sauber«, befahl ich. »Sofort! Sonst sperr ich euch den ganzen Tag im Kinderzimmer ein.«

»Das darfst du gar nicht!«, sagte Matti empört und warf den Waschlappen nach mir.

»Jetzt hör mal gut zu.« Ich ging in die Hocke, um den gefürchteten Große-Schwester-Blick an ihm auszuprobieren, den Valli so gut draufhat. »Das ist echt Pech für dich, aber heute bin ich der Chef. Paulina ist weg, und du hilfst deinem Bruder jetzt, wieder sauber zu werden. Sonst bleibt ihr hier drin.«

Matti und Marek guckten mich verdattert an.

»Pauli ist nicht weg«, sagte Marek.

»Aber so gut wie. Und wir drei machen was Schönes zusammen, wenn du wieder entclownt bist. Aber erst dann.«

Paulina rief nach mir.

»Ich komme!« Ich legte den Finger auf die Lippen, damit die Gremlins kapierten, dass sie ruhig sein sollten, und schloss sie im Badezimmer ein.

»Bin im Schlafzimmer!«, schrie Paulina.

Als ich zu ihr kam, stand sie in Jeans und Unterhemd vor einem riesigen Spiegel und musterte sich grimmig. Ungefähr eine Million Oberteile lagen um sie herum auf dem Boden.

»Sind die alle von dir?«, fragte ich. »Die kenne ich ja gar nicht.«

»Gehören meiner Mutter.« Sie kniete sich hin und hob ratlos ein Teil nach dem anderen auf und ließ es wieder fallen. »Schwarz oder weiß? Pulli oder Spitzentop mit Strickjacke?«

»Schwarzer Pulli«, sagte ich schnell und hielt ihr das erstbeste Exemplar hin. Hauptsache, sie ging bald. Lange würden die Gremlins bestimmt keine Ruhe geben.

»Der ist warm genug und man sieht keine Flecken.«

»Du klingst schon wieder wie meine Mutter«, meckerte Paulina und streifte sich den Pulli über. »Aber ich sehe dafür aus wie sie«, ergänzte sie unglücklich, als sie sich wieder im Spiegel anschaute. »Das ist ja furchtbar.«

Es ging noch eine halbe Million Oberteile so weiter. Ich bin kaum mit dem Zusammenlegen nachgekommen. Ab und zu fragte sie: »Wo sind eigentlich die Gremlins?«, und ich sagte: »Voll unter Kontrolle«, und dann vergaß sie sie auch wieder, weil sie schon dabei war, sich ins nächste Oberteil rein- oder wieder rauszugraben.

Irgendwann hatte sie alle durch und saß erschöpft auf dem Boden. »Die sind alle doof. Ich brauch den grauen Kapuzenpulli. Unbedingt.«

Wir haben ihn ewig gesucht, bis ich ihn endlich in ihrem Turnbeutel gefunden habe. Er lag direkt neben ihren stinkenden Schuhen, aber ich habe ihr geschworen, dass man das überhaupt nicht riecht, und selbst wenn, wäre das doch wohl egal, weil, also echt, das war ein Bus voller Fußballer, die wären froh, wenn sie so riechen würden wie ihr Pulli, die hatten ihre Sportsachen wahrscheinlich schon seit Ostern nicht mehr gewaschen, und eigentlich roch er ja wirklich überhaupt nicht, ehrlich, und dann zog sie ihn endlich an, und ich konnte die halbe Million Oberteile von ihrer Mutter wieder in den Schrank räumen.

Als Paulina ging, war sie so aufgeregt, dass sie sogar vergaß, den Gremlins Tschüs zu sagen. Und das war ein Glück, denn als ich die beiden aus dem Bad befreite, war Marek immer noch komplett verschmiert.

»Und was machen wir jetzt?«, fragte Matti und strahlte mich erwartungsvoll an.

»Kleine Pause.« Ich schnappte mir Marek und schrubbte sein Gesicht. »Ihr könnt ein bisschen fernsehen, wenn ich mit deinem Bruder fertig bin. Ich muss mich mal kurz ausruhen.«

Nicht zu fassen, dass Paulina noch anstrengender sein konnte als ihre Brüder.

Der Zoo fiel mir ein, weil gerade eine Tiersendung lief, als ich den Fernseher einschaltete. Ich war selber schon ewig nicht mehr dort gewesen. Eigentlich war ich nämlich gegen Zoos, weil ich es viel besser fand, wenn Tiere in Freiheit lebten. Aber vor ein paar Wochen habe ich einen Film gesehen, in dem sie gesagt haben, dass viele Tierarten nur durch die Zoohaltung vorm Aussterben gerettet werden, irgendeine Antilopenart war dabei und ein Pferd und sogar eine Gans. Und seitdem war ich nur noch halb gegen Zoos und halb dafür und dann war ein Besuch so alle zwei Jahre ja okay.

Außerdem habe ich überlegt, dass es Mama bestimmt mehr beeindruckte, wenn ich mit Matti und Marek richtig was unternahm, mit Straßenbahnfahren und allem, und nicht nur in der Wohnung rumsaß. Und Zoo war ja auch noch was mit Bildung, auf so was stand sie sowieso total.

Die Gremlins freuten sich wie blöd, als ich das mit dem Zoo vorschlug. Sie kannten den nämlich gar nicht. Ihre Eltern arbeiteten tierisch viel und hatten auch noch einen Schrebergarten, in dem sie tausend Sorten Gemüse anpflanzten. Für Zoo und so was hatten sie keine Zeit.

Der Weg zur Straßenbahnhaltestelle lief super. Matti und Marek gingen an meiner Hand und machten überhaupt keinen Mist und in der Straßenbahn setzten sie sich brav nebeneinander und schrien gar nicht rum. Es war echt schade, dass es keine Überwachungskamera für Mama gab, denn dann hätte sie mich bestimmt völlig beruhigt allein hiergelassen und das ganze Ungarn-Ding wäre endlich vom Tisch gewesen.

Erst beim Aussteigen wurde es kurz stressig, weil mitten auf dem Bahnsteig ein bewegungsloser Spatz lag. Einfach so. Er hatte die Beinchen steif nach oben gestreckt, und ich wusste nicht, ob er tot war oder nur starr vor Schreck, weil das Vögeln nämlich manchmal passiert. Dann sehen sie aus wie tot, leben aber noch. Das kann man bei denen nie wissen. Die Leute liefen alle ganz dicht an dem armen Spatzen vorbei, und ich dachte, gleich tritt einer drauf, und danach ist es egal, ob er jetzt schreckstarr ist oder tot, weil dann ist er sowieso hinüber. Ich habe mich durch die Menschen auf dem Bahnsteig gequetscht, immer mit den Gremlins an der Hand, und mich zu ihm durchgekämpft. Ganz vorsichtig wickelte ich ihn in meinen Schal und legte ihn in den Rucksack. Den Reißverschluss ließ ich ein bisschen offen, damit er atmen konnte, falls er wirklich noch lebte. Aber dann ging's nicht weiter, weil Matti und Marek sich weigerten, auch nur noch einen Schritt zu laufen. Erst kapierte ich gar nicht, was los war, aber irgendwann rückten sie damit raus, dass sie auch einen Spatzen in ihren Rucksäcken haben wollten. Irre. Also tauschte ich abwechselnd Rucksäcke mit ihnen – zehn Schritte durfte Matti meinen tragen, und ich trug seinen, und zehn Schritte machte ich das Gleiche mit Marek, und damit waren sie zum Glück zufrieden.

Um den Zoo lief eine hohe Hecke und dort wollte ich den Vogel verstecken. Denn falls er noch lebte, war es bestimmt nicht gut für ihn, die ganze Zeit herumgeschüttelt zu werden. Und falls er tot war, war er dort auch besser aufgehoben als in meinem Rucksack.

Aber als wir an der Hecke waren, wollte Marek ihn nicht mehr rausrücken. Er drehte sich wie ein Kreisel, sodass ich nicht an meinen Rucksack rankam. Voll nervig. Erst als ich ihm erklärt habe, dass hier am Zoo eine Sammelstelle für die Seelen der toten Tiere ist und die von da aus direkt in den Himmel transportiert werden, blieb er stehen. Aber den Vogel wollte er immer noch nicht hergeben.

»Und wenn der gar nicht tot ist?«, fragte er und umklammerte die Schulterriemen von meinem Rucksack.

»Dann wird er in der Hecke wieder gesund. Hecken sind genial für Vögel mit Problemen.«

Er ließ die Riemen los und ich konnte ihm endlich den Rucksack abstreifen. Und zum ersten Mal verstand ich, warum mir Igor und Valli früher so oft irgendwelchen Mist erzählt haben. Sie hatten einfach keine andere Wahl.

Leider war der arme Vogel immer noch ganz starr, als ich ihn aus dem Rucksack holte. Wir suchten ihm ein schönes Versteck in der Hecke, und die Gremlins legten ein Stück von ihrer Brezel neben ihn, die ich ihnen zu Hause eingepackt hatte, und dann ließen wir ihn in Ruhe, weil das bestimmt das Beste für ihn war.

Ein bisschen blöd war dann noch, dass ich an der Kasse gar keine Eintrittskarten für die Gremlins kriegte, weil sie noch zu klein dafür waren. Dabei wären die ein super Beweis für Mama gewesen, dass ich wirklich mit ihnen im Zoo war. Ich konnte ja noch nicht mal Fotos von uns machen, weil ich so ein Uralthandy habe, mit dem man nicht fotografieren kann. So bescheuert.

Und Sprachnachrichten gehen natürlich auch nicht, sonst hätte ich die Gremlins ja sagen lassen können, dass sie allein mit mir hier waren oder so was.

Deshalb habe ich mir überlegt, dass ich die beiden einfach gleich nach dem Zoo zu mir nach Hause schleppe, damit sie Mama direkt erzählen können, was wir Tolles gemacht haben.

Aber am Ende wollte ich das nicht mehr.

Nein. Echt nicht.

Als ich klein war, sind wir oft im Zoo gewesen, und ich habe mich an ganz viel wieder erinnert, während ich mit den Gremlins rumgelaufen bin. Aber damals rannte ich immer hinter meiner Familie her, und dieses Mal war ich diejenige, die sagte, wo es langging. Und das war toll.

Der Zoo ist riesig, und man muss ziemlich aufpassen, dass man sich nicht verläuft und dass man keine Tiere verpasst. Ich habe den Rundweg ausgesucht, der einen wirklich an allen Tieren vorbeiführt. Da lässt man nur die Gewächshäuser aus, aber die sind auch nicht so wichtig. Wenn man den Rundweg geht, ist das ungefähr so, als ob man im Schnelldurchlauf durch die ganze Welt läuft, auch wenn die natürlich nicht richtig stimmt, weil die Eisbären neben den Bibern leben und die Braunbären sich mit den Steinböcken und den Schneeziegen ein Felsengelände teilen. Danach kommen die Elefanten zusammen mit den Giraffen, aber die wohnen immerhin auch in echt in einem Land.

Matti und Marek waren total beeindruckt. Am Anfang ließen sie nicht mal meine Hand los, sondern liefen stumm und staunend neben mir her. Erst bei den Schimpansen tauten sie

auf. Wahrscheinlich, weil die so ungefähr den gleichen Quatsch machten wie die Gremlins immer auf dem Spielplatz, nur mit noch mehr Krach. Seitdem bin ich übrigens wieder mehr gegen Zoos, weil mir gar nicht mehr so unbedingt klar ist, was kleine Kinder eigentlich von Affenjungen unterscheidet, und Kinder steckt man ja auch nicht hinter Gitter und lässt sie ihr Leben lang nur auf ein paar Quadratmetern rumturnen.

Ich war froh, als wir von den Schimpansen loskamen, weil mich das echt deprimiert hat. Und so richtig in den Keller gerutscht ist meine Laune dann bei den Totenkopfäffchen. Dort standen zwei alte Frauen vor dem Käfig, und die eine sagte zu der anderen: »Das da ist der kleine Ungar.« Sie deutete auf eines der Männchen und erzählte, dass es vor zwei Jahren aus einem ungarischen Zoo importiert worden war. Keine Ahnung, wie sie das von den anderen unterscheiden konnte.

Und wegen dieser Affenexpertin war alles wieder da, was ich eigentlich gerade ganz gut vergessen hatte: Mama und Mr Bond und dass ich doch überhaupt nicht wusste, wie alles wurde und ob mein Plan mit dem Verantwortungsdings funktionieren würde oder ob ich nicht nächste Woche schon weg wäre, in einem Land, in das ich niemals gewollt hatte.

Aber wenigstens tun sie keine Affen in ihr Gulasch, habe ich gedacht, sonst hätte der hier es nie bis zu uns in den Zoo geschafft. Doch wirklich trösten konnte mich das auch nicht.

Und ab da wurde es dann sowieso ganz seltsam.

Das heißt, erst wurde es seltsam, dann furchtbar und dann richtig schrecklich.

Echt, wenn ich das alles vorher gewusst hätte, was dann so

nach und nach passierte und hier im Zoo anfing, wäre ich mit Matti und Marek daheimgeblieben. Ich hätte die Rollläden im Kinderzimmer runtergelassen und mich mit ihnen unter dem Bett verschanzt.

Oder vielleicht auch nicht.

Nein.

Bestimmt nicht.

Auch wenn ich gewollt hätte.

Denn es ist wie mit dem Käferretten. Wenn man schon was gesehen hat, ist es zu spät zum Wegschauen.

Wir sind zu den Papageien gekommen und dort standen drei große Volieren direkt nebeneinander. In der einen waren gelb-grüne Halsbandsittiche, in der anderen blau-grüne Soldatenaras und gelbe Sonnensittiche, aber der Käfig in der Mitte war komplett leer. Vielleicht waren die Papageien beim Tierarzt, dachte ich. Generalausflug zur Vogelgrippe-Impfung oder so was.

Draußen am Käfiggitter hingen Schilder mit den Fotos der Vögel, die eigentlich dort drin sein sollten. Ich habe sie alle wiedererkannt. Es waren genau die gleichen Papageien, die Jonas fotografiert hatte: der blaue mit dem Gelb um die Augen, der bunt schillernde mit dem blauen Kopf, der grüne mit den roten Flecken, der schwarze mit dem Federbusch. Wie schade, dass sie fort waren. Ich hätte sie so gerne in echt gesehen.

Eigentlich hätte Jonas seine Bilder alle hier aufnehmen können, habe ich mir überlegt, und dass ich ihm das unbedingt sagen musste, damit er sich das nächste Mal die Reise sparte. Ich habe mir extra die Papageiennamen eingeprägt, damit er mir glaubte, dass es sie wirklich bei uns im Zoo gab: Hyazintharas,

Blaumaskenamazonen, Taubenhalsamazonen und Palmkakadus.

Es dauerte eine Weile, bis ich sie auswendig konnte, und ich habe dabei nicht so richtig auf die Gremlins geachtet. Ich dachte, die stehen neben mir, aber als ich mich umdrehte, war Matti weg. Einfach weg. Und nur Marek stand noch da.

»Wo ist dein Bruder?«

»Weiß ich nicht.«

»In welche Richtung ist er denn gegangen?«

»Dahin.«

Er lächelte fröhlich und zeigte dorthin, wo wir hergekommen waren. »Oder dahin.« Jetzt zeigte er in die entgegengesetzte Richtung. Da war ein Schild, auf dem »Zum Ausgang« stand.

Nein, bitte nicht. Bitte. Nicht.

Ich nahm Marek an die Hand und rannte in Richtung Ausgang, vorbei an den Kängurus und den Pinguinen. Marek schimpfte, weil er an den Gehegen stehen bleiben wollte, aber ich zog ihn einfach hinter mir her. Am Drehkreuz vom Ausgang stand ein Gärtner und schnitt einen großen Busch.

»Ist hier eben ein kleiner Junge durch? Sieht so aus wie er«, fragte ich ihn und deutete auf Marek.

Der Mann musterte ihn. »Eher nicht«, sagte er.

»Wenn einer hier langkommt, dann halten Sie ihn bitte fest!«, rief ich und raste mit Marek wieder zurück.

Vielleicht ist er wieder zu den Affen, dachte ich, weil es ihm da so gefallen hat. Ich wollte mit Marek weiterrennen, aber es hatte keinen Sinn, er war viel zu langsam. Deshalb brachte ich ihn zu den Pinguinen. Ihr Gehege war nur durch eine niedrige Mauer vom Weg getrennt und man konnte sie super beobachten.

»Du bleibst direkt hier stehen und rührst dich nicht vom Fleck, ja? Genau hier bleibst du, bis ich wiederkomme. Egal, was passiert, okay?«

Marek nickte brav, und ich dachte, das wird schon klappen, weil er wenigstens ein bisschen vernünftiger ist als sein Bruder. Ich rannte den Weg wieder zurück, Richtung Affengehege, und die ganze Zeit war ich am Überlegen, was ich Paulina sagen sollte, wenn ich einen ihrer Brüder verloren hatte. »Du, Pauli, tut mir echt leid, Matti ist weg, aber immerhin einen Gremlin hab ich dir wieder mitgebracht.« Das ging ja gar nicht, ich musste ihn finden, es konnte ihn doch keiner geklaut haben, und warum nahm man kleine Kinder nicht an die Leine? Und wie viele Tiere gab es hier eigentlich, die Menschen fraßen?

Ich war schon kurz davor, einen Tierwärter anzuflehen, dass er mir suchen half oder am besten gleich die Polizei rief oder die Feuerwehr oder alle zusammen, den Katastrophenschutz, das SEK, was wusste denn ich, da tauchte plötzlich der Zipfel einer gelben Mütze über der Hecke neben dem Affengehege auf und wackelte hin und her.

Und dann war er auch schon wieder weg.

Ich nahm Anlauf und krachte durch die Hecke, dort war eigentlich gar kein Durchgang und es ging ziemlich schwer, aber dahinter lag der Spielplatz mit einem großen Klettergerüst aus roten Seilen, und ziemlich weit da oben turnte tatsächlich Matti.

»Komm runter!«, brüllte ich, so laut, dass bestimmt der halbe Zoo zusammenzuckte. »Sofort!«

Matti schaute mich entsetzt an und begann zu weinen.

Na super.

Ich versuchte, mich wieder einzukriegen, war ja auch wirklich

blöd, kleine Kinder anzuschreien, wenn sie kletterten, nachher fielen sie noch runter vor Schreck.

»Tut mir leid, Matti. Ich schrei nicht mehr, versprochen! Ich hab nur so große Angst gehabt, dass ich dich nicht mehr finde. Du kannst doch nicht einfach abhauen, und ich weiß nicht, wo du bist.«

Matti hörte auf zu weinen und schaute mich finster an.

»Aber ich bin doch da!«

»Ja, das weiß ich jetzt auch. Du musst aber trotzdem runterkommen.«

»Warum?«

»Weil Marek bei den Pinguinen wartet. Der hat bestimmt schon Schwimmflossen. Und wir müssen auch langsam mal heim.«

Matti kletterte vorsichtig vom Klettergerüst. Leider hielt er auf jeder Sprosse an, um mich zuzutexten.

»Kriegt Marek wirklich Schwimmflossen?«

»Nein, hab ich nur so gesagt.«

»Warum?«

»Damit du schneller kommst. Und jetzt kletter mal weiter.«

Eine Sprosse später: »Ich bin ein Affe, Toni!«

»Klasse!«

»Und da ist ein Tiger gewesen und deshalb bin ich auf den Baum rauf.«

»Dann komm jetzt mal schnell wieder runter, du Superaffe.«

Nächste Sprosse: »Der hat mich nicht gekriegt, der Tiger!«

»Weiter!«

Es hat ewig gedauert, bis er endlich unten war.

Zum Glück war Marek noch da, wo ich ihn zurückgelassen hatte. Ganz allein stand er an der niedrigen Mauer, hinter der das Bassin der Pinguine war, und hielt seinen Rucksack umklammert. Bestimmt zwanzig Pinguine standen hinter ihm und schauten ihn an. Wenn die Mauer nicht dazwischen gewesen wäre, hätte man meinen können, er wäre der Kommandant einer kleinen schwarz-weißen Armee.

Ich rannte zu ihm hin und nahm ihn in die Arme. »Das ist toll von dir, dass du die ganze Zeit gewartet hast.«

Marek drehte sich von mir weg.

»Alles okay?«, fragte ich, weil er so komisch war.

Er nickte, aber er sagte kein Wort und schaute nur furchtbar ernst.

8. Kapitel

Nach der ganzen Aufregung wollte ich nur noch raus aus dem Zoo und die Gremlins heimbringen und in ihrem Zimmer einsperren, damit bloß nichts mehr passierte.

Aber als wir an der Hecke vorbeikamen, wo wir vorhin den Spatz reingelegt hatten, blieb Marek einfach stehen.

»Wir müssen noch ein Stück«, sagte ich. »Die Straßenbahnhaltestelle ist erst da vorne.«

Er schüttelte den Kopf und stellte seinen Rucksack auf den Boden.

»Setz den mal lieber auf«, sagte ich. »Dann kann ich dich an die Hand nehmen und zieh dich, wenn du so müde bist.«

»Ihr sollt aber gehen«, flüsterte Marek.

»Wie? Und dich allein hierlassen? Weißt du, ich bin eigentlich ganz froh, dass ich euch beide mal wieder zusammenhabe.«

»Nur kurz.«

Er strich mit der Hand an der Hecke entlang und sah todunglücklich aus.

»Marek, was ist los?«, fragte ich verzweifelt.

Ich hatte keine Ahnung, was man machte, wenn Kinder plötzlich so komisch waren.

Marek antwortete nicht, sondern drückte sich in die Hecke, als wollte er darin verschwinden.

»Was hat er?«, fragte ich Matti.

Er war mit ihm in einem Bauch gewesen. Er musste das doch wissen.

»Ich frag mal.« Er stiefelte zu seinem Bruder und stellte sich direkt vor ihn hin. Marek zog ihn zu sich ran und flüsterte ihm ins Ohr. Mattis Augen weiteten sich entsetzt.

»Was ist?«, fragte ich, aber die beiden reagierten gar nicht. Sie hockten sich neben den Rucksack und starrten ihn an.

»Was ist denn?«

Ich ging zu ihnen hin und hob den Rucksack an. Er war ziemlich schwer.

»Was ist da drin?«

Die Gremlins schauten zu mir hoch und waren ganz bleich.

»Hast du Steine geklaut?«

Der Reißverschluss des Rucksacks stand ein bisschen offen. Ich zog ihn ein Stück weiter auf, ohne die beiden aus den Augen zu lassen. So seltsam, wie sie sich benahmen, war ich mir nicht sicher, ob sie nicht gleich davonrannten.

Vorsichtig steckte ich meine Hand hinein.

Und zuckte zurück.

Komisch.

Das, was ich berührt hatte, fühlte sich überhaupt nicht steinmäßig an, hundertprozentig nicht, sondern irgendwie … nass. Glitschig, aber auch nicht nur glitschig, sondern gleichzeitig auch weich. Wie Mr Bonds Fell, nachdem Paulina und ich ihn gebadet hatten. Vielleicht hatte Marek ja irgendwas Ekliges vom Weg aufgelesen, einen Brocken Fleisch aus der Tigerfütterung oder so was. Ich tastete noch mal. Für Fleisch war es irgendwie zu pelzig. Aber nicht wirklich haarig. Vielleicht eher so wie nasse Ratte. Wie eine nasse, tote Riesenratte.

Aber es gab keine Ratten im Zoo. Oder höchstens in der Kanalisation und da war Marek ja nicht gewesen.

Am liebsten hätte ich den Rucksack ganz weit von mir weggeschleudert, vor den Augen der Gremlins, die immer noch auf dem Boden hockten und mich entsetzt beobachteten. Aber das ging natürlich nicht. Schon, weil ich ja ahnte, was drin war. Ich wollte es nur einfach nicht glauben.

Vorsichtig legte ich den Rucksack auf den Boden und zog den Reißverschluss langsam weiter auf. Was blieb mir auch anderes übrig?

Ein schwarzer Kopf tauchte auf, mit weißen Streifen rechts und links und einem schwarzen Schnabel und rosa umrandeten Augen, dann ein weißer Hals, ein weißer Bauch, schwarze Flügel, schwarze Füße.

Ein Pinguin.

Echt jetzt.

In Mareks Rucksack lag ein stocksteifer Brillenpinguin und schaute in die Luft.

Die Gremlins starrten ihn an.

»Marek hat einen Pinguin geklaut«, flüsterte Matti.

»Gar nicht«, sagte Marek. »Ich hab den gerettet!«

»Der ist aber tot. Den hast du tot gemacht.«

»Aber in der Hecke wird er wieder ganz.«

»Gar nicht!«

»Doch!«

»Gar nicht!«

»Doch!«

»Gar nicht!«

Während die beiden stritten, untersuchte ich den armen Pinguin. Er war nicht besonders groß und wirkte eigentlich ganz unversehrt, nur dass er sich eben nicht mehr bewegte. Er fühlte sich noch warm an, aber ich wusste nicht, ob das Pochen, das ich spürte, sein Herzschlag war oder meiner. Denn mein Herz klopfte vor lauter Panik so wild, dass ich dachte, ich falle gleich genauso schockstarrsteif oder tot um wie er.

Marek fing an zu weinen. Wahrscheinlich hatte ihn die Diskussion mit seinem Bruder die letzten Nerven gekostet.

»Wie bist du denn bloß auf die Idee gekommen, einen Pinguin zu klauen?«, fragte ich.

»Weil der doch Angst gehabt hat«, schluchzte er. »Weil da ein Mann gewesen ist, der ist plötzlich hinter dem Baum vorgekommen. Der hat sich versteckt. Ein riesig großer Mann mit komischer Brille. Die war orange. Hast du den nicht gesehen?«

»Der Pinguin hat bestimmt gar keine Angst gehabt, sondern bloß du selber«, sagte Matti.

»Der Pinguin auch«, sagte Marek.

»Und dann?«, fragte ich.

»Dann ist der Mann weggegangen.«

»Und der Pinguin?«

»Den hab ich in den Arm genommen.«

»Und dann hast du ihn einfach eingepackt?« Ich konnte es nicht glauben.

Marek nickte. »Der ist ganz still gewesen. Und als ich ihn hinstellen wollte, ist er umgefallen. Deshalb hab ich den mitgenommen. Damit er in die Hecke kann.«

»Den hast du totgemacht«, wiederholte Matti mitleidlos.

Marek schluchzte noch lauter.

»Vielleicht hat er nur Schreckstarre, so wie der Vogel vorhin«, meinte ich.

»Der war auch tot«, sagte Matti.

Manche Kinder sind echt finster drauf.

»Aber der hier nicht, das glaube ich nicht«, sagte ich.

Doch sicher war ich mir da überhaupt nicht. Ich hatte nur Angst, dass Marek gleich völlig ausflippte, wenn er begriff, dass er den armen Pinguin ermordet hatte. »Der erholt sich bestimmt, wenn er wieder bei seinen Freunden ist. Marek hat ihm ja nicht wehgetan.«

»Ich hab den nur gerettet!«, heulte Marek.

»Und jetzt retten wir ihn zurück. Ganz heimlich«, sagte ich.

»Aber der muss doch in die Hecke.«

»Nee, die ist nur für die Tiere, die draußen leben. Die Tiere, die im Zoo wohnen, die müssen wieder dorthin.«

»Gibt's da auch eine Hecke?«

»Wir sehen nach, okay? Wir sehen nach, ob es in seinem Gehege auch eine Hecke gibt.«

Leider gab's dort nur Wasser und Steine, das wusste ich genau. Aber erst mal mussten wir den Armen überhaupt zurück in den Zoo kriegen.

Ich zog den Reißverschluss von Mareks Rucksack wieder zu. Nur ein kleines Loch zum Atmen ließ ich offen. So wie Marek das zum Glück auch gemacht hatte.

Dann setzte ich ihm den Rucksack auf und wir gingen zum Zoo zurück. Ich wollte nicht an der Ticketverkäuferin vorbei und ihr erklären, dass wir noch mal reinmussten, damit sie nicht

misstrauisch wurde. Deshalb ging ich mit den Gremlins zu dem Eingang neben der Parkgarage und kaufte mir eine neue Eintrittskarte am Automaten, auch wenn es blöd war, dass ich jetzt zweimal zahlen musste. Das war nämlich ganz schön teuer. Aber noch bevor wir drin waren, fing Marek plötzlich an zu schreien und zog an meinem Arm.

»Da! Toni, da! Da ist der Mann, der den Pinguin erschreckt hat!«

Ich drehte mich in die Richtung, in die er zeigte. Ein gelbes Porsche-Cabrio mit einer fetten Delle in der Fahrertür fuhr im Schritttempo aus der Parkgarage hinter uns. Es war genau das gleiche Auto wie das, das Jonas mal fotografiert hatte, nur hatte das keine Delle gehabt. Ein Mann mit orangener Sonnenbrille saß am Steuer.

»Der hat dolle Monsteraugen«, sagte Marek.

»Und mit denen hat er den Pinguin totgemacht«, sagte Matti ehrfürchtig.

Die Sonnenbrille von dem Typ sah wirklich gruselig aus, wie die Augen von einem riesigen Insekt. Da fragte man sich echt, warum einer mit so was rumlief und sich dann noch hinter Bäumen versteckte. Als ob er es darauf anlegte, kleine Kinder und Tiere zu erschrecken. Voll bescheuert.

Den ganzen Weg zurück zum Pinguinbecken hatte ich eine Höllenangst, dass es in Mareks Rucksack anfing zu zappeln. Oder zu schreien. Das können Pinguine nämlich. Aber unserer machte keinen Mucks, und das war auch furchtbar, weil er dann doch viel wahrscheinlicher schon tot war.

Am Pinguinbecken hing blöderweise eine ganze Schulklasse

rum, Zweitklässler oder so. Sie versuchten, die Pinguine zu streicheln, die in ihrer Nähe standen, und fielen vor Begeisterung fast über die Mauer. Sie machten überhaupt nicht den Eindruck, als ob sie bald gehen würden. Und ihr Lehrer saß die ganze Zeit auf einer Bank und telefonierte und kümmerte sich kein Stück um sie. Der hätte ihnen ja auch mal sagen können, dass sie weitersollen.

Wir drückten uns ungeduldig an der Mauer rum. Marek wurde immer verzweifelter, weil es im Gehege überhaupt nichts gab, was irgendwie wie eine Hecke aussah, und wollte mit dem Pinguin weiterlaufen. Ich hielt ihn fest und nahm ihm den Rucksack ab.

»Der bleibt hier, Marek. Der muss zu seinen Leuten, sonst erholt der sich nie. Wenn wir den irgendwo anders in eine Hecke legen, kriegt er den nächsten Schock, sobald er aufwacht. Dann weiß er ja gar nicht, wo er ist, und es haut ihn gleich wieder um.«

Aber so richtig war mir auch nicht klar, wie ich den Pinguin zurückschmuggeln sollte. Es gab überhaupt keine Unterschlupfe, wo ich ihn ein bisschen hätte verstecken können. Nur ein paar Bruthöhlen, die wie kleine runde Zelte aus Beton aussahen, aber die waren alle besetzt.

»Sag mal, wie hast du den Pinguin eigentlich über die Mauer gekriegt?«, fragte ich Marek. »Die ist doch viel zu hoch.«

»Ich bin da drüben reingegangen.« Er deutete auf eine Art Strand, wo die Bruthöhlen der Pinguine lagen. Dort war die Mauer niedriger.

»Und dann hast du ihn einfach eingepackt?«

Marek nickte.

»Aber hier ist doch die Hölle los. Da müssen dich ja alle beobachtet haben.«

»Da war gar keiner mehr«, sagte Marek. »Die sind alle mit der Frau mitgegangen, die gerufen hat, dass sie die Elefanten füttern geht. Nur ich bin dageblieben, weil du das gesagt hast. Und dann hat der Pinguin Angst gekriegt wegen dem mit der Sonnenbrille. Weil der sich versteckt gehabt hat.«

»Du hast Angst gekriegt«, sagte Matti.

»Klappe«, sagte ich. »Wir füttern jetzt auch wen.«

»Mit dem Pinguin?«, fragte Matti.

Marek schnaufte entsetzt und fing wieder an zu weinen.

»Nein«, sagte ich schnell und streichelte ihm über seine nass geweinte Backe. »Der Pinguin wacht doch gleich wieder auf, der wird nicht verfüttert. Ihr tut jetzt so, als ob ihr die Frau wärt. Die mit den Elefanten.«

»Wir sind aber Kinder«, sagte Matti.

»Weiß ich doch. Deshalb tut ihr doch auch nur so, als ob, und ruft, dass jetzt die Tiere gefüttert werden.«

Matti und Marek schauten mich groß an.

»So wie an Weihnachten«, versuchte ich zu erklären. »Wie beim Krippenspiel. Da habt ihr doch schon mal mitgemacht.«

»Ich will das Schaf sein«, sagte Marek.

»Und ich der Stern. Oder nein, der Gott«, sagte Matti.

»Der Gott spielt gar nicht mit«, sagte Marek. »Nur das Jesusbaby. Und dann bin ich die Mama von dem.«

»Nein, wir spielen was anderes. Nicht das mit Jesus, sondern das mit der Frau. Ihr sagt einfach das, was die Frau gesagt hat. Okay?« Die Gremlins nickten, aber sie sahen nicht so aus, als ob sie irgendwas kapiert hätten. »Also, Marek geht den Weg zurück, bis zur Kurve, und dann rennt er auf uns zu und ruft ganz laut, dass jetzt die Seelöwen gefüttert werden.«

»Nein, die Elefanten«, sagte Marek. »Das hat die Frau gesagt.«

»Ja, aber die waren doch schon dran mit Gefüttertwerden. Deshalb spielen wir das jetzt anders. Du sagst das Gleiche wie die Frau, aber statt der Elefanten nimmst du die Seelöwen, weil die Elefanten schon satt sind. Sonst glaubt uns das ja keiner.«

»Ich will auch was sagen!«, mischte sich Matti ein.

»Sicher. Wenn Marek bei uns angekommen ist und das mit den Seelöwen gerufen hat, sagst du: ›Oh klasse! Das will ich sehen!‹, und ihr rennt zusammen den Weg zurück. Und dann laufen euch hoffentlich alle Kinder hinterher, weil sie das auch sehen wollen. Und ich kann den Pinguin loswerden.«

Da hatten sie es endlich kapiert.

Marek war jetzt zwar nicht so der Wahnsinnsschauspieler, und er kriegte prompt die Seelöwen und die Elefanten durcheinander, aber Matti brüllte so begeistert »Oh klasse, das will ich sehen!«, dass ihm tatsächlich alle Kinder hinterherrannten, als er losspurtete. Ihrem Lehrer blieb nichts anderes übrig, als sein Handy einzupacken und ihnen nachzulaufen, und ich hatte das Becken endlich für mich.

Vorsichtig holte ich den Pinguin aus der Tasche und hob ihn ins Gehege. Ich legte ihn ganz dicht an die Mauer, sodass man ihn nur sehen konnte, wenn man sich direkt darüberbeugte.

»Kannst du mir mal bitte erklären, was du da machst?«, fragte plötzlich jemand.

Ich drehte mich erschrocken um.

Ein großer, ziemlich dicker Mann stand hinter mir und sah

mich streng an. Er trug einen grünen Pullover wie alle Tierpfleger im Zoo. Er spannte über seinem Bauch. »Hast du da grade was ins Gehege geworfen?«

Ich starrte ihn an und brachte keinen Ton raus. Jetzt bin ich dran, habe ich nur gedacht. Der lässt mich bestimmt wegen Tierdiebstahl verhaften, oder nein, wegen Tierzurückschmuggelei, aber das war womöglich auch nicht viel besser.

Er kam näher und musterte mich misstrauisch. Seine Augen waren klein und standen zu eng beieinander. Er sah überhaupt nicht nett aus.

»Fräulein! Ich hab dich was gefragt.«

Ich musste irgendetwas sagen, bevor er an der Mauer war.

»Mich? Ich? Nein, echt nicht!«, stammelte ich. »Ich hab nichts geworfen. Mir ist nur was aus der Tasche gefallen und das habe ich wiedergeholt.« Ich hielt ihm Mareks Rucksack hin, der weit offen stand. »Die Trinkflasche da.«

Das war das Einzige, was noch drinlag, nachdem der Pinguin draußen war.

Der Tierpfleger schaute mich misstrauisch an. »Na, dann pass das nächste Mal aber besser auf. Wenn ein Pinguin deine Flasche an den Kopf kriegt, freut der sich nicht drüber.«

»Ich pass total auf, ganz bestimmt«, sagte ich.

Er warf noch einen kurzen Blick ins Gehege und dann ging er weiter in Richtung Ausgang.

Ich setzte mich auf eine Bank und war völlig fertig. Dieser Ausflug war der reine Horror. Und jetzt kamen auch schon wieder Leute ans Gehege, eine Familie und noch eine mit jeder Menge Kinder, und bestimmt entdeckte bald einer den starren Pinguin hinter der Mauer, und dann würde es ein Riesengeschrei geben, und der Tierpfleger käme zurück, und natürlich würde er sich sofort denken, dass ich den Pinguin auf dem Gewissen hatte. Ich musste so schnell wie möglich hier weg. Aber wie sollten mich die Gremlins dann finden?

Und warum waren die beiden eigentlich nicht schon längst wieder hier?

Und da fiel mir ein, dass ich vergessen hatte, ihnen zu sagen, wann sie umkehren sollten. Wahrscheinlich rannten sie noch immer durch den Zoo und sammelten Leute ein. Ich musste sie finden.

Ich entdeckte sie bei den Seelöwen. Sie standen Hand in Hand vor dem Becken und starrten aufs Wasser, in dem eine enorm dicke Robbe ihre Runden drehte. Die anderen lagen am Ufer und dösten.

»Warum kommt ihr denn nicht zurück?«

»Weil die doch jetzt gefüttert werden«, sagte Marek. »Das hast du gesagt.«

»Das hab ich doch nur erfunden, damit die Leute von den Pinguinen weggehen.«

»Ich will das aber jetzt sehen«, sagte Matti.

»Ich auch«, meinte Marek.

»Aber die werden jetzt nicht gefüttert, echt nicht.«

»Dann hast du gelügt«, sagte Matti finster.

»Ich hab nicht gelogen. Ihr habt das mit dem Theater nicht kapiert, das ist alles. Aber jetzt müssen wir dringend mal heim, sonst denkt Paulina, ihr wärt verschollen. Wie die Seelöwen gefüttert werden, schauen wir uns nächstes Mal an, versprochen. Ich gehe bestimmt mal wieder mit euch in den Zoo.«

Allerdings nur mit zwei Leinen. Geschworen.

»Ich will noch mal zum Pinguin«, sagte Marek.

»Aber nur kurz, okay? Wir laufen dran vorbei, und ihr könnt euch einmal über die Mauer beugen, damit ihr seht, wo ich ihn hingelegt habe, und dann gehen wir sofort weiter.«

Doch als wir wieder am Pinguingehege waren und über die Mauer schauten, war der Platz dahinter leer. Unser Pinguin musste wirklich aufgewacht und zu den anderen gewatschelt sein. Bestimmt stand er jetzt irgendwo in dem Haufen am Beckenrand und schaute uns an.

»Toni hat ihn wieder ganz gemacht«, sagte Marek und lächelte glücklich.

Als wir endlich in der Straßenbahn saßen und nach Hause fuhren, stellte ich mir vor, was die Gremlins wohl Mama sagen würden, wenn sie ihr von unserem Ausflug erzählten. »Also, Matti hat sich verlaufen, und dann ist er auf ein riesig hohes Gerüst geklettert, und da hat Toni ihn so angebrüllt, dass er fast abgestürzt ist, und Marek hat die ganze Zeit allein bei den Pinguinen warten müssen, und ein Typ mit Monsteraugen hat ihn verfolgt, und deshalb hat er einen Pinguin geklaut, und den hat er fast ermordet.«

Klasse Geschichte. Danach legte Mama mich wahrscheinlich in Ketten, bis sie mich nach Ungarn verschleppte. Als Zeugen konnte ich die Gremlins voll vergessen. Jetzt ging's nur noch um Schadensbegrenzung.

»Ihr sagt nichts davon, zu niemandem!«, beschwor ich sie. »Nichts davon, dass Matti abgehauen ist, und nichts davon, dass Marek einen Pinguin geklaut hat. Ihr sagt noch nicht mal, dass ihr im Zoo wart. Klar? Ihr sagt einfach gar nichts. Ihr vergesst das Ganze, sonst kriegen wir einen Riesenärger von Pauli und von eurer Mutter und von meiner, und das wird dann echt übel.«

Matti und Marek schauten mich groß an und nickten.

Hoffentlich hielten sie dicht.

Für Paulina war der Tag auch nicht so supergut gelaufen. Sie kam gleich nach uns in die Wohnung zurück und verschwand wortlos in ihrem Zimmer. Ich lud die Gremlins vor dem Fernseher ab und lief ihr hinterher. Sie lag auf ihrem Bett und hatte den Kopf unter dem Kissen vergraben. Ich setzte mich neben sie.

»War's nicht gut?«, fragte ich vorsichtig.

Paulina schnaubte wütend in ihr Kissen.

»Was war denn?«

Sie setzte sich auf und guckte mich böse an.

»Gar nichts war. Der hat es geschafft, den ganzen Tag fast kein Wort mit mir zu reden.«

Bekir war so ein Schwachkopf.

»Was habt ihr denn dann gemacht?«

»Die haben Fußball gespielt und ich hab auf der Tribüne gesessen und seine Klamotten bewacht.«

»Wie? Du warst da ganz allein?«

Wie öde war das denn.

»Nein, da waren noch jede Menge anderer Mädchen, aber die saßen auch alle nur rum und haben den Jungs zugeguckt und auf die Handys und so von denen aufgepasst.«

»Das glaube ich jetzt nicht. Die haben extra Mädchen mitgenommen, damit die auf ihre bescheuerten Handys aufpassen?«

Paulina stöhnte genervt.

»Nein, natürlich nicht nur deshalb. Die meisten Jungs sind ja auch immer wieder auf die Tribüne gekommen und dann haben sie rumgeknutscht oder geredet oder was weiß ich. Nur Bekir ist immer unten sitzen geblieben und hat noch nicht mal zu mir hochgeschaut.«

»Der hat einen Schaden, Pauli, ehrlich. Du musst dich entlieben. Das geht so nicht weiter.«

Paulina schüttelte den Kopf.

»Auf der Rückfahrt im Bus hat er meine Hand gehalten«, flüsterte sie. »Und als wir ausgestiegen sind, hat er mich gefragt, ob ich irgendwann mal wieder mitkomme.«

»Und du hast hoffentlich Nein gesagt. ›Nein, du Trottel, ich komm ganz bestimmt nie mehr mit. Lieber laufe ich barfuß durch Hühnerkacke.‹«

Paulina kicherte.

»Toni, du spinnst. Natürlich hab ich Ja gesagt. Der ist vielleicht einfach nur ein bisschen schüchtern.«

Ich ließ mich auf ihr Bett fallen und biss in ihr Kissen. Dieser Tag schaffte mich echt.

»Stell dich nicht so an, Toni«, sagte Paulina. »So ist es eben, wenn man jemanden liebt. Das wirst du schon auch noch mal mitkriegen.«

Ich zog mir das Kissen übers Gesicht und schüttelte den Kopf. »Lieber ersticke ich.«

»Erzähl mal, wie es bei euch war.« Paulina zerrte an meinem Kissen. »So still hab ich die Gremlins ja noch nie erlebt, wenn sie den ganzen Tag in der Wohnung bleiben mussten. Normalerweise sind sie dann immer extrem nervig. Wie hast du das hingekriegt?«

Ich tauchte unter meinem Kissen vor. »Och, wir haben jede Menge Mist gebaut. Verstecken gespielt, Affen nachgemacht und Vögel ein- und wieder ausgepackt.«

»Cool«, sagte Paulina. »So tolle Sachen fallen mir nie ein, wenn ich mit ihnen spiele.«

9. Kapitel

Als ich von Paulina nach Hause kam, rief Mama gleich nach mir. Sie saß mit Igor und Valli am Küchentisch, und ich wunderte mich, dass beide am Samstagabend da waren. Eigentlich sind sie da nämlich immer unterwegs. Ich setzte mich dazu, und alle schauten mich komisch an, aber keiner sagte was. Es kam mir vor wie früher an Nikolaus, als ich die einzig Doofe war, die noch davon überzeugt war, dass ein alter Mann mit Schlitten die ganzen Sachen in die Socken gestopft hatte, und alle beobachteten mich und freuten sich, dass ich so einen Blödsinn glaubte.

Ja. Und dann kam der Kracher.

»Ich lass dich hier«, sagte Mama nämlich. »Ich hab's mir überlegt. Vielleicht ist es wirklich das Beste, wenn ich dich nicht aus deinem Umfeld reiße. Und wahrscheinlich muss ich in Ungarn auch so viel arbeiten, dass ich gar nichts tun kann, um dir das Einleben leichter zu machen. Igor und Valentina kümmern sich um dich, das haben sie mir versprochen.«

»Echt?«

So leicht war das plötzlich? Ich hätte mir den ganzen Stress mit den Gremlins ersparen können? Ich durfte einfach so dableiben?

»Ist aber nur auf Probe!«, sagte Valli.

»Schon klar.«

»Und es gibt Bedingungen«, sagte Mama. »Valentina richtet endlich ein Passwort auf ihrem Computer ein und –«

»Ich hab ein Passwort, Mama!«, unterbrach sie Valli.

»Ach so. Wirklich? Seltsam. Auf jeden Fall gehst du nur ins Internet, wenn Valentina oder Igor dabei sind, Toni. Hast du das verstanden?«

»Ja.«

»Ihr teilt euch die Hausarbeit, und Valentina sieht nach deinen Schulsachen, wenn es nötig ist. Und einer von beiden muss immer wissen, wo du bist.«

»Okay.«

»Und wenn du Scheiß baust, setzen wir dich in den nächsten Flieger. Das ist klar, Babykröte, ja?«, sagte Igor und wuschelte mir durchs Haar.

Ich tauchte unter seiner Hand weg. Das Gerede nervte mich, und dass Igor und Valli jetzt so taten, als würden sie Wunder wie viel Verantwortung für mich übernehmen, war echt daneben. Klar war es toll, oder was heißt toll, es war einfach lebenswichtig, dass ich hierbleiben durfte. Aber deshalb mussten sie ja nicht gleich alle Tatsachen verdrehen. Ich war bestimmt nicht diejenige, die in dieser Familie den meisten Mist baute. Das waren Igor und Valli, die lieferten sich da schon seit Jahren ein echt knappes Rennen. Und Papa war auch ganz gut dabei, aber vermutlich lief er außer Konkurrenz.

Valli machte zum Beispiel total oft blau. Das wusste ich, weil ich sie immer im Café am Marktplatz sah, wenn sie eigentlich in der Schule sein sollte. Da saß sie mit ihren Freundinnen und

quatschte oder stand draußen und rauchte. Dass sie rauchte, wusste Mama auch nicht. Oder sie kam erst gar nicht zum Unterricht, weil sie noch bei Leon im Bett lag. Das hat mir seine Schwester erzählt. Die, die eine Klasse unter mir ist, nicht die große, die es vielleicht gar nicht gibt. Und Igor kriegte sowieso nicht viel auf die Reihe außer seinen Partys, die er heimlich organisierte. Davon wusste Mama ja auch nichts. Aber das war der Grund, warum er abends immer unterwegs war. Er suchte leer stehende Fabrikhallen oder stillgelegte Tunnel oder so was, Orte, an denen ein paar Hundert Leute feiern konnten, ohne dass es jemand mitkriegte. Denn natürlich war das verboten. Igor brach einfach in die Gebäude ein, die ihm gefielen, und schleppte mit ein paar Freunden seine Lautsprecherboxen hin und alles, was er sonst noch brauchte, Generator, Verstärker, CD-Player, Mikrofon und was weiß ich. Und Bier. Viel Bier. Ich wusste das, weil ich ihn mal am Telefon belauscht hatte. Ich glaube, am anderen Ende der Leitung war ein Mädchen, weil er nämlich tierisch angegeben hat mit seinem tollen Equipment.

Mama stand auf und klebte einen Riesenplan an die Küchentür. Bestimmt hatte sie den ganzen Nachmittag dran rumgemalt. Auf ihm war haarklein aufgelistet, was wir jede Woche essen mussten: einen Apfel, eine Mandarine und eine Banane täglich, dreimal in der Woche Salat mit Gurke, Tomate und Paprika, zweimal pro Woche Gemüse und höchstens zweimal Tiefkühlpizza. Das mit der Pizza hatte sie fett unterstrichen. Außerdem gab es auf dem Plan noch eine Rubrik »Haushalt«. Da stand, dass Valli für die Wäsche zuständig war, Igor fürs Einkaufen, weil er als Einziger Auto fahren konnte, ich für den Müll und wir alle zusammen fürs Putzen, einmal die Woche.

»Wie ihr das Kochen und das Putzen aufteilt, bleibt euch überlassen«, sagte Mama. »Aber jeden Sonntag um zehn skypen wir, damit ich sehe, ob alles in Ordnung ist.«

»Sonntag um zehn ist keine Zeit für normale Menschen«, sagte Igor. »Mama, das kannst du echt nicht bringen.«

»Na gut. Elf.«

»Drei. Frühestens um drei.«

»Ich muss ja auch noch von Leon heimfahren«, sagte Valli.

»Das geht sowieso nicht mehr. Einer von euch muss abends immer wegen Toni daheimbleiben«, sagte Mama.

Igor und Valli schauten sie fassungslos an.

»Das geht nicht«, sagte Valli. »Ich bleib doch am Samstagabend nicht zu Hause.«

»Ich hab da meinen Cateringjob, sorry«, sagte Igor. »Auf die Kohle, die das bringt, bin ich echt angewiesen.«

»Leute, es reicht!«

Mama wollte einen Riesenstreit vom Zaun brechen, das habe ich ihr angesehen. Sie kriegte schon ihren wilden Blick, der sogar Valli noch beeindruckt. Wenn Mama so schaut, wird meine Schwester sofort still. Nur Igor nicht. Der schaut genauso wild zurück und dann fliegen die Fetzen. Mama und Igor können abartig miteinander streiten. Da ist es immer gut, wenn Papa da ist, weil ihn das überhaupt nicht schockt. Er sagt, Mama und Igor sind eben theatralische Typen, bei denen wird es lauter, wenn sie sauer sind, aber das heißt nicht, dass es schlimmer ist als bei anderen. Trotzdem fühlt es sich für mich schlimmer an. Und wenn Mama und Igor sich jetzt so richtig stritten, lief im letzten Moment womöglich noch alles schief, und ich musste doch mit nach Ungarn.

»Alles okay!«, habe ich deshalb gebrüllt und mich zwischen die beiden gestellt, damit sie sich nicht mehr so böse anstarren konnten. »Echt, Mama! Am Samstag schlafe ich immer bei Paulina oder Paulina schläft bei mir! Das haben wir schon ausgemacht, das ist alles geregelt.«

Mama stutzte. »Wie könnt ihr das ausgemacht haben, wenn du gar nicht gewusst hast, dass du hierbleiben darfst?«

»Wir haben uns das nur schon mal so grob überlegt. Also, noch nicht so ganz genau, aber schon mal ein bisschen. Vorsichtshalber. Das geht auf jeden Fall klar.«

Paulina ließ mich garantiert nicht hängen. Es sei denn, Bekir funkte irgendwie dazwischen. Aber so wie es aussah, brauchte der noch ein paar Hundert Jahre, bis er kapierte, dass Mädchen keine Fußbälle waren, die man bei Bedarf vorholen und ansonsten neben seiner stinkenden Sporttasche auf der Tribüne vergammeln lassen konnte.

Echt. Jungs.

Als Mama später am Abend mit Papa skypte, weil es irgendein Problem mit seiner Firma gab, rannte ich schnell zu Jonas runter. Er war gerade am Kochen, als ich klingelte.

»Hast du die Spaghetti gerochen?«, fragte er. »Komm rein, sind gleich fertig.«

Die Küche von Jonas ist genauso schick wie sein Wohnzimmer, mit dunkelgrauen Schränken und schwarzer Arbeitsplatte und einem ganz schmalen Tisch mit Barhockern, an dem man nur nebeneinandersitzen kann. Für ein Gegenüber wäre gar kein Platz. Der Tisch steht direkt vor dem Fenster, und wenn man dort sitzt, hat man die komplette Straße im Blick.

Ich finde, sogar die Straße ist bei Jonas schöner als bei uns. Weil er ein Stockwerk unter uns wohnt, sieht er nämlich nicht so viel von der hässlichen Hausfassade gegenüber, sondern viel mehr von den Bäumen.

Ich habe mich auf einen der Barhocker geschwungen und Jonas beim Kochen zugeschaut. Und, echt, sogar das Kochen sah bei ihm besser aus, als wenn einer bei uns kochte. Wahrscheinlich, weil bei ihm alles so neu war, die ganzen Küchengeräte und sogar der Mülleimer. Alles wirkte so, als würde er es zum ersten Mal benutzen. Wie in einer Küchenreklame. Das Einzige, was in seiner Küche schon ein bisschen ramponiert aussah, war Mr Bond, der direkt vor dem Herd lag. Jonas musste höllisch aufpassen, dass er ihn nicht mit seinem Gipsbein trat, aber Mr Bond kümmerte das überhaupt nicht. Bei uns ist das Einzige, was in der Küche wirklich neu aussieht und keine Macken oder Kratzer oder Kalkflecken hat, die Salatschleuder, weil wir immer zu faul sind, sie zu benutzen.

Jonas rührte in der Tomatensoße, und ich erzählte ihm solange von Ungarn und dass ich mir irre Sorgen gemacht hatte, was mit Mr Bond würde, wenn ich mit Mama mitmüsste, und dass ich sie angefleht hatte, mich hierzulassen, und dass es tatsächlich geklappt hatte und Mr Bond jetzt nicht ins Tierheim musste und wie superglücklich ich deshalb war.

Ich habe damit gerechnet, dass meine Geschichte für ihn jetzt nicht so unbedingt der Kracher wäre, weil er ja gar nicht gewusst hat, in welcher Gefahr Mr Bond geschwebt hatte. Aber ich dachte schon, dass er sich ein bisschen freut. Hat er aber nicht.

»Du bleibst jetzt aber nicht wegen Mr Bond hier, oder?«, hat er nur gefragt und mich erschrocken angeguckt.

Und das war doch jetzt echt komisch, weil ich ihm genau das ja gerade erklärt hatte.

»Das wäre mir nämlich wirklich nicht recht«, schob er hinterher. »Ich hätte schon eine Lösung gefunden, wenn du ihn nicht mehr hättest ausführen können.«

Das fand ich richtig blöd. Man kann doch nicht erst sagen, dass man nicht weiß, wie man ohne die Hilfe von jemand anderem zurechtkommen soll, und wenn der einem dann hilft, behaupten, dass es auch anders gegangen wäre. Das muss man sich vorher überlegen.

»Eigentlich braucht man in deinem Alter ja schon noch seine Eltern«, sagte Jonas. »Ich meine, wer kümmert sich denn jetzt um dich?«

Hallo? Ich war doch kein Baby mehr. Was war denn das für eine bescheuerte Frage?

Ich hatte echt keine Lust, weiter darüber zu reden. Deshalb habe ich von den Papageien angefangen. Ich habe ihm erzählt, dass es im Zoo genau die gleichen gab, die er fotografiert hatte.

»Blaumaskenamazonen, Palmkakadus, Taubenhalsamazonen und Hyazintharas.« Ich hatte sie mir alle gemerkt. »Dafür hättest du nicht nach Teneriffa fliegen müssen.«

Jetzt kann er sich schön ärgern, dass er die teure Reise umsonst gemacht hat, dachte ich.

Aber Jonas schüttelte nur den Kopf. »Das kann nicht sein«, sagte er. »Die Vögel sind schon seit über zwei Wochen weg.«

Und da musste ich leider zugeben, dass ich nur die Abbildungen von ihnen an der Käfigtür gesehen hatte.

»Alle dreizehn Papageien, die in der Voliere waren, sind in einer Nacht verschwunden«, sagte Jonas. »Und sie sind dermaßen selten, dass ich wirklich so weit reisen musste, um Artgenossen von ihnen zu finden, die ich fotografieren konnte.«

»Und wer hat die Papageien jetzt?«

»Keine Ahnung. Der Zoo rückt keine Informationen raus. Wahrscheinlich wegen der laufenden Ermittlungen.«

»Und woher weißt du das dann?«

»Ich hab einen Kontaktmann dort. Und nach allem, was ich erfahren habe, steckt eine kriminelle Organisation dahinter, eine Art Mafia. Deren Leute stehlen die Tiere aus den Zoos und verkaufen sie auf dem Schwarzmarkt weiter.«

»Kann die nicht auch jemand aus Versehen mitgenommen haben?«, sagte ich und dachte an unseren Pinguin. Wie schnell man plötzlich zum Tierdieb wird, ohne dass man was dafürkann.

Jonas schaute mich zweifelnd an.

»Wie soll jemand aus Versehen dreizehn Papageien mitnehmen, die in einer verschlossenen Voliere sitzen? Und zwei davon sind Hyazintharas, das sind echte Riesenwhopper. Toni, denk doch mal nach! Das ist das Werk von professionellen Tierdieben, ganz bestimmt. Jeder einzelne Papagei bringt ein paar Tausend Euro. Was meinst du, wie sich das für die lohnt.«

»Und wofür sind deine Fotos? Willst du eine Reportage über die Tiermafia machen? Damit man der auf die Spur kommt?«

»Dazu weiß ich noch zu wenig über sie. Erst mal will ich nur die Bilder veröffentlichen, damit die Leute aufmerksam werden, wenn sie solche Tiere angeboten kriegen. Deshalb sammle ich die Fotos von allen verschwundenen Zootieren in der letzten Zeit. Die stehlen ja nicht nur Papageien, sondern auch alle anderen exotischen Tiere, Affen, Schlangen, Tiger, was weiß ich.

Die Diebe verstecken sich im Zoo, wenn er schließt, oder sie bestechen einen Wärter, und dann haben sie eine Nacht lang Zeit, um in aller Ruhe die Käfige zu knacken und die Tiere wegzuschaffen.«

»Aber wer kauft denn einen Tiger?« Ich konnte kaum glauben, was er da erzählte.

»Es gibt für alles einen Markt. Das ist es ja, was mich so aufregt. Dass die Leute unbedingt solche Exoten haben wollen und nicht nachfragen, woher die Tiere stammen, die ihnen angeboten werden. Deshalb mache ich die Fotos. Ich will sie mit der Nase darauf stoßen, dass sie mit schuld sind an Tierquälerei und Tierdiebstahl, wenn sie meinen, sie können beim Papageienkauf ein Schnäppchen machen. Den illegalen Tierhandel kann man nur ausrotten, indem man die potenziellen Käufer verscheucht. Und das muss schnell passieren, weil die armen Tiere in irgendwelchen viel zu kleinen Käfigen dahinvegetieren, bis sie weiterverkauft werden. Papageien sind soziale Wesen, die darf man gar nicht einzeln halten. Und jetzt wird es auch noch kalt, und wer weiß, ob die überhaupt in einem warmen Raum stehen. Ich sage dir, die Hälfte der gestohlenen Tiere schafft es nicht mal zum Weiterverkauf, die geht vorher ein. Deshalb muss man sofort was tun und das öffentlich machen!«

Eigentlich war Jonas echt gut darin, die ganze Kocherei mit nur einer Hand zu erledigen, aber jetzt regte er sich dermaßen auf, dass die Tomatensoße beim Rühren in alle Richtungen spritzte. Ein dicker Fleck landete direkt vor Mr Bonds Schnauze und er schleckte ihn begeistert auf.

Jonas merkte es gar nicht und schimpfte weiter.

»Aber manche Leute wollen das ja einfach nicht einsehen. Die warten lieber noch ein paar Wochen, bis sie das in die Zeitung setzen, damit sie dann eine richtig geile Story haben und sich als Superjournalisten fühlen können. Ob die Tiere inzwischen verreckt sind, interessiert die doch nicht.«

»Wen interessiert das nicht?«, fragte ich. Ich war nicht ganz mitgekommen.

»Ach, egal.« Jonas winkte müde ab. »Essen ist fertig.«

Er kippte die Spaghetti in ein Sieb und ließ sie abtropfen. »Magst du auch was?«

Es roch wirklich gut und wahrscheinlich schmeckten seine Spaghetti viel leckerer als unsere. Aber ich wollte sie trotzdem nicht probieren. Ich musste an die eingepferchten Papageien denken, die irgendwo in der Kälte froren. Vielleicht hungerten sie auch.

Mir war der Appetit vergangen. Und außerdem war es besser, ich ging mal wieder hoch, bevor Mama merkte, dass ich weg war.

10. Kapitel

Drei Tage später reiste Mama ab. Wir brachten sie zu dritt zum Flughafen, und als sie aus dem Auto stieg, war mir ziemlich mulmig zumute.

Ich bin in meinem ganzen Leben nämlich noch nie länger als zehn Tage von Mama getrennt gewesen, und jetzt dauerte es bis Weihnachten, bis ich sie wiedersah. Das waren acht Wochen! Wenn alles gut ging und meine Geschwister mich nicht vorher nach Ungarn schickten.

Igor beobachtete mich im Rückspiegel, während Mama ihren Rollkoffer zur Eingangshalle des Flughafens zog.

»Na, Babykröte, bereust du's, dass du nicht mitfliegst?«

Valli drehte sich zu mir um. »Noch kannst du dich anders entscheiden«, sagte sie.

Ich schüttelte den Kopf und schluckte den Kloß im Hals runter.

Ich wollte nicht mit. Ich wollte nur auch nicht so gern, dass Mama ging. Am liebsten wäre es mir gewesen, wenn sie hiergeblieben und Papa wieder zurückgekommen wäre. Nur dass das wegen seiner blöden Firma eben nicht möglich war.

Wir fuhren los, zurück nach Hause, und Igor und Valli redeten während der ganzen Fahrt über lauter Sachen, von denen ich keine Ahnung hatte, Abi und Seminararbeiten und wie viele Unterkurse man haben darf und wann man nicht zum Abi zugelassen wird und das alles, und plötzlich waren sie mir so fremd. Als ob ich überhaupt nicht zu ihnen gehörte. Das war echt komisch, weil ich gar nicht damit gerechnet hatte, dass es mir so viel ausmachte, wenn Mama ging, aber den ganzen Nachmittag fühlte ich mich total verloren und schrecklich heimatlos.

Ich war froh, als Paulina am Abend anrief. Ihre Stimme klang so schön vertraut.

»Die Gremlins reden ständig von dir«, sagte sie. »Keine Ahnung, wie du das geschafft hast, aber du bist echt ihr Held. Ich muss nur deinen Namen sagen, dann flippen sie schon aus. Gerade vorhin hat Matti sich geweigert, Zähne zu putzen. Ich hab nur gesagt ›Toni putzt sich drei Mal am Tag die Zähne. Die ist da ganz wild drauf‹, und da hat er sofort seine Zahnbürste genommen und geschrubbt wie ein Irrer.«

Sie brachte ihren Satz kaum zu Ende, weil sie so lachte.

»Man soll kleinen Kindern nicht so einen Mist erzählen«, sagte ich und musste auch lachen. »Ich hasse Zähne putzen.«

»Ich weiß. Aber der Mist, den die beiden erzählen, ist noch viel größer«, sagte Paulina. »Wenn ich alles glaube, was sie sagen, dann bist du Jesus oder Superwoman. Die behaupten, dass du einen toten Pinguin wieder zum Leben erweckt hast. Echt krass, oder?«

»Ziemlich«, sagte ich.

»Vielleicht sollten sie weniger ferngucken«, meinte Paulina, und ich kam mir fies vor, weil ich nichts dazu sagte.

Ich brauchte ein bisschen Zeit, um mich daran zu gewöhnen, dass wir jetzt nur noch zu dritt waren, aber eigentlich lief es gut.

Dass Igor und Valli Mamas Essensplan nicht auf die Reihe kriegen würden, war uns von Anfang an klar, weil sie dafür einfach zu schlecht kochten. Deshalb hat Igor den Plan gleich abgewandelt. »Uminterpretiert« hat er es genannt. Das bedeutete, dass Tiefkühlpizza, auf der Auberginen oder Paprika drauf waren, als Gemüse galt, und nur Pizza ohne extra Gemüse war Pizza. Deshalb konnten wir viermal in der Woche Pizza essen und hatten trotzdem Mamas Plan erfüllt. Mit dem Salat war es ein bisschen schwieriger, aber Valli meinte, dass es eigentlich nur darum ginge, dass wir genügend Vitamine hätten. Und wenn wir jeden Tag einen Smoothie trinken würden, wäre das genauso gut. Und so viel teurer wäre es auch nicht, weil Salat im Winter auch abartig viel kostete.

Damit kamen wir ganz gut über die Runden.

In der ersten Woche, in der Mama weg war, hatten wir Herbstferien, und da war sowieso alles einfach. Wir schliefen bis mittags und frühstückten dann alle zusammen, und Leon war auch immer dabei, weil der in den Ferien praktisch bei uns wohnte. Nach dem Frühstück gingen Valli und Leon wieder ins Bett, Igor schleppte sich mit seiner Decke ins Wohnzimmer und schaute fern, bis es spät genug war, seine Kumpels zu treffen, und ich ging mit Mr Bond in den Park.

An Halloween übernachtete ich bei Paulina, und es war total lustig, obwohl mein Kostüm echt eine Katastrophe war, weil die blöden Klopapierrollen ständig von meinem Rückenpanzer abfielen. Es war so unglaublich bescheuert, mit dreizehn Jahren bei wildfremden Leuten vor der Haustür zu stehen und »Süßes oder Saures« zu brüllen und dabei mit Klopapierrollen in der Hand zu wedeln, dass es schon wieder zum Lachen war. Und die Gremlins waren der Oberhammer. Wir hatten sie richtig gut als Gespenster verkleidet, mit weißen Leintüchern und schwarzen Riesenaugen und allem, aber sie behaupteten überall, sie wären Pinguine, die »Huuh!« machten. Paulina ging als Mumie und erstickte fast an ihren Mullbinden, weil sie so lachen musste. Und süßigkeitentechnisch waren wir als Gespensterpinguine, Spinne ohne Beine und Lachmumie so erfolgreich, dass wir wahrscheinlich für den Rest unseres Lebens keine Süßigkeiten mehr kaufen müssen. Also, zumindest bis Weihnachten müsste es reichen.

Nach anderthalb Wochen meldete Mama sich zum ersten Mal per Skype.

Wir haben gedacht, wir setzen uns einfach gemütlich um den Küchentisch und stellen Vallis Laptop in die Mitte, und dann reden wir ein bisschen mit ihr und erzählen, was so passiert ist. Ich habe sogar mein Mathe- und mein Deutschklassenarbeitsheft neben den Computer gelegt, weil ich ihr zeigen wollte, dass ich eine Zwei und eine Zwei plus geschrieben hatte. Damit sie erst gar nicht dachte, dass ich mir in der Schule keine Mühe gab, wenn sie nicht da war.

Igor hat rumgenervt und immer so getan, als ob er seinen Kaffee über meine Hefte schütten würde und mich eine olle Streberin genannt. Voll bescheuert. Nur weil er es noch nicht mal geschafft hatte, sich vor dem Skypen mit Mama die Zähne zu putzen oder sich zu kämmen. Seine Haare standen nach allen Seiten ab, nur oben waren sie platt. Er lässt sie nämlich wachsen, und jetzt sehen sie aus wie ein Busch, der einen Hagelschauer abgekriegt hat. Ziemlich irre.

Valli und ich haben die ganze Küche aufgeräumt, bevor der Skype-Termin war, damit Mama sehen konnte, dass wir es mit dem Putzen im Griff hatten. Die Pizzakartons warfen wir unter den Tisch und die leeren Smoothieflaschen stellten wir in den Flur. Das waren inzwischen schon ganz schön viele, weil wir uns nicht einigen konnten, wer zum Altglascontainer gehen musste. Igor hat behauptet, das wäre meine Aufgabe, weil ich für den Müll zuständig war, aber ich fand, das gehörte mit zum Einkaufen, weil Mama dabei auch immer die leeren Flaschen zurückgebracht hat.

»Doch nur die mit Pfand«, hat Igor gemeint.

Aber ich weiß genau, dass das nicht stimmt. Sie hat immer alle Flaschen mitgenommen. Vielleicht hat sie welche in den Container geschmissen, das weiß ich nicht, aber das hat bei ihr auf jeden Fall zum Einkaufen mit dazugehört.

Es war seltsam, Mama auf dem Bildschirm zu sehen. Ich hatte gedacht, es wäre fast so, als ob sie wirklich da wäre, aber es war ganz anders und total unecht, weil sich erst nur ihre Lippen bewegten und der Ton dazu viel später kam. Außerdem hat sie einen überhaupt nicht angesehen, sondern immer woandershin gestarrt. Valli meinte, das käme, weil sie nicht in die Kamera von ihrem Computer geschaut hat, sondern auf ihren Bildschirm, wo wir drauf waren.

Und die Küche, in der sie saß, war vielleicht hässlich. Die Wand hatte eine Tapete, auf die immer das gleiche kleine Holzregal gemalt war. Jeden Meter das gleiche Regal, auf dem ein roter Keramikkrug stand und eine Schale mit blauen und grünen Trauben.

»Geile Tapete«, hat Igor geflüstert. »Die käme echt gut bei meinen Partys.«

Mama wollte natürlich wissen, wie es uns ging und was so los war, aber ich finde, richtig gut kann man nicht reden, wenn man zu dritt um einen kleinen Laptop sitzt und seine Mutter anschaut, bei der das Gesicht und die Stimme nicht zusammenpassen. Und besonders viel war ja auch nicht passiert, außer dass wir praktisch jeden Tag Pizza gegessen hatten und nur ab und zu Schupfnudeln aus der Packung, weil das auch noch was war, was Valli und Igor hinkriegten. Aber wir haben ausgemacht, dass wir das nicht sagen würden, weil es am Laptop zu kompliziert gewesen wäre, Mama das mit der Uminterpretierung von ihrem Essensplan zu erklären.

Doch von Halloween hätte ich ihr echt gern erzählt, nur bin ich gar nicht dazu gekommen, weil Valli als Erste anfing zu reden, und sie hörte überhaupt nicht mehr auf. Sie hat ohne Ende rumgestöhnt, wie unglaublich viel sie lernen muss und dass sie deshalb gar nicht mehr dazu kommt, Leon zu sehen, aber dass sie sich trotzdem tierisch um den Haushalt kümmert und dass man das ja auch an der sauberen Küche sehen kann und lauter so Zeug.

»Läuft's denn auch mit dem Kochen?«, hat Mama dann natürlich gleich gefragt.

»Perfekt«, sagte Igor. »Mach dir keine Sorgen. Ich sag dir Bescheid, wenn Toni Skorbut kriegt. Und auch wenn sie mit dem Rauchen anfängt oder den letzten Penner hier anschleppt. Und wenn sie schwanger wird, schick ich sie direkt zu dir.«

Mama hat gelacht und die Augen verdreht und ich habe mich geniert. Manchmal ist Igor echt bescheuert.

»Und wer sagt mir Bescheid, wenn du Mist baust?«, fragte sie ihn dann noch.

»Bei mir läuft's doch sowieso gut. Aber tut mir leid, Mama, ich muss noch mal ins Bett. Ich hab nur drei Stunden geschlafen, das war eine harte Nacht. Tschüs!«

Er winkte kurz in die Kamera und verschwand aus der Küche. Jetzt war es wenigstens nicht mehr so eng vor dem Laptop.

»Ist er immer noch so viel unterwegs? Und ist Toni dann die ganze Zeit allein zu Hause?«, hat Mama Valli gefragt.

»Gar nicht!«, habe ich gerufen. »Valli und Leon sind doch immer da!«

Valli boxte mich in die Rippen und Mama fragte: »Wie? Leon ist immer da? Ich denke, du siehst ihn kaum? Wann lernst du denn dann, Valentina?«

»Wir lernen zusammen, Mama. Der macht doch auch Abi. Das ist gar kein Problem«, sagte Valli und schoss einen finsteren Blick zu mir rüber. Ich glaube, sie war ziemlich sauer auf mich.

Papa tauchte hinter Mama auf und hielt seine verbundene Hand in die Kamera.

»Soll ich den Verband wegmachen?«, fragte er. »Wollt ihr das mal sehen?«

»Nein!«, habe ich gebrüllt.

»Schrei mir nicht so ins Ohr«, hat Valli mich angeblafft, und zu Papa hat sie gesagt: »Wenn du das machst, fahr ich den Computer sofort wieder runter. Dann skypen wir erst wieder, wenn deine Hand verheilt ist.« Und sie klang nur ein ganz kleines bisschen netter als bei mir.

»Ist ja gut. Ich hab doch nur einen Witz gemacht«, sagte Papa beleidigt und ging wieder aus dem Bild. Ich hatte ihm nicht mal richtig Hallo sagen können.

»Er hat jede Menge zu tun«, meinte Mama. »Das mit der Firma ist etwas kompliziert.«

»Na, dann ist es ja gut, dass du bei ihm bist«, sagte Valli spitz. »Und, wie gesagt, wir kriegen das hier klasse geregelt.«

»Du auch, Toni?«, fragte Mama. »Du sagst so wenig. Ist alles klar bei dir?«

»Alles gut. Und Mr Bond geht's auch gut und in der Schule läuft es super.«

Ich wollte gerade meine Klassenarbeitshefte vor die Kamera halten, damit sie meine Noten sehen konnte, als Papa irgendwas von hinten rief. Und da kriegte Mama plötzlich ihren geschäftigen Ton und meinte, dass Papa jetzt gleich ins Internet müsste, wegen einem wichtigen Geschäftstermin, und wir deshalb Schluss machen sollten.

»Das nächste Mal skypen wir länger, meine Kleine. Dann will ich, dass du mir alles erzählst. Aber jetzt würde ich gern noch schnell die Wohnung sehen.«

»Wie jetzt?«, fragte Valli und kriegte ganz runde Augen vor Schreck.

»Das war doch abgemacht«, sagte Mama ungeduldig. »Toni, sei so lieb und lauf mit dem Laptop durch die Zimmer, damit ich weiß, wie es bei euch aussieht.«

»Aber das ist ja voll die Kontrolle!«, beschwerte sich Valli.

»Ja«, sagte Mama. »Schon. Ein bisschen. Jetzt macht schon, ihr Süßen.«

Zum Glück war die Küche ja okay. Ich ging mit Vallis Laptop

vom Küchentisch zur Spüle und von der Spüle zum Herd und von da zum Kühlschrank und zeigte Mama alles. Nur die Pizzakartons unter dem Tisch ließ ich natürlich aus. Ich habe mich wie in Zeitlupe bewegt, damit Valli noch im Flur aufräumen konnte. Blöderweise fielen ihr dabei die Smoothieflaschen um, und es schepperte so laut, als ob ein Glascontainer in unserer Wohnung umgekracht wäre.

»Was war denn das?«, kreischte Mama aus Ungarn.

»Geht's noch?«, brüllte Igor aus seinem Zimmer.

»Jetzt hilf mal mit, du Penner!«, schrie Valli.

Ich habe ganz laut »Der Herbst, der Herbst, der Herbst ist da!« gesungen, damit Mama sie nicht streiten hörte.

»Das lernen wir gerade in Musik«, habe ich behauptet.

»Ziemlich spät«, sagte Mama. »Bis das so klingt, wie es soll, ist bestimmt schon Weihnachten. Was war das grade für ein Lärm?«

»Das kam von Igor. Der hat sich neue Musik aus dem Internet runtergeladen. Von so einer Band, die Musik mit leeren Flaschen macht.«

»Grauenhaft«, sagte Mama. »Lässt du mich jetzt mal ins Wohnzimmer gucken, Süße?«

»Gleich«, sagte ich und schielte in den Flur, um zu sehen, ob Valli die Flaschen wieder unter Kontrolle hatte. Zum Glück waren alle verschwunden.

»Also, dann gehen wir jetzt ins Wohnzimmer«, sagte ich ganz laut, damit Valli gewarnt war.

Sie kam auch direkt in den Flur geschossen und versperrte die Wohnzimmertür.

»Ihr könnt hier noch nicht rein«, flüsterte sie.

Ich linste hinter sie. Igor rannte in Unterhosen hin und her und suchte ein Versteck für den vollen Aschenbecher, und jede Menge Bierflaschen lagen auch noch rum.

»Weißt du, was, ich zeig dir erst mal den Flur«, sagte ich zu Mama. »Immer der Reihe nach.«

»Warum müsst ihr nach euren Partys eigentlich immer bei uns weitersaufen?«, meckerte Valli Igor an, gerade als ich mit Mama an der offenen Wohnzimmertür vorbeikam.

»Was hat sie gesagt?«, fragte Mama.

»Die telefoniert mit Leon!«, rief Igor und lachte. »Der hat sich gestern tierisch besoffen und jetzt kriegt er Stress von Valli.«

Als Valli auf Igor losging, habe ich schnell die Wohnzimmertür zugemacht.

»Und jetzt zeig ich dir mal, wie das Wetter ist.«

»Ich weiß ja nicht, ob dieser Leon wirklich der Richtige für Valentina ist«, murmelte Mama.

Ich trug den Laptop auf den Balkon. Dafür musste ich nur durchs Schlafzimmer, und da waren Valli und Igor nicht drin gewesen, seit Mama weg war. Nur ich lag manchmal auf ihrem Bett und suchte einen Weg aus dem Labyrinth, aber ich machte ja keinen Dreck.

»Lass bloß meinen Computer nicht fallen!«, rief Valli hinter mir her.

»Willst du auch die Bäume sehen, Mama?«

»Na ja, die kenne ich eigentlich noch ganz gut. Zeig mir jetzt lieber mal das Wohnzimmer und das Bad.«

»Das Bad auch?«, brüllte ich, damit Igor und Valli es mitkriegten.

Das Bad sah nämlich von allen Zimmern am schlimmsten

aus. Also, die Zimmer von Valli und Igor mal ausgenommen, aber die wollte Mama wahrscheinlich sowieso nicht sehen, weil sie schon wusste, dass sie da die totale Krise kriegen würde. Unter dem Waschbecken knüllte sich die Dreckwäsche und überall lagen lange Haare, die Valli sich ausgebürstet hatte. Sie hat zwar behauptet, die wären von mir, aber das stimmte echt nicht, meine kringeln sich am Ende viel mehr, und deshalb habe ich auch nicht eingesehen, dass ich sie wegmachen sollte.

Igor und Valli rannten an mir vorbei ins Bad und ich bin mit Mama durchs Wohnzimmer patrouilliert.

Es war schon fast wieder ordentlich. Nur auf der Couch waren noch ein paar große Rotweinflecken, die hatten sie nicht so schnell weggekriegt. Ich setzte mich drauf, um sie vor Mama zu verstecken, und wackelte ein bisschen mit dem Laptop, damit sie nicht bemerkte, dass auf dem Teppich auch noch ganz schön viel Zigarettenasche lag.

»Sieht ja gar nicht schlecht aus«, sagte Mama. »Ich hatte echt Angst, dass die Großen hier Party machen und die Wohnung verwüsten. Aber anscheinend seid ihr doch alle vernünftig.«

»Willst du jetzt noch das Bad sehen?«, fragte ich erschöpft.

»Nein, lass mal. Ich sollte vielleicht doch ein bisschen mehr Vertrauen in euch haben.«

Valli kam ins Wohnzimmer zurück. Sie war knallrot im Gesicht von der ganzen Schufterei.

»Mama, wir müssen mal Schluss machen«, sagte sie. »Der Laptop ist heiß gelaufen.«

Aber das stimmte gar nicht. Ich hatte ihn ja in der Hand und er war höchstens lauwarm.

»Ja, ich muss jetzt sowieso euren Vater an den Computer las-

sen, der scharrt schon mit den Hufen. Bis nächste Woche, meine Hübschen. Dann melde ich mich aber mal am Samstag, dann ist Igor vielleicht nicht so verschlafen und bleibt auch ein bisschen dabei«, sagte Mama und verschwand vom Bildschirm.

Wir saßen zu dritt nebeneinander auf der Couch und waren völlig erledigt.

»Das mache ich nicht noch mal mit«, sagte Igor. »Nächsten Samstag stelle ich mich tot.«

»Und ich geh zu Leon«, sagte Valli. »Das muss man sich mit achtzehn echt nicht mehr antun.«

»Und wenn Mama wieder die Wohnung sehen will?«, fragte ich.

»Dann lenk sie ab, Babykröte. Erzähl was von der Schule. Zeig ihr deine Hefte, damit sie sieht, dass es läuft. Sie hat den Kontrollfimmel doch sowieso nur wegen dir. Weil sie Angst hat, dass du mit uns verwahrlost.«

Er lachte, aber ich fand das überhaupt nicht witzig.

»Wenn sie sich solche Sorgen macht, hätte sie Toni besser mitgenommen«, sagte Valli. Sie redete, als ob ich gar nicht da wäre. »Wenn Mama es zu versifft bei uns findet, dann muss sie sie eben doch nach Ungarn holen. Ich habe so kurz vor dem Abi einfach nicht die Zeit, den halben Tag lang die Wohnung zu schrubben.«

Damit stand sie auf und ging in ihr Zimmer. Sie kriegte kaum die Tür auf, weil die ganzen Smoothieflaschen dahinterlagen.

Ich drehte mich zu Igor. »Ich kann mich allein um die Küche kümmern. Echt. Und das Wohnzimmer übernehme ich auch. Und das Bad. Aber ich geh nicht nach Ungarn.«

Ich würde sogar Vallis blöde Haare wegmachen und die

Smoothieflaschen zum Container tragen, einzeln von mir aus. Hauptsache, ich durfte hierbleiben.

»Das ist eine super Idee, Babykröte«, sagte Igor und wuschelte mir durch die Haare. »Und jetzt geh ich endlich wieder schlafen.«

11. Kapitel

»Die Gremlins haben mir die Hölle heißgemacht, als sie mitgekriegt haben, dass ich mich mit dir treffe«, stöhnte Paulina, als sie mit Matti und Marek im Park auftauchte. »Ich hätte sie an der Tür festbinden müssen, damit sie mir nicht hinterherkommen. So ist das, wenn man echte Fans hat.«

Wir saßen auf der Bank vor dem Spielplatz und schauten ihren Brüdern zu, die sich abwechselnd durch den Sandkasten trugen. Mr Bond hatte sich in die Büsche verkrümelt und war froh, dass er nicht im Sichtfeld der Jungs war. Kleine Kinder waren ihm insgesamt zu stressig. Und die beiden sowieso.

»Was machen die da?«, fragte ich Paulina.

»Hab ich dir das noch gar nicht erzählt? Das nennt sich ›Toter Pinguin‹. Ich hab gedacht, die Pinguinmeise wäre mit Halloween vorbei, aber von wegen. Jetzt spielen sie ständig diesen Mist. Bleiben plötzlich ganz starr irgendwo stehen, als ob sie tiefgefroren wären. Ich hätte gar nicht gedacht, dass sie das können, wo sie sonst immer so rumzappeln. Ziemlich krass, oder?«

»Irgendwie schon.«

»Aber das Krasseste ist, dass sie so lange starr bleiben, bis ich endlich so tue, als ob ich du wäre, und sie durch die Gegend schleppe. Erst dann werden sie wieder lebendig. Voll bescheuert. Und anstrengend. Aber heute kannst du den Part ja selber übernehmen. Wundert mich direkt, dass sie dich noch nicht geholt haben.«

Aber da kam Marek schon angerannt.

»Der Pinguin ist tot!«, schrie er. »Toni muss ihn wieder ganz machen.«

»Genial. Heute darfst du du sein«, sagte Paulina. »Ich bin solange ich und chille mit dem flotten Mr Bond.«

»Der redet wahrscheinlich mehr mit dir als Bekir«, sagte ich.

»Bekir? Welcher Bekir? Du meinst doch nicht etwa den hübschen Jungen ohne Hirn, der wie vom Erdboden verschwunden ist?«

»Wie jetzt?«, fragte ich.

»Der meldet sich nicht mehr. Ich sag dir, der holt seine kleine Schwester jetzt extra immer früher ab, damit er mir nicht begegnen muss.«

»Toni, komm jetzt!« Marek zog mich am Arm.

»Der Pinguin ist bestimmt nur müde«, sagte ich zu ihm, weil ich Paulina nicht allein sitzen lassen wollte. Sie sah so traurig aus. »Der kommt auch ohne mich wieder in die Gänge, du musst nur ein bisschen warten.«

Marek schüttelte den Kopf. Er kletterte auf die Bank und rutschte an mich ran.

Sein Atem kitzelte mich, als er mir aufgeregt ins Ohr flüsterte: »Der ist doch tot, weil der Mann mit der orangenen Brille da gewesen ist. Deshalb musst du den ganz machen.«

»Von diesem Typ redet er dauernd«, sagte Paulina. »Von dem

und dem Pinguin. Und Matti auch. Die machen mich noch wahnsinnig damit. Hast du ihnen irgendwann mal was von einem Typ mit orangener Brille erzählt? Irgendeine Horrorgeschichte?«

»Na, hör mal«, sagte ich und stand auf, um endlich doch den Matti-Pinguin zu retten. »Ich erzähl den Gremlins doch keinen Schrott. Und den Typ kenne ich gar nicht.«

Das war wenigstens fast die Wahrheit. Immerhin hatte ich ihn nur ganz kurz gesehen.

Aber noch am gleichen Abend bin ich ihm wieder begegnet.

12. Kapitel

Es war schon dunkel, als ich vom Park heimgelaufen bin, und auf den Straßen war überhaupt nichts los, weil es eklig vor sich hin genieselt hat. Mr Bond war müde und zottelte schlecht gelaunt hinter mir her. Es dauerte ewig, bis wir an unserem Haus waren, weil ich unterwegs noch Regenwürmer retten musste, und das war gar nicht so leicht, weil die schon aufgeweicht waren und ich voll aufpassen musste, dass ich sie nicht zerquetschte. Vor unserem Haus lag dann noch ein ganz fetter, direkt neben einer Riesenpfütze. Ich hockte mich hin, um ihn aufzuheben und woandershin zu setzen, und gerade als ich ihn in der Hand hatte, fing Mr Bond an zu kläffen und wie ein Irrer an der Leine zu ziehen, sodass ich fast umgekippt wäre. Ich hörte ganz schnelle Schritte, irgendwer lief auf uns zu, und als ich mich umdrehte, war er schon ganz nah.

Er stoppte direkt neben uns. Ich konnte sein Gesicht nicht erkennen, weil er seine Mütze tief in die Stirn gezogen hatte, und er hatte eine komische Sonnenbrille auf mit irgendwie getönten Gläsern. Es sah aus, als hätte er riesige Augen. Wer ist denn so bescheuert und trägt im Dunkeln und bei Regen eine Sonnenbrille, dachte ich noch, aber eigentlich hatte ich überhaupt keine Zeit zum Denken, weil der Typ plötzlich meine Hundeleine packte und wie blöd daran zerrte, sodass mir der Regenwurm aus der Hand fiel. Ich begriff überhaupt nicht, was passierte, ich klammerte mich einfach nur mit beiden Händen an die Leine. Nicht loslassen, bloß nicht loslassen, das war das Einzige, was ich dachte, ich konnte nichts sagen, auch nicht schreien, ich kam gar nicht auf die Idee. Und der Typ riss immer stärker an der Leine, doch er war ganz stumm dabei, ganz unheimlich still, nur sein Keuchen konnte ich hören und meins, während wir um die Leine kämpften, und Mr Bond bellte nicht mehr, sondern hatte angefangen zu winseln.

Und plötzlich drehte der Typ sich um und lief los, mit der Leine in der Hand, an die ich mich immer noch klammerte, und weil ich es nicht so schnell schaffte, auf die Füße zu kommen, krachte ich auf die Knie und wurde einfach mitgeschleift, quer durch die Pfütze. Mr Bond sprang die ganze Zeit zwischen uns rum, und mit einem Mal blieb der Typ wieder stehen, bückte sich und nahm ihn auf den Arm. Und Mr Bond war ruhig.

Er hat einen Schock, dachte ich, ich war mir ganz sicher, sein Herz steht still, gleich ist er tot. Und da habe ich endlich geschrien. Ich saß auf diesem blöden nassen Gehweg, hielt die Leine fest und hörte mich brüllen, nach Hilfe rufen, aber ich kapierte gar nicht, dass ich das war, die schrie. Und da ließ der Typ los. Er bückte sich und setzte Mr Bond wieder auf den Boden, langsam und vorsichtig. Er kam mir ganz nah, und ich konnte seine Sonnenbrille genau sehen, die Gläser spiegelten und waren orange, riesige orangene Monsteraugen. Und mein Schrei blieb mir im Hals stecken.

Aber da war er schon fortgerannt.

Im Erdgeschoss von unserem Haus ging ein Fenster auf. Frau Meister lehnte sich hinaus und spähte unsicher in die Dunkelheit.

»Antonia, bist du das? Hast du gerade geschrien? Was ist denn passiert?«, rief sie über den Vorgarten weg.

»Bin ausgerutscht«, antwortete ich mit zittriger Stimme und rappelte mich auf. »Ist aber alles okay.«

Ich schaute nach Mr Bond. Er war nicht tot. Er wirkte noch nicht mal besonders verstört. Er beschnüffelte nur völlig aufgeregt die Stelle, wo wir um ihn gekämpft hatten, und wedelte mit dem Schwanz. Ich suchte den Gehweg mit den Augen nach dem Regenwurm ab. Nichts zu sehen. Hoffentlich hatte er sich in Sicherheit gebracht.

Frau Meister beobachtete mich immer noch.

»Hast du dir wirklich nicht wehgetan? Das ist eine verflixte Stelle hier. Genau dort ist der Herr Bach angefahren worden, als er in der Dunkelheit mit seinem Hund unterwegs war. Und der Arme hat sich bei dem Unfall ja alles gebrochen.«

»Aber der ist doch nicht angefahren worden!«, sagte ich und wunderte mich, wie schrill meine Stimme klang. »Da war kein Auto dran schuld. Der ist nur einfach so hingefallen.«

»Ich hab doch den Rums gehört, der war richtig laut. Aber bis ich am Fenster gewesen bin, war das Auto schon weg, und nur der Herr Bach hat noch dagelegen. Der hat seltsamerweise gar nichts von einem Auto wissen wollen. Der hat gesagt, das ist einfach so passiert. Dabei hab ich den Aufprall ja gehört, ich bin doch nicht verrückt. Ich glaube, der stand so unter Schock, der Herr Bach, der hat das gar nicht mehr gewusst.«

»Echt?«

»Ja, so kann's einem gehen. Pass nur gut auf«, sagte Frau Meister und machte ihr Fenster wieder zu.

Ich lehnte an unserem Gartenzaun und versuchte zu verstehen, was mir gerade passiert war. Warum ging ein wildfremder Typ auf mich los und versuchte, Mr Bond zu klauen? Und warum hatte Jonas mir nicht erzählt, dass er von einem Auto angefahren worden war? Das konnte doch nicht sein, dass er das vergessen hatte.

Oder doch? Gab es so was?

Aber es war auf jeden Fall Blödsinn, was Frau Meister gesagt hatte, dass das etwas mit der Stelle hier vor dem Haus zu tun haben sollte. Der Überfall auf mich und der Unfall von Jonas waren zwei völlig verschiedene Sachen. Es konnte nur ein Zufall sein, dass es uns beide an derselben Stelle hingehauen hatte.

Genauso, wie es ein Zufall war, dass ich dem Typ schon mal vor dem Zoo begegnet war, zusammen mit den Gremlins. Denn das war er doch garantiert gewesen, kein anderer Mensch trug so eine bescheuerte Brille.

Aber was wollte der von Mr Bond?

Gab es Leute, die dermaßen seltsam waren, dass sie sich in Zoos versteckten, um Tiere zu beobachten, oder sie nachts von anderen Leuten klauten?

»Die Babykröte spinnt sich wieder was zusammen.«

Das wäre so ungefähr das, was Igor sagen würde, wenn ich es ihm erzählte. Garantiert. Und alle anderen würden es denken.

Nur Paulina nicht.

Und Jonas auch nicht. Bestimmt nicht. Vielleicht erinnerte er sich wieder an seinen eigenen Unfall, wenn ich ihm von meinem Überfall erzählte. Wir würden in seinem Wohnzimmer sitzen und gemeinsam herausfinden, ob das alles womöglich doch zusammenhing. Und warum der Typ mit der orangenen Sonnenbrille Mr Bond klauen wollte.

Aber von wegen.

Jonas wollte überhaupt nichts davon wissen, dass jemand versucht hatte, seinen Hund zu stehlen. Das Einzige, was ihn interessierte, als ich triefnass vor seiner Tür stand und ihm von dem Überfall erzählte, war, ob ich mir wehgetan hatte.

Klar doch. Meine Hände brannten, weil ich mich so fest an die Leine geklammert hatte, und blaue Flecken hatte ich bestimmt auch, so wie der Typ mich über den Boden gezerrt hatte. Aber das war doch egal. Wichtig war nur, dass es jemand auf Mr Bond abgesehen hatte.

»Der hat wie blöd an der Leine gezogen, Jonas. Der wollte mir Mr Bond wirklich wegnehmen. Mit aller Gewalt. Ich verstehe das überhaupt nicht.«

»Langsam, Toni. Komm erst mal in die Küche. Ich koch dir einen Tee.«

Tee war bestimmt nicht schlecht. Mir war kalt und ich konnte gar nicht aufhören zu zittern.

Ich setzte mich auf einen Barhocker in der Küche und kontrollierte die Straße. Weit und breit war niemand zu sehen.

Das war schon mal gut.

Jonas beobachtete mich besorgt, während wir darauf warteten, dass das Teewasser kochte.

»Hast du das Gesicht von dem Mann gesehen?«, fragte er.

Ich schüttelte den Kopf. »Der hatte eine bescheuerte Sonnenbrille auf. In Orange. Und eine Mütze. Der wollte nicht, dass man ihn erkennt. Ist ja klar, wenn er vorhatte, Mr Bond zu stehlen.«

»Vielleicht hatte er auch einfach was mit den Augen. Bindehautentzündung oder so. Und eine Mütze ist normal bei dem Wetter.« Er bückte sich mühsam mit seinem Gipsbein und kraulte Mr Bond am Ohr. »Ganz schönes Abenteuer, was, alter Mann«, sagte er zu ihm.

»Aber ich bin dem schon mal begegnet, Jonas. Todsicher. Ich war im Zoo und da war der auch. Mit genau der gleichen Sonnenbrille.«

»Solche Brillen sind grade modern, die hat jeder«, sagte Jonas und richtete sich wieder auf.

Also, dann musste ich blind sein, ich hatte davor nämlich noch nie jemanden mit so einem Ding gesehen.

»Wir müssen zur Polizei«, sagte ich. »Wenn du auch nicht weißt, was das alles soll, müssen wir zur Polizei gehen. Damit die das aufklären.«

Jonas sagte nichts. Er hängte einen Teebeutel in einen großen Becher, auf dem in fetten schwarzen Buchstaben »Mr Universe« stand, goss kochendes Wasser darüber und stellte ihn vor mich auf den Tisch. Dann schaute er aus dem Fenster, mit leerem Blick. Vielleicht hatte er mich gar nicht gehört.

Ich schloss die Hände um die Teetasse. Die Wärme tat gut. Der Teegeruch auch. Kein Pu-Erh, sondern irgendwas mit Kräutern. »Abendrot« stand auf dem Zettel, der am Teebeutel hing.

»Also. Was machen wir? Gehen wir jetzt zur Polizei?«, fragte ich.

»Wir machen gar nichts.« Jonas drehte sich zu mir um. »Ich glaube, du interpretierst da zu viel rein, Toni. Es tut mir furchtbar leid, was dir passiert ist, aber es war bestimmt nur ein Missverständnis.«

»Hä? Was soll das bitte für ein Missverständnis sein, wenn einer versucht, einem den Hund zu klauen? So was macht doch keiner aus Versehen.«

Jonas zog den anderen Barhocker neben mich und setzte sich halb drauf. Ganz ging nicht, wegen dem Gipsbein. »Toni«, sagte er und legte die Hand auf meinen Arm. »Der dachte vielleicht, dass das sein Hund wäre. Es war doch stockdunkel draußen. Hier vor dem Haus ist ja nicht mal eine Straßenlaterne.«

Er hatte so ungefähr den Säuselton drauf, den ich von Papa kenne, wenn er mir früher eine Gutenachtgeschichte erzählt hat und wollte, dass ich endlich die Klappe hielt und einschlief. Das konnte er sich aber schenken. Ich zog meinen Arm weg und schaute ihn böse an.

»Gegenüber ist eine Laterne. So dunkel war es überhaupt nicht. Mr Bond konnte man ziemlich gut sehen. Und es kann ja sein, dass er ihn von Weitem verwechselt hat, aber so bescheuert ist doch keiner, dass er seinen eigenen Hund nicht erkennt, wenn er ihn auf dem Arm hat.«

»Aber du sagst doch, dass er ihn gleich wieder abgesetzt hat. Na also. Das beweist es. Der hat sich im Hund getäuscht, Toni. So Mischlinge sehen sich manchmal ganz schön ähnlich. Und wenn der eine Sonnenbrille aufgehabt hat, konnte er im Dunkeln sowieso nicht gut sehen. Vielleicht war er genauso panisch wie du und hat auch gedacht, dass einer seinen Hund stehlen wollte. Und als er seinen Irrtum eingesehen hat, ist er so schnell wie möglich abgehauen. Es war ja auch scheiße, was er da gebracht hat.«

So allmählich wurde ich doch ein bisschen unsicher. Der Typ war ja wirklich ganz plötzlich weggelaufen. Vielleicht hatte er sich tatsächlich im Hund geirrt.

Ich wusste es einfach nicht. Es war alles so schnell gegangen.

»Findest du das echt wahrscheinlich?«, fragte ich.

Jonas zuckte mit den Schultern. »Eine andere Erklärung fällt mir nicht ein. Außer der, dass es einfach nur ein Spinner war, der Blödsinn machen wollte. Wenn wir damit zur Polizei gehen, lachen die uns aus.«

»Komischer Blödsinn«, sagte ich. »Wegen dem Volltrottel hat Mr Bond fast einen Herzinfarkt gekriegt und ich bin klatschnass und meine Hose ist total versaut.«

»Du Arme.« Jonas stand auf. »Dann geh besser mal nach oben und zieh dir was Trockenes an. Sonst erkältest du dich noch.«

Zögernd rutschte ich von meinem Hocker runter.

»Ist jemand bei dir zu Hause?«, fragte Jonas und ging vor mir her zur Wohnungstür.

»Keine Ahnung.«

Er hielt mir die Tür auf. Ich streichelte Mr Bond, der uns nachgekommen war, und sagte Jonas Tschüs.

»Ruf deine Schwester oder deinen Bruder an, wenn sie nicht da sind, ja?«, sagte er. »Du solltest jetzt besser nicht allein sein nach dem Schreck.«

Ich nickte und ging die Treppe hoch.

»Bitte mach dir keine Gedanken mehr wegen dem Typ. Der kommt nicht mehr«, rief Jonas mir nach. »Kein Mensch will Mr Bond klauen, das verspreche ich dir. Das ist ein alter, dicker Hund und kein teurer Papagei.«

Doch.

Klar.

Das war es.

Ich war schon fast oben, aber jetzt drehte ich wieder um und lief zu Jonas zurück. Denn endlich kapierte ich den Zusammenhang. Die Tiermafia. Der Sonnenbrillentyp im Zoo. Plötzlich kriegte das alles einen Sinn.

»Halt!«

Jonas wollte eben die Tür zumachen.

»Was ist denn noch?«, fragte er.

»Jonas, der kommt wieder.« Ich war so aufgeregt, dass ich an seinem Arm zerrte wie ein kleines Kind. Voll peinlich. Aber wenigstens erwischte ich den heilen Arm und nicht den mit dem Gips. »Mr Bond ist in riesiger Gefahr, das weiß ich genau. Weil die Tiermafia dahintersteckt. Die klauen nicht nur Papageien, das hast du selber mal gesagt.«

»Toni, beruhige dich«, sagte Jonas und zog seinen Arm weg. »Das ist Quatsch. Die interessieren sich nur für Tiere, die ihnen viel Geld einbringen. Für Exoten. Die wollen hundertprozentig nichts von Mr Bond. Du denkst dir irgendwas aus, was gar nicht sein kann.«

Es war hoffnungslos. Er wollte es einfach nicht wahrhaben. Aber ich konnte Mr Bond nicht hängen lassen.

»Ich denk mir gar nichts aus. Da sind irgendwelche Verbrecher unterwegs und die haben es auf Mr Bond abgesehen. Die können jederzeit wieder versuchen, ihn zu kidnappen. Du leinst ihn ja nicht mal an, wenn du morgens mit ihm rausgehst. Und wenn du die Polizei nicht anrufen willst, dann mache ich das eben. Ich bin ja schließlich auch die, die überfallen worden ist. Ich und Mr Bond.«

Ich drehte mich um und ging zur Treppe zurück.

Jonas stöhnte. »Bleib da, Toni, verdammt.«

Ich blieb stehen.

»Du kannst die Polizei nicht anrufen. Das geht nicht, weil ich die Hundesteuer nicht bezahlt habe, okay? Wenn die das rauskriegen, nehmen sie mir Mr Bond weg. Ich verspreche dir, dass ich sehr gut auf ihn aufpassen werde, auch wenn es absolut keinen Grund gibt, sich Sorgen um ihn zu machen. Ich lasse ihn nur noch an der Leine raus. Können wir das Thema dann endlich abschließen?«

Wie jetzt?

Jonas wohnte in der Wohnung mit den schicksten Möbeln, die ich je gesehen hatte, und konnte die Hundesteuer nicht bezahlen? Das war doch nicht möglich. Oder hatte er kein Geld mehr, weil er seit dem Unfall nicht mehr arbeiten konnte?

»Aber wenn du zu arm für die Hundesteuer bist, kann ich doch meine Eltern fragen, ob sie die bezahlen. Für Mr Bond machen die das gern. Du kannst es ihnen ja auch zurückgeben, wenn du wieder Geld verdienst.«

Jonas fuhr sich mit der Hand über die Augen und stöhnte. »Bitte jetzt, Toni. Es ist alles okay. Vergiss das mit der Hundesteuer. Nur ruf bitte nicht die Polizei an. Versprich's mir. Mr Bond ist mein Hund, ich kümmere mich um ihn, ich zahle, was nötig ist, ich passe auf ihn auf, und alles ist gut, ja? Und jetzt ruhen wir uns einfach mal aus, okay?«

13. Kapitel

Ich habe meine dreckigen Klamotten gleich in die Waschmaschine gesteckt und gewaschen, als ich bei uns in der Wohnung war. Denn wenn Valli und Igor mitkriegten, dass ich vor unserer Haustür überfallen worden war, würden sie mich bestimmt sofort nach Ungarn verfrachten. Oder sie würden behaupten, dass ich mir das nur ausgedacht hätte, weil ich nicht zugeben wollte, dass ich einfach so hingeknallt war.

Bei großen Geschwistern wusste man nie.

Trotzdem wäre es mir lieber gewesen, wenn einer von ihnen bald mal heimgekommen wäre. Die Wohnung war so groß und still und leer. Aber Valli war mit Leon im Kino und Igor war irgendwo. Ich hätte sie noch nicht mal anrufen können. Valli hatte ihr Handy wegen dem Kino ausgeschaltet und Igor hörte seines sowieso nie klingeln. Ich wusste echt nicht, warum er überhaupt eines hatte. Eigentlich hätte er es schon längst mir geben können, dann hätte ich endlich eins gehabt, mit dem ich ins Internet kam.

Aber immerhin konnte ich Vallis Computer benutzen, solange ich allein in der Wohnung war. Ich wühlte ihn unter einem Haufen Unterwäsche vor, die auf ihrem Schreibtisch aufgetürmt

war, und schleppte ihn in mein Zimmer. Dann setzte ich mich aufs Bett und loggte mich ins Internet ein.

Suchbegriff »Tierdiebstahl«.

Jonas hatte behauptet, dass es dabei nur um exotische Tiere ging. Aber was, wenn er gar nicht recht hatte?

Ich fand jede Menge Seiten dazu im Internet und Jonas hatte eindeutig nicht recht.

Denn dort stand es schwarz auf weiß: Professionell organisierte Diebesbanden stahlen nicht nur seltene Tiere aus den Zoos, sondern auch normale Hunde und Katzen, sogar Pferde. Manche Tiere wurden an Privatleute verschachert, andere landeten in Forschungslabors oder in Futterfabriken. Für einige Tiere gab es richtig viel Geld, für Rassehunde zum Beispiel, für andere nur wenig. Da machte es dann eher die Masse.

Auf einer Seite konnte man sogar nachschauen, in welchen Städten die Tierdiebe besonders aktiv waren. Und unsere Stadt war dabei.

Ich klappte den Laptop zu und rief Paulina an.

»Du glaubst nicht, was mir passiert ist!«

Und noch bevor sie überhaupt nachfragen konnte, redete ich schon weiter. »Mr Bond und ich sind überfallen worden. Direkt vor unserer Haustür! Die Tiermafia hat versucht, ihn zu stehlen.«

Es war ein bisschen kompliziert, es Paulina zu erzählen, weil ich enorm aufpassen musste, dass ich den Teil mit dem Typ im Zoo wegließ. Von unserem Ausflug wusste sie ja immer noch nichts. Ich hätte ihr damals echt gleich beichten sollen, dass ich mit den Gremlins im Zoo gewesen war, aber es war mir einfach zu viel gewesen, weil dann garantiert auch rausgekommen wäre, dass mir Matti abgehauen war. Und jetzt hatte ich sie schon viel zu oft belogen, um noch mit der Wahrheit rausrücken zu können.

»Aber warum wollten die ausgerechnet Mr Bond haben?«, fragte Paulina, als ich mit meiner Geschichte fertig war. »Der ist doch uralt. Für den gibt es bestimmt nur ganz wenig Geld.«

»Im Internet steht, dass die auch Tiere für wissenschaftliche Experimente stehlen. Ich glaube, deshalb sind sie so scharf auf ihn.«

»Ach so.« Paulina dachte kurz nach. »Aber für welches Experiment könnten sie den denn brauchen?«, fragte sie dann.

Darüber hatte ich auch schon nachgedacht.

»Wahrscheinlich wollen sie seine Gene analysieren. Weil er so intelligent ist. Und damit züchten sie dann superkluge Hunde. Hunde, die Kaffee kochen können oder so was. Oder die die Kinder hüten, wenn die Eltern arbeiten gehen. Stell dir das mal vor: Ein Sohn von Mr Bond holt die Gremlins vom Kindergarten ab und bringt sie nach Hause, während du mit Bekir im Schwimmbad rumhängst.«

»Warum im Schwimmbad?«

»Einfach so.«

»Schöne Idee«, seufzte Paulina. »Nur aus verschiedenen Gründen extrem unrealistisch.«

»Wegen Bekir?«

»Ganz schlechtes Thema. Aber glaubst du echt, dass Mr Bond so intelligent ist? Der kommt mir gar nicht so vor.«

»Was könnten sie denn sonst von ihm wollen?«

»Na ja«, sagte Paulina und zögerte ein bisschen. »Vielleicht testen die was für die Fettforschung. Könnte ja sein, dass die rauskriegen wollen, wie viel Fett okay ist, wenn man alt werden will. Deshalb suchen die nach alten, fetten Hunden für ihr Experiment!«

»Aber das wissen die doch längst. Und außerdem ist Mr Bond überhaupt nicht so fett.«

»Ich mein ja nur. Weil dann könnten wir ihn für die uninteressant machen, indem wir ihn abmagern lassen.«

»Ja, klar! Einen verhungerten Mr Bond klaut bestimmt niemand mehr«, habe ich böse gesagt, und dann hab ich aufgelegt.

Manchmal spinnt Paulina echt.

Ich ging in Vallis Zimmer zurück und stellte den Laptop genau dorthin, wo er gestanden hatte, auf ihren Schreibtisch direkt am Fenster. Ich legte sogar die Unterwäsche wieder drauf, damit sie ja nicht mitkriegte, dass der Computer mal kurz unterwegs gewesen war.

Ich weiß nicht, warum ich aus ihrem Fenster geschaut habe. Vielleicht habe ich aus dem Augenwinkel mitgekriegt, dass sich draußen etwas bewegt hat. Ich habe mein Gesicht gegen die Scheibe gedrückt und bin fast tot umgefallen. Denn ein Stück weiter unten, auf der gegenüberliegenden Straßenseite, stand ein Porsche-Cabrio. Es parkte im Schatten zwischen zwei Straßenlaternen, aber man konnte trotzdem sehen, dass es gelb war. Ich habe nicht erkannt, ob es eine Delle in der Fahrertür hatte, aber ich war mir ganz sicher, dass zwei gruselige orangene Monsteraugen unser Haus beobachteten.

Ich habe bestimmt fünfzig Mal versucht, bei Jonas anzurufen, aber sein Handy war die ganze Zeit besetzt. Also bin ich auf Socken zu ihm runtergerannt. Ich hatte Angst, dass das Monsterauge vielleicht zur gleichen Zeit ins Haus reinkommt und mich erwischt, aber ich wusste nicht, was ich sonst tun sollte. Die Polizei konnte ich ja nicht anrufen, weil Jonas sich da so anstellte. Voll bescheuert.

Ich war erst die halbe Treppe runtergelaufen, da hörte ich ihn schon. Er redete so laut, dass ich jedes Wort verstehen konnte.

»Das geht nicht!«, sagte er. »Ich mache das nicht. Nein. Auf gar keinen Fall.«

Ich blieb stehen und lauschte.

Eine Weile war Stille. Dann hörte ich ihn wieder.

»Hau ab!« Er war so sauer, wie ich ihn noch nie erlebt hatte. Es machte mir Angst. »Ich hab alles gesagt. Jetzt hau endlich ab!«

Danach hörte ich nichts mehr. Vielleicht redete er jetzt leiser weiter oder er hatte aufgehört zu telefonieren.

Ich stieg die letzten Stufen hinunter und klingelte an der Wohnungstür. Mr Bond bellte.

Jonas riss die Tür auf und brüllte: »Mann, hast du Nerven!«

Als er mich sah, stockte er. »Ach, du bist es«, sagte er verblüfft. Seine Augen waren ganz rot.

»Ich habe das Cabrio gesehen«, flüsterte ich und schlüpfte an ihm vorbei in den Flur. »Wirklich. Ich spinne nicht. Es steht auf der anderen Straßenseite. Mach schnell deine Tür zu, vielleicht kommt er gleich rein!«

»Was für ein Cabrio?«, fragte Jonas langsam und schloss die Tür.

Aber ich hatte gar keine Zeit zum Antworten. Ich war schon in der Küche und riss das Fenster auf.

Nichts. Ich lehnte mich so weit raus, wie es nur ging. Weit und breit war kein gelbes Auto mehr zu sehen.

»Was machst du denn?«, sagte Jonas und hielt mich am Pulli fest. »Bleib bloß drin.«

Ich drehte mich zu ihm um. »Da stand eins. Ganz, ganz sicher! Ein gelbes Porsche-Cabrio. Mit genau dem gleichen ist der Typ aus der Parkgarage vom Zoo gekommen. Der mit der orangenen Sonnenbrille, die aussieht, als ob er Monsteraugen hätte. Der auch Mr Bond klauen wollte.«

Jonas verdrehte die Augen. »Toni, das ist Quatsch. Wie willst du das im Stockdunklen erkennen? Wahrscheinlich hast du einfach irgendein gelbes Auto gesehen.«

Aber das hatte ich bestimmt nicht. Ich bin nämlich supergut in Autotypen. Das kommt, weil ich mit Igor bestimmt hundert Urlaube lang Autoquartett gespielt habe. Morgens, mittags, abends Autoquartett. Und im Sportwagenquartett war ein Porsche-Cabrio dabei. Spitzengeschwindigkeit 315 km/h, 500 PS, das weiß ich noch genau, und meistens hat man mit dem gewonnen.

»Das war ein Porsche-Cabrio. Todsicher. Das Monsterauge hat Mr Bond beobachtet. Vielleicht verfolgt er ihn ja schon länger. Jonas! Du musst tierisch aufpassen, wenn dir so ein Auto begegnet, unbedingt. Ich kann es dir aufmalen, wenn du willst, damit du es erkennst. Oder, nein, ich kann's dir doch sogar zeigen! Du kennst das! Du hast ja selber schon mal so eins fotografiert.«

Ich lief ins Wohnzimmer, um das Foto zu holen, das in dem Stapel mit den Papageienfotos gelandet war. Aber die Bilder lagen nicht mehr auf dem Glastisch.

»Wo sind denn die Fotos?«

»Welche?«, fragte Jonas und kam hinter mir hergehumpelt.

Mr Bond überholte ihn und legte sich vors Sofa.

»Die mit den Papageien. Da war doch eins von einem Cabrio dabei.«

»Kann ich mich nicht mehr dran erinnern.«

»Doch! Warum weißt du das denn nicht mehr?«

Dass er mir das Foto gezeigt hatte, war noch keine drei Wochen her, und jetzt wusste er nichts mehr davon. Sein Gedächtnis war wirklich total ramponiert. Aber vielleicht konnte ich ihm auf die Sprünge helfen.

»Du hast ein gelbes Porsche-Cabrio fotografiert. Du hast gesagt, es soll dich daran erinnern, vorsichtig über die Straße zu gehen.«

Als ich das sagte, wurde es mir plötzlich klar: Das gelbe Cabrio war das Auto, von dem Jonas angefahren worden war. Deshalb hatte es auch die Delle in der Tür.

»Da bist du dagegengeknallt, Jonas. Und deshalb hast du es fotografiert. Du weißt es nur nicht mehr, weil bei dem Unfall was mit deinem Gedächtnis passiert ist. Aber irgendwas in dir hat sich trotzdem noch dran erinnert. Das hat mit deinem Unterbewusstsein zu tun. Das speichert nämlich alles.«

Ich wusste das, weil ich es mal gegoogelt hatte, als Valli so stinksauer auf mich war, weil ich ihr doch gesimst hatte, dass Leon mit einer anderen knutscht. Mama hat zu ihr gesagt, dass ich nicht damit klarkomme, dass sie jetzt einen Freund hat, und dass ich mir deshalb solche Sachen ausdenke und dass das unbewusst bei mir passiert. Und Valli hat gebrüllt, dass sie mich dann doch bitte mal zum Arzt schicken soll, weil irgendwas mit meinem Unterbewusstsein ja wohl extrem falsch laufen würde, wenn ich mir so einen Scheiß ausdenke.

Aber das war echt Blödsinn. Es ist mir nämlich egal, dass Valli

einen Freund hat. Ich will nur nicht, dass er sie betrügt. Und mit meinem Unterbewusstsein ist alles in Ordnung. Doch seitdem weiß ich wenigstens, dass dort alles gespeichert ist, was man erlebt hat, aber dass man sich nur an manche Sachen gut erinnern kann, und an andere erinnert man sich ganz verdreht.

So wie Jonas jetzt. Der sagte nämlich nur: »Was? Wie kommst du denn darauf? Ich bin von keinem Auto angefahren worden.«

»Doch! Frau Meister, die aus dem Erdgeschoss, die hat das gesehen.«

»Die hat gesehen, dass ich angefahren worden bin?«, fragte Jonas ungläubig. »Die spinnt.«

»Na ja. Gesehen jetzt nicht direkt, aber sie hat es genau gehört.«

»Gehört. In ihrer Wohnung. Eine Frau über siebzig, die das Radio so laut stellt, dass ich ein Stockwerk drüber die Nachrichten mitsprechen kann. Du musst nicht alles glauben, was die Leute reden, Toni.«

Und dann ließ er sich neben mich aufs Sofa fallen. Er sah komplett fertig aus. So, als ob er grade überfallen worden wäre und nicht ich und Mr Bond.

»Toni, hör mal. Wir lassen das mit Mr Bond«, sagte er. »Ich hab das Gefühl, es ist zu viel für dich. Ich hätte dir das gar nicht zumuten sollen, dass du jeden Nachmittag mit ihm rausgehst. Neben der Schule her und allem anderen. Wo jetzt auch noch deine Mutter weg ist und ihr den ganzen Haushalt alleine schmeißen müsst.«

»Was? Ich darf jetzt nicht mehr mit Mr Bond spazieren gehen?« Ich habe gedacht, ich spinne. »Ich passe doch total gut auf ihn auf.«

»Na ja, ›nicht dürfen‹ würde ich das jetzt nicht nennen. Eher ›nicht müssen‹. Du kannst ihn doch trotzdem noch sehen. Komm einfach mal vorbei, wenn du Lust hast.«

»Und wer geht mit ihm spazieren?«

»Das schaffe ich schon«, sagte Jonas. »Dann dreht er für ein paar Wochen eben mal kleinere Runden.«

»Es ist wegen dem Cabrio, oder? Weil du auch glaubst, dass ihn jemand entführen will. Du hast Angst um ihn.«

Jonas schüttelte den Kopf.

»Jetzt fang nicht wieder damit an, Toni«, sagte er erschöpft. »Nein, ich habe keine Angst, dass jemand meinen Hund klauen will. Ich habe Angst, dass dir alles über den Kopf gewachsen ist. Du machst dir viel zu viele Sorgen um Mr Bond. Natürlich bin ich dir sehr dankbar, und du warst mir eine große Hilfe, aber jetzt musst du dich wieder um deine eigenen Sachen kümmern, sonst steigen mir irgendwann deine Eltern aufs Dach. Geh ins Bett, Toni, schlaf dich aus und mach dir keine Sorgen mehr um Mr Bond. Es ist mein Hund und ich hab die Verantwortung für ihn. Und vergiss das Cabrio. Denk einfach nicht mehr dran.«

14. Kapitel

Ich hab gemerkt, dass Jonas echt erledigt war, deshalb bin ich hochgegangen. Ich habe mich in mein Bett gesetzt und versucht, Ordnung in mein Hirn zu kriegen. Denn ich war mir sicher, dass alles zusammenhing, die Tierdiebstähle und die gelben Cabrios und der Überfall auf Mr Bond und der Unfall von Jonas, ich habe nur einfach noch nicht kapiert, wie. Es war wie ein Puzzle, von dem nur einzelne Teile aufgetaucht waren, und ich musste die jetzt zusammensetzen, ohne eine Ahnung zu haben, wie das Bild aussehen sollte, wenn es fertig war.

Um überhaupt mal irgendwie anzufangen, habe ich alles auf Karteikarten gemalt. Ich hab so kleine, die Mama mir eigentlich für die Englischvokabeln gekauft hat. So kriege ich einen Überblick, habe ich gedacht, und außerdem kann dann nachher keiner behaupten, dass ich mir das alles nur zusammengesponnen habe, weil ich es ja mit den Karteikarten beweisen kann. Also, die Idee fand ich richtig gut. Ich war auch ziemlich lange damit beschäftigt. Cabrios sind nämlich ziemlich schwer zu malen. Und Mr Bond auch.

Aber schließlich hatte ich sieben Karteikarten zusammen. Das waren doch schon mal eine ganze Menge Puzzleteile und irgend-

wann ergaben die bestimmt auch mal ein Bild. Oder vielleicht auch eher eine Bildergeschichte.

Puzzleteil 1: ein gestohlener Papagei
(Eigentlich waren es ja dreizehn Papageien, aber die hätten nicht auf eine Karte gepasst.)

Puzzleteil 2: ein Mann mit orangener Sonnenbrille in einem gelben Cabrio vor dem Zoo

Puzzleteil 3: ein Mann mit orangener Sonnenbrille, der mich und Mr Bond überfällt

Puzzleteil 4: das gelbe Cabrio bei uns auf der Straße (gerade eben)

Puzzleteil 5: das Foto von Jonas mit dem gelben Cabrio

Puzzleteil 6: der Unfall von Jonas

Puzzleteil 7: die Tiermafia (Ich hatte keine Ahnung, wie die aussah. Also habe ich einfach drei finstere Typen mit orangenen Monsteraugen und zusammengekniffenem Mund gemalt.)

Ich legte das Cabrio vor dem Zoo neben den Papagei und das Cabrio auf der Straße neben den Überfall auf mich und Mr Bond und die Tiermafia ganz nach oben, und plötzlich hatte ich schon eine richtige Bildergeschichte: Ein Mann mit orangener Sonnenbrille fährt mit einem gelben Cabrio durch die Gegend. Erst klaut er die Papageien im Zoo, und dann versucht er, Mr Bond zu kidnappen. Und über allem thront die Tiermafia.

Nur der Unfall von Jonas und sein Foto von dem Cabrio passten noch nicht richtig dazu. Ich ging ins Schlafzimmer und guckte auf Mamas Labyrinth, um besser nachdenken zu können.

Dass Jonas log, wurde mir genau in dem Moment klar, als ich den Ausgang vom Labyrinth gefunden hatte.

»Hau ab. Jetzt hau endlich ab«, hatte er gebrüllt, dass es durchs ganze Treppenhaus gedröhnt hatte. Aber es war gar niemand in der Nähe gewesen. Niemand außer dem Mann im gelben Cabrio.

Er musste das Auto auch gesehen haben. Und er hatte mit dem Fahrer telefoniert und ihn angeschrien, dass er verschwinden sollte.

Ich rief wieder bei Paulina an. Es hatte keinen Sinn, wegen Mr Bond mit ihr sauer zu sein. Sie verstand nichts von Hunden, weil sie nur die Gremlins hatte. Das konnte ich ihr ja schlecht vorwerfen. Und ich musste jetzt einfach mit ihr reden.

Ich erzählte ihr von dem Cabrio, das vor unserem Haus gestanden hatte und verschwunden war, als ich es Jonas zeigen wollte. Und dass ich mir sicher war, dass er es auch gesehen hatte und es nur nicht zugeben wollte.

»Die beschatten ihn«, sagte Paulina. »Ziemlich sicher. Wahrscheinlich hat die Polizei ihn in eurem Haus versteckt und jetzt ist die Mafia ihm auf die Spur gekommen.«

»Wie meinst du das?«

»Zeugenschutzprogramm«, sagte Paulina. »Guck mal im Internet nach.«

Und dann legte sie auf, weil ihre Mutter meckerte.

Es passte fast alles.

Ich habe es an Vallis Laptop nachgelesen.

Wenn jemand gegen eine Verbrecherbande als Zeuge aussagen will, wird er vom Staat geschützt, bis es zum Prozess kommt, und manchmal auch noch danach. Und bei höchster Gefähr-

dungsstufe werden die Zeugen aus ihren bisherigen Wohnungen geholt und in neuen Wohnungen untergebracht.

Das war es also.

Jonas sollte als Zeuge in einem Prozess gegen die Tiermafia aussagen und wurde solange von der Polizei in unserem Haus versteckt. Deshalb war bei ihm in der Wohnung auch alles noch so neu. Weil er seine alten Sachen zurücklassen musste. Wahrscheinlich hieß er auch gar nicht Jonas Bach, sondern ganz anders. Aber irgendwie war ihm die Tiermafia trotzdem auf die Spur gekommen und versuchte jetzt, seinen Hund zu entführen, um ihn zu zwingen, dass er nicht gegen sie aussagte.

»Astreine Erpressung!!!«, schrieb Paulina zurück, als ich ihr alles gesimst hatte. »Wenn du nicht schweigst, töten wir deinen Hund. Hammer!!!«

Deshalb durfte ich natürlich auch nicht mehr mit Mr Bond rausgehen. Und aus dem gleichen Grund saß er selber die ganze Zeit in der Wohnung. Es war für ihn viel zu gefährlich draußen. Womöglich hatte die Mafia ja schon mal versucht, ihn aus dem Weg zu räumen, als sie ihn angefahren hatte. Damit war klar, dass die Tiermafia nicht nur hinter Mr Bond her war, sondern auch hinter Jonas. Mein Puzzleteil Nummer 8 war er.

Plötzlich war mir eiskalt. Ich vergrub Vallis Laptop wieder unter ihrer Wäsche und ging zurück ins Schlafzimmer. Mit klappernden Zähnen schlüpfte ich in Mamas Bett und zog auch noch Papas Decke über mich. Ich suchte Puzzleteil Nummer 6, den Unfall von Jonas, und malte das gelbe Cabrio dazu. Auf eine neue Karteikarte kam Jonas, allein in seiner Wohnung. Und Puzzleteil Nummer 9 hatte ich jetzt auch. Das verdankte ich Paulina: das Zeugenschutzprogramm.

Ich malte ein großes dunkles Gerichtsgebäude und einen kleinen Jonas davor.

Ich wollte gerade das Licht ausmachen und endlich schlafen, als noch eine Nachricht von Paulina kam: »Hey, Toni, hab noch mal nachgedacht: Warum hat Jonas sich nicht an die Polizei gewandt, nachdem die Mafia ihn ausfindig gemacht hat? Warum verstecken die ihn jetzt nicht woanders?«

Mist.

Das war wirklich komisch.

Ich malte einen Polizisten auf Karteikarte Nummer 10 und ein großes Fragezeichen dazu.

Und dann guckte ich wieder auf Mamas Labyrinth. Vielleicht sollte überhaupt niemand wissen, wo Jonas war, noch nicht mal die Polizei, überlegte ich. Deshalb hat er sich auch so aufgeregt, als ich dort anrufen wollte, und den Schwachsinn mit der Hundesteuer erfunden. Aber das würde bedeuten, dass er in gar keinem offiziellen Zeugenschutzprogramm war, sondern auf eigene Faust versuchte, sich zu schützen. Hatte er etwas gegen die Tiermafia in der Hand, das er noch nicht einmal der Polizei erzählen wollte? Steckte sie womöglich mit den Tierdieben unter einer Decke?

Ich simste die Fragen an Paulina, weil sie die Polizeiexpertin war. Aber sie antwortete nicht mehr. Bestimmt hatte ihre Mutter ihr das Handy weggenommen.

Ein Mann mit orangenen Monsteraugen rüttelte an meinem Bein. War aus seinem Cabrio gestiegen und zu mir ins Zimmer geschlichen.

Ich strampelte, schlug um mich und schrie.

Jemand anderes schrie auch. »Aua! Was ist denn mit dir los, Babykröte?«

Ich ließ die Beine sinken.

Igor saß am Fußende von Mamas Bett und rieb sich die Hand. »Seit wann hast du so schlechte Nerven? Ich bin's doch nur. Kein Grund, wie eine Wilde um sich zu treten.«

Mann, war ich erleichtert.

Igor war da. Das war gut.

»Ich hab schlecht geträumt«, sagte ich.

»Von was?« Igor sammelte meine Karteikarten ein, die auf den Boden gefallen waren. »Hast du ein Memory gebastelt? Ich hab gedacht, für so was wärst du schon zu alt.« Er guckte sich die Bilder an. »Die sind ja cool. Vor allem die Typen mit den Aliensonnenbrillen. Sehen heiß aus.«

Ich streckte die Hand aus. »Gib her! Die sind privat.«

»Wie privat?«

»Ganz privat. Nur für mich.«

»Du bist schon echt speziell, Babykröte«, sagte Igor und legte mir die Karteikarten in die Hand. »Und was machst du überhaupt in Mamas Bett?«

»Ich hab mir das Labyrinth angeschaut«, sagte ich und versteckte die Puzzleteile unter dem Kopfkissen.

Igor schaute zur Decke.

»Oh, schön. Hab ich mir schon ewig nicht mehr angesehen.«

Er drehte sich wieder zu mir. »Tut mir leid, dass ich so spät heimgekommen bin.«

»Schon okay.«

»Gab ein Problem mit der Soundanlage. Einer von den Lautsprechern ist am Arsch. Ich musste tierisch rumchecken, um einen bezahlbaren Ersatz zu kriegen. Du glaubst ja nicht, wie teuer der Scheiß ist.«

»Und hast du jetzt einen?«

»Hoffentlich. Samstag in einer Woche hab ich eine Megaparty am Start. Ein Riesenevent in einer alten Fabrikhalle, voll der geile Backsteinbau, riesengroß und superabgelegen. Das wird so abgefahren. Aber wenn der Sound nicht stimmt, ist alles für den Arsch. Dann kannst du das Ganze knicken.«

Ich habe mich zur Seite gedreht und versucht einzuschlafen, weil Igor mich echt nervt, wenn er so redet. So klingt er immer, wenn seine Freunde da sind oder wenn er mit ihnen telefoniert. Oder wenn er von seinen Partys erzählt. Mir ist der Igor lieber, der meine Haare verwuschelt und mich Babykröte nennt. Ja. Manchmal mag ich das nämlich gern.

»Du bist müde, oder?«, fragte Igor. »Ich sollte dich pennen lassen. Willst du hier liegen bleiben?«

»Ja. Ich bin zu faul, um noch rüberzugehen.«

»Dann bleib ich auch noch ein paar Minuten. Rück mal ’n Stück, Babykröte.«

Er legte sich neben mich und machte die Nachttischlampe aus. Ich fand, er stank ganz schön nach Zigarette, und kalt wurde mir auch, weil er sich auf meine Decken gelegt hatte und nicht drunter, und deshalb reichten sie mir nicht mehr richtig zum Zudecken. Aber ich war trotzdem froh, dass er da war.

Irgendwann in der Nacht musste er in sein Zimmer gewandert sein, denn als ich am Morgen aufwachte, hatte ich wieder genug Decke, und er war nicht mehr da.

15. Kapitel

»Hast du meine SMS gelesen? Glaubst du, es kann sein, dass die Polizei mit der Tiermafia gemeinsame Sache macht?«, fragte ich Paulina.

Wir saßen hinter unseren Ginsterbüschen auf dem Schulhof und hatten große Pause.

»Keine Ahnung«, sagte sie. »Dazu wissen wir viel zu wenig.«

Sie öffnete ihre Vesperbox und holte zwei riesige Stücke Mohnrolle raus.

»Willst du? Hat meine Oma aus Polen geschickt.«

Sie drückte mir das größere Stück in die Hand und ich biss sofort rein. Es schmeckte genial. Bei uns zu Hause war mal wieder das Brot alle gewesen und ich hatte schon den ganzen Morgen einen Riesenhunger.

»Wenn die in Ungarn auch so gut backen können, fahre ich vielleicht doch mal hin.« Ich hatte mir den Mund so vollgestopft, dass ich kaum reden konnte. »Aber höchstens für drei Tage. Das liegt doch neben Polen, oder?«

»Nee. Da ist noch die Slowakei dazwischen. Und ein paar Hundert Kilometer.«

In Erdkunde war Paulina schon immer besser als ich.

»Aber bevor ich nach Ungarn kann, muss ich sowieso erst mal Mr Bond helfen. Und Jonas.«

»Wie willst du das denn machen?«

»Ich muss das Cabrio finden«, sagte ich und schluckte den letzten Bissen Mohnstollen runter. Irgendwie war das Stück doch nicht so groß gewesen, wie es ausgesehen hatte. »Ich muss mehr über Monsterauge rauskriegen.«

»Meinst du echt?«, sagte Paulina. »Also, wenn das die Mafia ist, dann sind die extrem gefährlich. Wegen ein paar Papageien würde ich mich nicht mit denen anlegen.«

»Es geht ja nicht nur um die Papageien, sondern auch um Jonas und Mr Bond. Ich muss Monsterauge finden und aus dem Weg schaffen, bevor er sie erwischt.«

Paulina verdrehte die Augen und biss in ihren Mohnstollen.

»Toni, jetzt spinn doch nicht«, sagte sie mit vollem Mund. »Wie willst du einen erwachsenen Mann in einem Sportwagen aus dem Weg räumen? Willst du den samt Auto in den Fluss kippen, oder was? Du kannst gar nichts gegen den machen.«

»So meine ich das doch gar nicht. Aber wenn wir ihn zum Beispiel beschatten könnten, würden wir bestimmt Beweise finden, dass er die Papageien geklaut hat. Und dann gehen wir damit zur Polizei. Die können ja nicht alle mit der Mafia unter einer Decke stecken. Es gibt doch immer auch welche, die gut sind. Aber Monsterauge geht mir jetzt bestimmt aus dem Weg, damit ich ihn nicht wiedererkenne. Echt, Pauli, ich hab keine Ahnung, wo wir den suchen sollen.«

»Wir«, sagte Paulina mit einem resignierten Seufzer. »Warum muss ich eigentlich immer jeden Irrsinn von dir mitmachen?«

»Weil ich recht habe. Und weil du meine beste Freundin bist.

Und außerdem musst du dich überhaupt nicht beschweren. Du hast die verrücktesten kleinen Brüder, die ich kenne, und Bekir läuft auch nicht ganz rund. Gegen die bin ich supernormal.«

»Hör bloß auf mit Bekir. Da vergeht mir glatt der Appetit«, sagte Paulina und schob mir den Rest von ihrem Mohnstollen hin. »Der geht mir immer noch aus dem Weg. Ich hab die Gremlins jetzt jeden Tag zu einer anderen Zeit abgeholt, damit er gar nicht wissen kann, wann er mir begegnen könnte, aber er ist trotzdem immer schon vor mir da gewesen, um seine Schwester zu holen. Wann geht der eigentlich zur Schule?«

»Ich sag doch, der spinnt viel mehr als ich. Aber ich rede mal mit dem, versprochen. Ich krieg das hin.«

Jetzt war der Mohnstollen von Paulina auch weg. Schade.

»Was kriegst du hin? Dass er nicht mehr vor mir davonrennt?« Paulina lachte bitter. »Toni, echt, da glaube ich dir noch eher, dass du Monsterauge zur Strecke bringst.«

»Dann sag mir doch, wie ich den finden kann. Wie machen die das in den Krimis, wenn sie wen suchen?«

»Hmm«, brummte Paulina, und dann kam erst mal gar nichts mehr von ihr. Bestimmt spulte sie im Kopf alle Serien ab, die sie gesehen hatte. Ich hatte Angst, dass die Pause rum war, bevor sie damit fertig wurde, aber gerade als es klingelte, schaute sie mich an und sagte: »Ein Täterprofil wäre nicht schlecht. Wenn wir wüssten, welcher Typ Mann gelbe Porsche-Cabrios fährt und orangene Sonnenbrillen trägt, könnten wir gezielter nach ihm suchen.«

Wenn Paulina mal nicht an Bekir dachte, hatte sie echt geniale Ideen.

16. Kapitel

Mr Bond kläffte wie ein Irrer, als ich nach der Schule ins Haus kam. Er kapierte natürlich, dass ich das war, und verstand überhaupt nicht, warum ich nicht zu ihm reinschaute. Ich war schon oben an unserer Wohnungstür, als ich wieder umdrehte. Es ging nicht. Ich musste ihm wenigstens kurz Hallo sagen, damit er wusste, dass ich ihn nicht vergessen hatte.

Ich stieg die Treppe wieder runter und klingelte an seiner Wohnungstür. Er bellte noch lauter, aber niemand machte auf. Das war seltsam, weil Jonas doch da sein musste. Wegen der Mafia durfte er ja gar nicht aus seiner Wohnung raus.

Irgendetwas musste passiert sein. Vielleicht hatte Monsterauge ihn verschleppt. Aber dann hätte er doch auch Mr Bond mitgenommen. Oder Jonas hatte einen Unfall gehabt, war über sein Gipsbein gestolpert und lag jetzt ohnmächtig im Flur.

»Jonas!« Ich schlug gegen die Tür.

Mr Bond stellte von Bellen auf Japsen um, und als ich noch fester an die Tür hämmerte, fing er an zu gurgeln. Es war unglaublich, was er für Töne machen konnte.

Im Erdgeschoss ging eine Tür auf. Frau Meister schlurfte ins Treppenhaus und streckte den Kopf nach oben.

»Antonia, bist du das?«, fragte sie. »Was machst du denn für einen Lärm?«

Ich hörte auf, gegen die Tür zu trommeln.

»Ich will zu Herrn Bach. Aber der liegt in seiner Wohnung und kann nicht aufmachen.«

»Nein, da musst du dich täuschen. Der ist doch gar nicht da! Der ist mit einem Taxi weggefahren. Schon vor ein paar Stunden.«

Wie? Und Mr Bond hatte er allein zurückgelassen? Schutzlos hinter einer gammligen alten Wohnungstür, die man total leicht aufbrechen konnte? Die war ja von meinem Gehämmer schon fast aus den Angeln gekracht.

»Ganz sicher?«, fragte ich.

»Aber ja. Ich sitze doch schon seit heute Vormittag am Fenster.«

»Okay. Danke! Dann geh ich mal nach oben.«

Ich winkte ihr zu und stieg die Treppe hoch. Aber sobald ich gehört hatte, dass sie in ihrer Wohnung verschwunden war, schlich ich zu Mr Bond zurück, der sich inzwischen wieder auf sein normales Bellen verlegt hatte.

»Ich pass auf dich auf. Geschworen!«, flüsterte ich durch die Tür. »Keine Angst.«

Sogar der Fußabtreter vor Jonas' Tür war neu und noch fast sauber. Ich setzte mich drauf und redete mit Mr Bond. Ich erzählte ihm von den frisch aufgeschichteten Laubhaufen im Park und dass wir dort wieder hingehen würden, sobald das alles hier endlich vorbei war. Und ich würde ein Riesenstück gelben Käse mitnehmen, weil er den doch so gerne mochte. Ich musste nur aufpassen, dass Valli ihm den nicht vorher wegfraß.

Irgendwann war er still. Aber ich war mir sicher, dass er direkt an der anderen Seite der Wohnungstür lag, und spürte, dass ich da war.

Als Valli am späten Nachmittag nach Hause kam, saß ich immer noch auf der Fußmatte vor Jonas' Tür. Er war noch nicht zurückgekommen.

»Toni, was machst du denn da?«, fragte sie.

»Ich rede ein bisschen mit Mr Bond«, sagte ich.

»Und Jonas?«

»Der ist nicht da.«

Valli hockte sich zu mir runter und guckte mich an, als wäre sie mindestens meine Mutter.

»Das geht nicht, Toni. Du kannst dem nicht so auf die Pelle rücken. Es ist ja wirklich nett von dir, dass du dich um seinen Hund kümmerst, aber du übertreibst das völlig.«

»Das stimmt überhaupt nicht.« Ich schob sie ein bisschen von mir weg, damit sie mich nicht so anstarrte. »Außerdem geht's dich gar nichts an. Und ich darf den sowieso nicht mehr hüten.«

»Ups«, sagte Valli. »Warum denn nicht?«

»Jonas will es nicht mehr«, sagte ich, und dann fing ich an zu heulen.

So was Blödes. Das wollte ich gar nicht. Aber ich vermisste meine Nachmittage mit Mr Bond so doll.

»Du Arme«, sagte Valli und klang plötzlich viel netter. »Du hast ihn richtig gern, oder? Aber es ist besser so, glaub mir. Das geht auch wieder vorbei.«

Sie hatte ja überhaupt keine Ahnung. Und ich würde ihr auch ganz bestimmt nicht erzählen, was los war, weil sie mich dann sowieso nur nach Ungarn schicken würde.

»Ist alles in Ordnung, echt.« Ich zog die Nase hoch. »Ich hab nur ein bisschen Kopfweh.«

»Dann komm jetzt mit rauf.« Valli stand auf. »Im Treppenhaus wird's bestimmt nicht besser. Du kannst dich bei mir hinlegen, wenn du willst.«

»Aber ich kann Mr Bond nicht allein lassen.«

»Doch, kannst du«, sagte Valli ungeduldig. »Das ist ein Hund, Toni. Der kann allein sein. Hunde schaffen das.«

Ich schüttelte den Kopf. Auch wenn sie jetzt bestimmt gleich sauer wurde. Es ging nicht.

»Ich muss warten, bis Jonas kommt.«

Valli stöhnte. »Wir lassen die Wohnungstür auf. Dann kannst du hören, was hier unten los ist, okay? Aber du kommst jetzt mit hoch.«

Ich nickte und rappelte mich auf. Meine Beine taten weh vom langen Sitzen.

»Mann, Toni, du bist echt eine harte Nuss«, sagte Valli, als wir nebeneinander die Treppe hochstiegen. »Und eins sag ich dir, und ich meine es echt nicht böse, aber wenn ich dich noch einmal bei Jonas vor der Tür sitzen sehe, sag ich Mama Bescheid. Dann holt sie dich nach Ungarn, ob du willst oder nicht.«

Ich lag auf Vallis Bett und sie saß neben mir und schaute Musikvideos auf ihrem Laptop an. Sie hatte extra Kopfhörer aufgesetzt, weil ich ihr gesagt hatte, dass mich die Musik wegen meinem Kopfweh störte. Dabei hatte ich gar keines, ich hatte nur Angst, dass ich sonst nicht mitkriegte, was bei Jonas passierte.

Als ich Schritte im Treppenhaus hörte, sprang ich sofort auf und rannte raus, bis dahin, wo ich seine Tür sehen konnte.

Jonas sah irritiert nach oben.

»Alles klar, Toni?«, fragte er.

»Ja!«, sagte ich glücklich. »Ich hab mir nur ein bisschen Sorgen gemacht. Aber jetzt ist alles gut.«

Ich ging in die Wohnung zurück.

»Wo warst du denn?«, fragte Valli, als ich wieder in ihr Zimmer kam.

»Klo«, sagte ich. »Und ich hab die Wohnungstür zugemacht. Es hat so kalt reingezogen.«

»Sehr gut«, sagte sie.

Später am Abend ging Valli zu Leon und ich konnte endlich an den Computer. Ich musste mich ja noch um das Täterprofil kümmern.

Als Erstes habe ich versucht rauszukriegen, welche Männer orangene Sonnenbrillen tragen. Besonders viel stand dazu aber nicht im Internet. Nur, dass Brillen mit orangenen Gläsern gerade in Mode waren, da hatte Jonas also nicht gelogen, und dass man in einer grünen Umgebung damit am besten sehen konnte.

Daran merkte man schon, wie gerissen Monsterauge war. Der war mit seiner orangenen Brille nicht nur super getarnt, der konnte damit sogar besser sehen, wenn er seine Tiere klaute, weil die ja meistens in einer grünen Umgebung lebten.

Schon krass.

Über den typischen Käufer eines Porsche-Cabrios fand ich mehr: Er war männlich (stimmte), verdiente dreihunderttausend Euro (Wie viele Papageien waren das?), war verheiratet (keine Ahnung) und lebte in einem Haushalt mit drei anderen Personen. Und er besaß 3,2 Fahrzeuge. Das war natürlich blöd.

Denn wenn Monsterauge auch mit anderen Autos durch die Gegend fuhr, war es viel schwerer, ihn zu finden.

Zu gelben Autos entdeckte ich noch mehr im Internet und das erstaunte mich total. Da stand nämlich, dass Leute, die gelbe Autos mögen, viel Humor besitzen und gerne Spaß haben. Also, so hätte ich den echt nicht eingeschätzt.

Ich simste das Täterprofil an Paulina:

»1. Monsterauge ist reich. 2. Er hat eine Frau und zwei Kinder. 3. Er will Spaß haben.«

»Geht's nicht genauer?«, schrieb Paulina zurück.

Ich überlegte.

»Die Kinder sind noch klein«, antwortete ich.

»Warum?«

»Für große Kinder ist er zu jung.«

»Alles klar«, simste Paulina.

»Wo sind kleine Kinder? Kindergarten? Kinderturnen? Spielplatz?«, schrieb ich zurück.

Paulina antwortete nicht mehr. Wahrscheinlich hatte ihre Mutter mal wieder ihr Handy kassiert.

Ich setzte mich an meinen Schreibtisch und malte einen Kindergarten auf eine Karteikarte. Das war Puzzleteil Nummer 11.

17. Kapitel

»Müssen wir echt mit den Kindern anfangen?«, meckerte Paulina, als wir am nächsten Nachmittag mit einer Liste aller Kindergärten in unserem Viertel unterwegs waren.

»Das sind fünf Stück. Da laufe ich mir die Beine völlig runter. Du kannst dir das leisten, aber meine sind sowieso schon so kurz.«

»Die liegen alle ganz nah beieinander, das ist überhaupt nicht so weit.«

Ich wollte mich erst mal nur auf unsere Gegend konzentrieren, weil ich gedacht habe, dass Monsterauge vielleicht auch hier wohnt und deshalb Mr Bond und Jonas entdeckt hat. Irgendwie musste er ihnen ja auf die Spur gekommen sein.

»Kindergärten sehe ich doch sowieso schon jeden Tag, wenn ich die Gremlins abhole«, schimpfte Paulina weiter. »Ich würde viel lieber mit dem Spaß anfangen.«

»Aber ich habe keine Ahnung, wo Erwachsene Spaß haben.«

»Na, immer da, wo steht ›Eintritt erst ab achtzehn‹«, sagte Paulina und grinste mich an. »Ich bin schon echt gespannt, wie wir da reinkommen. Bei Spielhöllen und Puffs könnte es einigermaßen schwierig werden.«

Also blieben wir bei den Kindergärten und klapperten einen nach dem anderen ab.

Beim ersten waren wir früh genug dran, um die Eltern zu beobachten, die ihre Kinder direkt nach der Mittagsruhe abholten. Es waren fast nur Mütter. Sie fuhren in allen möglichen Kleinwagen vor und manche auch in riesigen Jeeps und parkten kreuz und quer auf den Bürgersteigen, aber ein gelbes Cabrio war nirgends zu sehen.

»Wahrscheinlich schickt der auch seine Frau«, sagte Paulina düster. »Mit einem von den anderen 2,2 Autos. Dann kriegen wir den nie.«

»Weißt du nicht. Wenn er sein Geld durch Tierdiebstahl verdient, arbeitet er doch vor allem nachts. Mr Bond und mich hat er ja auch am Abend überfallen. Tagsüber hat der massig Zeit, um seine Kinder rumzufahren. Das macht der bestimmt schon deshalb, weil er dann viel seriöser wirkt. Ich glaube nicht, dass jemand in einem Auto mit zwei kleinen Kindern drin nach gestohlenen Papageien sucht.«

Kleine Kinder konnten ja sogar Pinguine im Rucksack aus dem Zoo schmuggeln, ohne dass jemand misstrauisch wurde. Mit denen konnte man sich anscheinend fast alles erlauben.

Paulina schaute mich skeptisch an. »Also, hier ist er auf jeden Fall nicht«, sagte sie.

»Dann müssen wir die Kleinen fragen.«

Zum Glück war schönes Wetter und eine Menge Kinder spielten im Hof. Ich pirschte mich an zwei Jungs ran, die sich hinten an den Zaun verdrückt hatten und irgendwas Wichtiges besprachen. Ich musste dreimal Hallo rufen, bevor sie mich überhaupt bemerkten, und dann zuckten sie richtig zusammen.

»Ich tu euch nichts«, hab ich gesagt. »Ich will nur wissen, ob ihr so ein Auto schon mal hier gesehen habt.«

Ich ging in die Hocke und schob die Karteikarte, auf die ich das Cabrio am Straßenrand gemalt hatte, durch den Holzzaun. So super nach Porsche sah es jetzt nicht aus, aber es war gelb und ziemlich flach und hatte ein schwarzes Dach. Mit ein bisschen Fantasie konnte man zumindest einen Sportwagen erkennen.

Der größere der Jungs kam zögernd näher. Er trug eine Brille und war ungefähr so alt wie die Gremlins. Er nahm mir das Bild aus der Hand und schaute es sich genau an.

»Ist das deins?«, fragte er bewundernd.

»Das Auto nicht. Nur das Bild.«

Jetzt kam auch der kleinere Junge und musterte mein Puzzleteil.

»Kennt ihr jemanden, der manchmal mit so einem Auto in den Kindergarten gebracht wird?«, fragte ich noch mal.

»Was ist das denn für eins?«, fragte der kleinere.

»Ein Porsche. So ein ganz schnelles Auto«, sagte ich. »Weißt du, wer so eins hat?«

»Klar!« Er nickte eifrig. »Klar weiß ich das!« Er sprühte kleine Spucketröpfchen in die Luft vor Begeisterung. »Der Benni hat eins. Genau so eins«

»Und auch in Gelb? Wirklich?«

Jetzt nickte auch der Junge mit der Brille. »Der hat das auch in Gelb«, sagte er.

»Hast du das gehört?« Triumphierend drehte ich mich zu Paulina um, die ein Stück weiter weg gewartet hatte. Nicht zu glauben! Schon beim ersten Kindergarten landeten wir einen Volltreffer!

Aber Paulina blieb völlig ungerührt. Sie kam noch nicht mal näher.

Von dort hinten, wo sie stand, rief sie zu den Jungs rüber: »Wir meinen aber nicht so eins von der Carrerabahn, sondern eins in echt. Richtig zum Fahren!«

Die beiden Jungs guckten erst auf Paulina, dann auf mich und schüttelten gleichzeitig die Köpfe.

»Nee, so eins in echt hat der Benni nicht«, sagte der mit der Brille, und der kleine gab mir mein Puzzleteil zurück.

»Trotzdem danke«, sagte ich und stand entmutigt auf. »Wir müssen dann mal weiter.«

»Mach dir nichts draus«, sagte Paulina. »Immerhin haben sie kapiert, was ein Porsche ist. Das lässt doch für den nächsten Kindergarten hoffen.«

Aber auch in den anderen Kindergärten hatten wir kein Glück. Es gab zwar immer wieder Kinder, die behaupteten, das Auto zu kennen, und manche nickten auch noch, wenn ich sagte, dass ich aber wirklich einen echten Porsche meinte und nicht einen von irgendeiner Rennbahn für Spielzeugautos, aber noch bevor ich mich überhaupt darüber freuen konnte, tippte sich immer schon irgendein Älterer an die Stirn und erklärte mir, dass das ganz großer Quatsch war.

So Kleine redeten einfach viel Mist.

Unser letzter Kindergarten im Viertel war der von Matti und Marek. Wir hatten ihn uns aufgespart, weil wir die beiden dann gleich abholen und heimbringen wollten.

»Ich wette um die Gremlins, dass wir hier kein Cabrio finden«, sagte Paulina, als wir auf den Kindergarten zuliefen. »Das wär mir doch schon längst aufgefallen. Und außerdem haben die Leute hier überhaupt nicht das Geld für so was.«

Der Kindergarten lag in dem Wohngebiet, wo auch Paulina mit ihrer Familie lebte. Hier standen fast nur dreistöckige Mietskasernen, die alle ziemlich gleich und grau aussahen, und am Straßenrand parkten völlig langweilige Autos. Das Viertel, in dem wir wohnten, war schöner, mit breiten Straßen und jeder Menge großer alter Villen. In unserer Straße wäre ein Porsche nicht so doll aufgefallen.

»Kein Mensch besitzt hier 3,2 Autos und eins davon soll dann auch noch ein Porsche sein. Den können die sich hier doch nicht mal als Bobbycar leisten«, sagte Paulina.

Und dann gab sie nur noch ein dumpfes Stöhnen von sich. Denn keine hundert Meter von uns entfernt war Bekir. Er hatte ein rosarotes, hüpfendes Etwas an der Hand und ging auf die Fahrradständer neben dem Kindergarten zu.

Paulina drehte sich panisch zu mir.

»Ich kann da jetzt nicht hin. Ich fall nämlich gleich tot um. Dann musst du ihm sagen, dass ich ihn immer geliebt habe.«

»Reiß dich zusammen. Du gehst schon mal zu den Gremlins und ich erledige den Rest.«

»Toni, das kannst du nicht bringen!«, stammelte Paulina.

Aber da war ich schon gestartet.

Ich kann echt schnell rennen, wenn ich will. Meistens vermeide ich es aber. Man tritt dabei so leicht kleine Tiere platt. Doch das hier war ein asphaltierter Gehweg durch ein Wohngebiet und es war trocken. Regenwürmer und Nacktschnecken waren also schon mal nicht in Gefahr und Mistkäfer lagen sowieso eher selten auf Bürgersteigen. Also habe ich es riskiert und bin gerannt wie blöd und an der zweiten Straßenkreuzung hatte ich ihn schon eingeholt. Er stand mit seinem Fahrrad und der kleinen rosa Schwester hinten drauf an der Kreuzung. Ich bin ihm direkt vors Vorderrad gelaufen und dort stehen geblieben.

»Hallo, Bekir.«

Ich weiß nicht, wie Jungs normalerweise schauen, wenn man sie überfällt, aber der hier guckte auf jeden Fall völlig entsetzt. Als ob ich mit einer Pistole auf ihn zielen und die Herausgabe seiner Schwester fordern würde.

»Wir müssen uns mal unterhalten«, sagte ich. »Also, falls du überhaupt reden kannst. Nach dem, was Paulina mir erzählt hat, bin ich mir da nämlich gar nicht so sicher.«

»Jetzt?«, fragte Bekir und schaute noch entsetzter.

Ich nickte.

Er stieg von seinem Fahrrad ab und sagte irgendwas auf Türkisch zu seiner kleinen Schwester. Sie sah mich neugierig an und nickte.

»Dauert nicht lange«, sagte ich.

Und dann legte ich los und machte ihm mal klar, was er überhaupt für ein irres Glück gehabt hatte, dass Paulina mit ihm zum Fußballspiel gegangen war, weil sie nämlich tausend andere und viel interessantere Termine dafür hatte sausen lassen, und dass ich gar nicht kapierte, was sie an ihm fände, wenn er so bescheuert wäre, sie dann auf seiner beschissenen Tribüne ganz beschissen allein herumhocken und sein beschissenes Handy bewachen zu lassen. An der Stelle fing die kleine rosa Schwester an zu kichern und hörte gar nicht mehr auf, aber ich machte trotzdem weiter, ich war nämlich noch lange nicht fertig, weil ich ihm unbedingt auch noch sagen musste, dass einer der wahnsinnig interessanten Termine, den Paulina wegen ihm verpasst hatte, zum Beispiel einer mit mir gewesen war, dass sie nämlich mit mir und den Gremlins in den Zoo hätte gehen können, wo es ihr garantiert viel besser gefallen hätte, weil da nämlich viel mehr los war, schon allein wegen dem Pinguin, obwohl das mit dem ja wahrscheinlich gar nicht passiert wäre, wenn sie mitgekommen wäre, aber das wäre eben nicht gegangen, weil sie ja das Pech hätte, in ihn verliebt zu –

Weiter kam ich nicht.

Paulina stand mit knallrotem Kopf neben mir und riss an meinem Arm.

»Toni, halt die Klappe«, sagte sie. »Jetzt sofort.«

Sie war stinksauer.

»Und du bleibst da«, sagte sie zu Bekir, der Anstalten machte, sich wieder auf sein Fahrrad zu setzen, und klang kein bisschen weniger sauer.

»Hol die Gremlins ab, ja?« Sie drehte sich zu mir und gab mir ihren Wohnungsschlüssel.

Ich habe nur genickt und den Schlüssel genommen. Ich halte es nicht gut aus, wenn Paulina so wütend auf mich ist.

»Und wir reden«, sagte sie zu Bekir.

»Ist gut«, sagte er und schaute erstaunlicherweise nicht mehr ganz so entsetzt.

Und dann gingen sie zusammen weg. Paulina und Bekir. Er schob sein Fahrrad, und Paulina lief neben ihm her, und der Kindersitz mit der kleinen rosa Schwester schaukelte wie ein Schiff, weil sie sich ständig nach mir umdrehte. Und sie kicherte noch immer.

Die Gremlins klebten schon am Zaun, als ich zum Kindergarten zurückkam.

»Wir haben dich gesehen!«, sagte Marek vorwurfsvoll. »Du bist weggerannt.«

»Und Pauli auch«, sagte Matti. »Die hat gerufen, dass wir auf dich warten sollen.«

»Na, jetzt bin ich ja da.«

»Gehen wir wieder in den Zoo?«, fragte Matti.

»Dafür ist es schon zu spät. Wollt ihr wirklich noch was machen?«

»Ja«, sagte Matti, und Marek nickte.

Okay. Wenn das so war.

Schließlich hatte Paulina nur gesagt, dass ich sie abholen sollte. Von Heimbringen war nicht direkt die Rede gewesen. Und wenn wir einen kleinen Umweg machten, war das doch bestimmt okay. Ich hatte mir nämlich überlegt, dass es nicht schlecht wäre, mich noch in ein oder zwei schickeren Kindergärten umzuschauen, wo die Porsche-Fahrer ihre Kinder vielleicht eher hinbrachten.

Der eine, der richtig toll war und bestimmt viel teurer als die normalen Kindergärten, lag mitten in der Innenstadt. Wenn wir mit der Straßenbahn hinfuhren, waren wir in einer Stunde locker wieder zurück. Und Paulina brauchte bestimmt sowieso noch ein bisschen Zeit mit Bekir.

Also habe ich die Gremlins gefragt, ob sie sich nicht mal ein oder zwei andere Kindergärten anschauen wollten.

»Weiß nicht«, sagte Marek.

»Dauert auch nicht lange«, sagte ich. »Ich muss die Kinder dort nur kurz fragen, ob sie so ein Auto kennen.« Ich zog die

Karteikarte mit dem gelben Porsche aus meiner Jackentasche und hielt sie ihnen hin.

»Warum?«, fragte Matti.

»Weil ich so eins suche. Ganz dringend. Und ihr helft mir, okay?«

»Können wir dann auch mit denen ihrem Spielzeug spielen?«, fragte Marek.

»Aber sicher. Die freuen sich bestimmt, wenn ihr kommt.«

Der Kindergarten in der Innenstadt war wirklich superschön. Eigentlich war er eher ein Park, in dem ein paar Holzhütten standen, die aussahen wie kleine Hexenhäuser. In einer Ecke war ein riesiger Sandhaufen aufgeschüttet, und davor standen kleine Bagger, auf denen man sitzen konnte, und es gab eine Nestschaukel und einen Feuerplatz. Überall rannten Kinder herum und spielten und tobten.

»Da will ich hin«, seufzte Marek, als wir vor dem Holztor standen.

Matti fackelte nicht lange. Er schob den Riegel vom Tor zurück, der draußen angebracht war, und marschierte einfach rein.

»Na, du?«, sagte eine Frau, die direkt hinter dem Zaun kniete und einem kleinen Mädchen den Schuh zuband. Ich hatte sie vorher gar nicht gesehen. Sie hatte ein Nasenpiercing und kurze schwarze Haare. »Willst du deinen Freund abholen?«

Matti schüttelte den Kopf. »Ich kenn da doch gar keinen.«

»Wir wollten uns den Kindergarten nur mal kurz anschauen.« Ich schob mich mit Marek durchs Tor. »Weil wir gerade hierhergezogen sind, und jetzt überlegen wir, ob wir meine kleinen Brüder hier anmelden sollen.«

Die Gremlins schauten mich groß an, aber zum Glück sagten sie nichts, sondern sprinteten gleich los, in Richtung Nestschaukel.

»Oje«, sagte die Frau und lächelte ganz freundlich. »Ihr könnt hier leider nicht einfach so rumlaufen. Ohne Anmeldung geht das nicht. Und wahrscheinlich würdet ihr sowieso keinen Platz bekommen. Es gibt eine irrsinnig lange Warteliste. Die Eltern melden ihre Kinder hier schon an, bevor sie überhaupt geboren sind. Tut mir echt leid.«

Ich nickte. Sie sah nett aus. Ich musste sie einfach fragen.

»Wissen Sie, ob es hier Eltern gibt, die ein gelbes Porsche-Cabrio fahren?«

Sie überlegte. »Porsche-Fahrer gibt's schon ein paar. Aber ein gelbes Cabrio habe ich hier noch nie gesehen. Was willst du denn von denen?«

»Ach, nicht so wichtig«, sagte ich. »Ich hole mal meine Brüder.«

Ich rannte zur Nestschaukel, in der Matti mit ein paar anderen Kindern saß und glücklich vor sich hin lächelte.

»Wo ist Marek?«

»Der ist da rein.« Er zeigte auf das Hexenhaus, das ganz in der Nähe der Schaukel stand.

Mist.

Ich stiefelte rüber und klopfte, aber niemand reagierte, also ging ich einfach rein. Von einem großen Flur, in dem jede Menge Hausschuhe herumlagen, gingen zwei Türen ab.

»Marek!«, rief ich. Erst leise, dann lauter. »Verdammt, Marek, komm her!«

Eine Weile tat sich gar nichts. Dann ging die rechte Tür langsam auf, und Marek kam heraus, mit glänzenden Augen. Er schaute sich unsicher um und nahm meine Hand.

»Gehen wir jetzt?«, fragte er.

Zusammen marschierten wir zur Nestschaukel zurück.

Matti klammerte sich an die Seile, als er uns sah, und fing schon mal vorbeugend an zu schreien.

»Ich bleib aber hier!«

»Geht nicht«, sagte ich und löste seine Hände von den Seilen, so schnell, dass er es gar nicht richtig mitkriegte. Ich klemmte ihn unter meinen Arm und machte, dass ich rauskam. Marek trippelte neben mir her.

»Ruf trotzdem mal bei der Leitung an«, sagte die Frau mit dem Nasenpiercing und machte mir das Eingangstor auf. »Vielleicht habt ihr ja Glück.«

Erst als wir ein ganzes Stück vom Kindergarten weg waren, hörte Matti auf zu schreien, und ich konnte endlich stehen bleiben und ihn absetzen. Marek stupste mich an und streckte mir mit strahlenden Augen seine Faust hin.

»Guck mal!«, sagte er.

»Was hast du da?«, fragte ich misstrauisch.

Bei Marek war ich inzwischen auf alles gefasst.

Langsam öffnete er die Faust.

Auf seiner Handfläche lag ein Matchbox-Auto. Kein Porsche, aber immerhin war es knallgelb.

»Ich will auch eins«, sagte Matti.

»Das hab ich für Toni mitgenommen«, sagte Marek.

Oje. Wenn das so weiterging, musste ich dringend mit Paulina reden. Der konnte ja schon bald bei der Mafia mitmachen.

»Das gehört dem Kindergarten, Marek. Das müssen wir zurückgeben.«

»Aber das hast du doch gewollt!«, sagte er.

»Ich will auch eins«, sagte Matti wieder.

Sie schauten mich bitterböse an.

Mein Handy klingelte. Paulinas Name leuchtete auf.

»Gleich«, sagte ich. »Das klären wir alles. Ich muss nur mal kurz mit eurer Schwester telefonieren.«

Ich kam noch nicht mal dazu, Hallo zu sagen, da fing Paulina schon an:

»Wo seid ihr? Wo sind meine Brüder? Ist dir klar, dass du meinen Hausschlüssel hast? Und was war das vorhin mit dem Zoo und dem Pinguin? Und du kannst das doch nicht machen, Toni, das kannst du doch nicht bringen, einfach hinter Bekir herrennen und –«

»Wart mal!«, unterbrach ich sie.

Denn genau in dem Moment fuhr ein gelbes Porsche-Cabrio mit einer Delle in der Fahrertür an uns vorbei. Ein Mann saß am Steuer. Er hatte keine Sonnenbrille auf, aber dafür erkannte ich die dunkelblaue Mütze.

Als Monsterauge sich gebückt hatte, um Mr Bond hochzuheben, hatte ich sie genau vor der Nase gehabt. Ich wusste sogar, wie sie roch.

Ich drückte Paulina weg, steckte das Handy in meine Jackentasche und schnappte mir Matti und Marek. »Los! Wir müssen dem gelben Auto hinterher!«

Zu dritt rannten wir die Straße entlang.

»Ist Pauli da drin?«, keuchte Marek.

»Nee, aber das ist genau das Auto, das ich gesucht habe. Da

sitzt ein Mann drin, den ich dringend was fragen muss. Deshalb müssen wir es einholen.«

Das Cabrio entfernte sich immer weiter, aber noch hatte ich es im Blick.

Doch an der übernächsten Kreuzung bog es nach rechts ab und verschwand.

»Los, noch ein bisschen schneller! Ihr schafft das! Nur noch ein kleines Stück«, feuerte ich die Gremlins an und schleifte sie hinter mir her. Aber als wir endlich an der Kreuzung standen und die kleine gepflasterte Straße entlangschauten, in die das Cabrio eingebogen war, war es nicht mehr zu sehen.

Verdammt.

»Wir laufen noch eben hierdurch«, sagte ich müde. »Und dann fahren wir heim.«

Die kleine Straße war von großen Bäumen gesäumt, die schon fast alle Blätter verloren hatten, und rechts und links parkten Autos. Matti und Marek hingen schwer an meinen Armen und jammerten, weil sie müde waren.

Fast in jedem zweiten Haus war ein Café und der ganze Gehweg war voll mit Tischen und Stühlen. Es war total schwer, zu dritt durchzukommen. Ich suchte jedes Café und jeden Laden und jede Einfahrt nach einem Mann mit dunkelblauer Mütze und einem gelben Cabrio ab. Aber umsonst.

Erst ziemlich am Ende der Straße entdeckten wir schließlich das Auto. Es parkte hinter einem riesigen Geländewagen, der es verdeckt hatte.

»Toni! Da! Da!«, brüllte Matti und hielt an.

»Das Auto«, schrie Marek und blieb auch stehen.

»Leise!«, flüsterte ich. »Seid ganz still und lauft einfach weiter!«

Irgendwo hier in der Nähe musste Monsterauge sein, und wenn er auf uns aufmerksam würde, wäre alles umsonst gewesen.

»Aber das da ist doch das Auto!«, sagte Marek. »Jetzt musst du den Fahrer was fragen.«

»Den suchen wir ja auch. Aber heimlich. Der soll das gar nicht merken.«

Matti nickte. »Der soll nämlich gar nicht merken, wenn Toni den was fragt«, erklärte er seinem Bruder.

Langsam gingen wir weiter. Im letzten Café, direkt an der Straßenecke, sah ich endlich die blaue Mütze. Monsterauge saß an einem kleinen runden Tisch und schaute sich unruhig um, als ob er auf jemanden warten würde. Ich drehte mich weg, damit er mein Gesicht nicht sah, und schob Matti und Marek zwischen den Tischen durch.

»Hier trinken wir was«, sagte ich. »Den Fahrer suche ich vielleicht doch lieber ein anderes Mal«.

»Dürfen wir dann auch wieder mit?«, fragte Marek.

»Klar. Ihr seid zwei echte Supersucher. Ich nehme euch auf jeden Fall wieder mit.«

Ich lotste sie zu einem Tisch, der hinten an der Hauswand stand. Von dort hatte ich Monsterauge im Blick, ohne dass er mich sah. Aber wahrscheinlich hätte er mich sowieso nicht wiedererkannt.

Endlich konnte ich ihn in Ruhe anschauen. Er war ungefähr so alt wie Jonas und trug eine dunkelbraune Wolljacke. Seine Haare waren braun und kringelten sich unter der Mütze vor. Von der Seite sah er richtig gut aus.

Warum wurde so einer zum Verbrecher?

Das Handy in meiner Jackentasche vibrierte. Paulina rief an. Ich drückte sie weg und schrieb ihr eine SMS: »Kann jetzt nicht. Später. Alles okay.«

Ich hoffte, dass sie noch ein bisschen Ruhe gab.

Als die Kellnerin kam und fragte, was wir trinken wollten, bestellte ich einen Kaffee. Eigentlich mochte ich den gar nicht, aber ich habe gedacht, es ist nicht schlecht, wenn ich ein bisschen älter wirke. Wenigstens wie fünfzehn.

»Ich will Cola«, sagten Matti und Marek gleichzeitig.

»Dafür seid ihr noch zu klein«, sagte ich. »Ihr kriegt zusammen ein Glas Limo.«

»Ich will aber ein Glas für mich allein«, jammerte Marek.

»Ich hab nicht genug Geld«, flüsterte ich ihm zu.

»Ich verteil sie auf zwei Gläser, kein Problem«, sagte die Kellnerin und lächelte mich an. Sie sah ein bisschen aus wie Valli. »Und du willst wirklich einen Kaffee? Nicht lieber eine heiße Schokolade?«, fragte sie.

Wahrscheinlich hatte sie auch eine kleine Schwester.

Ich schüttelte den Kopf. »Ich brauche wirklich einen Kaffee.«

Der Kaffee, den sie mir brachte, bestand zu zwei Dritteln aus heißer Milch.

Ganz bestimmt hatte sie eine kleine Schwester.

Während ich mit der Kellnerin geredet hatte, war jemand an den Tisch von Monsterauge gekommen und hatte sich dazugesetzt. Ich konnte den Mann nur von hinten sehen. Er trug eine schwarze Lederjacke und seine kurzen blonden Haare standen senkrecht vom Kopf ab. Sie sahen aus wie Stacheln. Bestimmt hatte er drei Tonnen Gel gebraucht, um das so hinzukriegen.

Er sagte etwas zu Monsterauge und wackelte beim Reden mit den Schultern, als ob er total nervös wäre.

Leider verstand ich kein Wort von dem, was er sagte, weil Marek plötzlich einen Riesenkrach machte. Er hatte seine Limo in einem Zug ausgetrunken und versuchte jetzt, den allerletzten Rest in seinem Glas mit dem Strohhalm aufzusaugen.

»Lass das«, sagte ich. »Das nervt die anderen Gäste.«

»Das krieg ich aber sonst nicht raus. Guck mal, das geht nämlich nur so.«

Und damit schlürfte er weiter.

Ich hatte mich wieder zu den beiden Typen umgedreht.

Monsterauge erwiderte etwas. Er holte einen Umschlag aus seiner Jackentasche und schob ihn zu dem mit der Igelfrisur.

Marek fing an zu kreischen.

»Was ist denn jetzt?«, fragte ich.

»Matti hat mir meinen Strohhalm weggenommen.«

»Damit er das mit dem Krach nicht mehr macht«, sagte Matti.

»Gib ihm den Strohhalm bitte trotzdem wieder. Wenn er schreit, ist er noch lauter. Seid einfach noch ein paar Minuten still, okay? Wir gehen ja auch gleich.«

Ich drehte mich wieder um.

Der Igel hielt jetzt etwas in der Hand. Waren das Fotos? Waren sie in dem Kuvert gewesen, das Monsterauge ausgepackt hatte? Was war auf ihnen drauf?

Ich stand auf und stellte mich auf die Zehenspitzen, um besser sehen zu können.

Ganz sicher waren das Fotos.

Marek schlürfte wieder mit seinem Strohhalm.

»Gehen wir jetzt?«, fragte Matti.

Ich setzte mich hin, ohne die Männer aus den Augen zu lassen. »Bald.«

»Du bist komisch«, sagte Matti.

»Ich muss Pipi«, nuschelte Marek mit dem Strohhalm im Mund.

»Jetzt nicht.«

Der Igel blätterte die Fotos durch.

Tiere? Waren das Tiere da drauf?

Langsam schob der Igel die Bilder zusammen und legte sie vor sich auf den Tisch.

Ich stand wieder auf.

Bunt. Das oberste Foto auf dem Stapel war ziemlich bunt. Viel Grün. Und Rot. Und Blau. Oben. Neben dem Schnabel.

Ich rückte ein Stück näher an die beiden ran.

Ganz klar. Das auf dem Foto war eine Blaumaskenamazone.

Plötzlich hob Monsterauge den Kopf und schaute irritiert in meine Richtung.

Schnell drehte ich mich weg, damit er mich nicht erkannte. Ich beugte mich über Marek und fuhr ihm mit der Hand übers Gesicht, als ob ich ihn sauber machen wollte. Er war so verblüfft, dass er es einfach geschehen ließ.

»Du bist echt komisch«, wiederholte Matti.

Ich setzte mich wieder hin. Ich hatte es doch gewusst.

Monsterauge war die Verbindung zwischen Mr Bond und den Papageien. Er hatte die Papageien gestohlen. Und der Igel hing auch mit drin. Vielleicht wollte er einen der gestohlenen Vögel kaufen?

Zu blöd, dass ich kein Handy mit Kamera hatte, sonst hätte ich die beiden fotografieren können und einen astreinen Beweis dafür gehabt, dass hier etwas echt Mieses lief. Das nächste Mal musste ich wenigstens Karteikarten und Buntstifte mitnehmen, um solche Sachen aufmalen zu können, das nahm ich mir fest vor. Gerichtsreporter machten das ja auch so, wenn sie keine Fotos schießen durften.

»Ich muss aber wirklich Pipi«, sagte Marek.

»Dann such das Klo. Bitte. Das findest du«, sagte ich und schielte vorsichtig nach den beiden Typen. Zum Glück hatte sich Monsterauge wieder weggedreht.

»Ich darf nicht allein!«, jammerte Marek. »Aber ich muss in echt Pipi. Ganz, ganz doll.«

»Ich auch«, sagte Matti. »Ich mach Pipi auf den Stuhl.«

»Nein, verdammt! Ich komm ja schon mit. Aber beeilt euch!«

Die Toiletten waren im Keller. Ich lotste die beiden die Treppe runter und in die Damentoilette. Sie verschwanden jeder in einer Kabine. Ich blieb davor stehen und wartete. Es dauerte eine Ewigkeit, bis sie mit Pinkeln fertig waren, weil sie ununterbrochen miteinander quatschten.

Als wir wieder vor dem Café standen, waren die beiden Männer fort.

Und auch das gelbe Cabrio stand nicht mehr da.

Verdammter Mist.

18. Kapitel

Ich habe Matti und Marek bei ihrer Mutter abgeliefert. Paulina war nicht da, weil sie noch einkaufen musste. Doch ich war noch nicht mal zu Hause, als sie schon anrief.

»Wir müssen ein paar Dinge klären«, sagte sie. »Drück mich nicht wieder weg!«

»Das war nur, weil das gelbe Cabrio vorbeigefahren ist, als wir telefoniert haben. Deshalb hab ich aufgelegt.«

»Ich weiß. Die Gremlins haben es mir erzählt.«

»Und wir haben es verfolgt! Das ist doch irre, oder? Wir haben Monsterauge in einem Café entdeckt, und ich weiß jetzt sicher, dass er in den Tierdiebstahl verwickelt ist.«

Ich machte eine kurze Pause, damit sie was dazu sagen konnte, »super« oder »klasse« oder was in der Art, aber es kam nichts. Kein Wort.

»Findest du das nicht toll?«, fragte ich.

Paulina holte tief Luft.

»Toni. Kann das sein, dass du mit den Gremlins im Zoo gewesen bist?«, fragte sie in ganz scharfem Ton. So klang sie sonst nie.

Ich blieb mitten auf dem Gehweg stehen und wusste nicht, was ich sagen sollte.

»Ich hab sie gefragt«, sagte Paulina. »Weil ich wissen wollte, was du Bekir Komisches erzählt hast. Und da haben sie es zugegeben. Matti sagt, ihr habt einen Pinguin geklaut.«

»Wir haben den gerettet.«

»Das hat Marek auch behauptet. Ist mir aber eigentlich egal. Ich würde nur gern verstehen, warum du mich wochenlang angelogen hast.« Sie klang so wütend und traurig und enttäuscht, dass ich mich ganz elend fühlte.

»Tut mir leid. Mir war da einfach alles zu viel«, flüsterte ich.

»Und später? Einen Tag danach? Oder auf dem Spielplatz, als ich dir von dem bescheuerten Pinguinspiel erzählt hab, das die Gremlins erfunden haben? War's dir da immer noch zu viel? Hast du mich lieber die ganze Zeit verarscht?«

»Ich wusste einfach nicht, wie ich es dir sagen sollte, ohne dass du sauer wirst.«

»Ich wäre ja gar nicht sauer geworden.«

»Doch! Du bist doch auch jetzt total sauer.«

»Aber doch nur deshalb, weil du mich angelogen hast.«

»Tut mir leid. Ehrlich! Ich hätte es dir wirklich gern erzählt, schon, weil Monsterauge doch auch im Zoo gewesen ist, stell dir das mal vor. Ich hab den da gesehen, in seinem blöden Cabrio!«

»Warst du deshalb dort? Hast du den schon damals verfolgt?«

»Nein, von dem hab ich da doch noch gar nichts gewusst. Erst als Monsterauge mich und Mr Bond überfallen hat, ist mir das wieder eingefallen. Und dann war mir klar, dass er irgendwas mit der Tiermafia zu tun haben muss.«

»Ich komm nicht mehr mit«, sagte Paulina. »Aber ich weiß, dass es absolut daneben ist, die Gremlins zu so was mitzunehmen.«

»Ich hab dir doch gerade gesagt, dass es aus Versehen war!« Jetzt war ich auch genervt.

»Das heute war nicht aus Versehen, Toni. Du bist einem Verbrecher hinterhergerannt und hast sie mitgeschleppt. Das ist doch scheiße.«

Wir schwiegen beide. Minutenlang. Aber keine legte auf.

Ich stand immer noch mitten auf dem Gehweg. Durchs Handy hörte ich Paulinas Atem. Und meinen konnte ich sehen. Es war kalt.

»Wie geht's jetzt mit dir und Bekir weiter?«, fragte ich leise und trippelte hin und her, um meine Füße aufzuwärmen.

»Weiß ich nicht«, sagte Paulina. »Das ist auch so was, wo es mir lieber gewesen wäre, wenn du dich nicht eingemischt hättest.«

»Aber das war doch abgemacht!«

»Doch nicht so!«

»Oh Mann, dann hilf dir doch in Zukunft selber!«, hab ich ins Handy geschrien, und dann habe ich aufgelegt.

Ich hatte so genug.

Paulina war ja genauso blöd wie Jonas. Erst wollte sie, dass ich ihr half, und wenn ich dann was machte, war es auch nicht richtig.

Und für dieses bescheuerte Telefonat waren meine Füße fast abgefroren. So schnell ich konnte, rannte ich nach Hause. Ich habe nur einmal angehalten, um einem Regenwurm über die Straße zu helfen.

Aber vielleicht war das ja auch falsch. Wenn er so tickte wie Jonas und Paulina, wäre er wahrscheinlich lieber überfahren worden.

Igor war zu Hause, als ich heimkam.

»Toni! Spüldienst«, rief er schon, als ich noch nicht mal meine Jacke ausgezogen hatte.

»Gleich!«

»Sofort!« Er streckte seinen Kopf aus der Küche. »Das sieht aus wie Sau hier. Wir haben nicht mal mehr Teller. Der Abwasch ist dein Job, Babykröte!«

»Das meiste ist doch überhaupt nicht von mir!«

»Aber du hast gesagt, du machst das, wenn du hierbleiben darfst«, sagte er gnadenlos.

Ich ging zu ihm in die Küche. Sie sah wirklich nicht gut aus. Seit Monsterauge Mr Bond überfallen hatte, war ich einfach nicht mehr dazu gekommen, mich darum zu kümmern, und jetzt stapelte sich das dreckige Geschirr in der Spüle und auf dem Tisch. Zwei Töpfe mit angebrannter Milch standen auf dem versifften Herd und auf dem Fußboden lagen Käsereste und Tomatenstücke rum. Valli und Igor machten einfach zu viel Dreck.

»Ich putz das nicht alles allein. Ich kann nichts dafür, wenn ihr keine Milch warm machen könnt, ohne dass sie anbrennt oder überkocht.«

Ich setzte mich auf Mamas Stuhl und vergrub meinen Kopf zwischen den Armen.

War das ein schrecklicher Tag.

Die Kindergartenaktion war ein Flop gewesen, im Café war mir Monsterauge durch die Lappen gegangen und ich hatte keine Ahnung, wie ich ihn wiederfinden sollte, und mit Paulina hatte ich so einen Riesenkrach, wie wir ihn zum letzten Mal in der Fünften gehabt hatten, als ich ihr im Schullandheim die

steife Blindschleiche ins Bett gelegt hatte. Ich habe gedacht, die müsste auftauen. Leider habe ich vergessen, es ihr zu sagen, und sie ist vor Schreck fast gestorben, als sie sich nachts draufgelegt hat. Die Blindschleiche hatte sich nämlich immer noch nicht wieder bewegt. Paulina hat sie aus dem Fenster geworfen, obwohl wir im zweiten Stock wohnten. Ich war voll sauer deshalb, und sie war sauer, dass die Blindschleiche überhaupt in ihrem Bett gelegen hat, und wir haben bestimmt fünf Tage lang kein Wort mehr miteinander geredet.

»He, Babykröte, was ist?«, fragte Igor und kitzelte mich im Nacken. »Du bist nicht gut drauf, oder?«

Ich zog meinen Kopf weg. »Nein.«

»Fehlt dir Mama?«

»Nein.«

»Was dann?«

Ich schaute hoch. »Das ist zu kompliziert zum Erklären.«

»Das wird schon wieder«, sagte Igor. »Vor allem mit Pizza. Ich hab zwei in den Ofen geschoben, und bis die fertig sind, helfe ich dir in der Küche.«

Und da habe ich erst gemerkt, was für einen riesengroßen Hunger ich hatte.

Mit Igor zusammen ging das Aufräumen richtig schnell. Er kratzte die angetrocknete Tomatensoße von den Tellern, und ich versuchte, sie noch in der Spülmaschine unterzukriegen, obwohl die eigentlich schon voll war.

Es war so selten, dass wir beide etwas zusammen machten, dass es eigentlich sogar schön war, mit ihm in der Küche zu stehen.

Wir redeten ein bisschen über Ungarn und Mama und Papa und ob das mit der Firma klappte und was wäre, wenn es schiefging, und ob sie dann bald wiederkämen.

»Für Papa wünsche ich mir schon, dass es klappt«, sagte Igor. »Aber für dich fände ich es besser, wenn sie wieder da wären.«

»Und für dich?«

»Ich zieh sowieso bald aus, Babykröte. Wenn ich das FSJ hinter mir habe. Und dann mache ich ein Jahr nur noch das, was mir Spaß macht. Party ohne Ende.«

Igor. Klar.

Warum war ich da nicht früher draufgekommen? Igor war Experte in Sachen Spaß. Er hatte bestimmt auch eine Idee, wo Leute wie Monsterauge sich rumtrieben, wenn sie was losmachen wollten.

»Was machen richtige Erwachsene eigentlich, wenn sie Spaß haben wollen?«, fragte ich ihn.

Igor zuckte mit den Schultern. »Hängt vom Alter ab, würde ich sagen. Alte Leute haben am meisten Spaß, wenn sie wen anmeckern können, mittelalte Leute, wenn sie mehr Geld verdienen als die anderen, und junge, wenn man sie in Ruhe feiern lässt.«

»Und zählt unter jung auch noch jemand, der ungefähr dreißig ist oder so?«

Igor fischte den letzten Teller aus dem Einweichwasser im Spülbecken und gab ihn mir.

»Klar. Auf meinen Partys sind immer eine Menge von denen.«

»Und gibt's da auch so schicke, mit Sonnenbrille und Porsche und so?«

Igor lachte. »Klar doch. Zu mir kommt die Crème de la

Crème. Nein, jetzt mal im Ernst. Die Partys, die ich schmeiße, sind ein bisschen … speziell. Also, nicht so ganz offiziell. Das heißt, die Bullen sind nicht unbedingt eingeladen. Und genau deshalb sind sie ziemlich angesagt. Am Anfang sind nur ein paar Freunde hingekommen und Freunde von Freunden, aber inzwischen hat es sich rumgesprochen. Jetzt kommen auch die, die eigentlich genug Geld hätten, um in teure Clubs zu gehen. Die mögen das improvisierte Ambiente, denke ich mal. Und meine Musik. Und sie finden sich wahrscheinlich ein kleines bisschen weniger spießig, wenn sie auf eine illegale Party gehen. Sogar dein Hundetyp von unten war schon mal da.«

»Jonas? Echt? Der war auf einer von deinen Partys?«

»Yep.« Igor pulte mit den Fingern im Abflusssieb rum, weil das Spülwasser nicht ablaufen wollte, und verzog das Gesicht. »Igitt. Das sieht aus wie Suppe mit Einlage. Oder noch schlimmer. Noch viel schlimmer.«

»Aber Jonas geht doch gar nicht aus dem Haus mit seinem Gips«, sagte ich.

»Das war schon davor. Da habe ich den noch gar nicht gekannt. Aber als er dann bei uns eingezogen ist, habe ich mich wieder dran erinnert.«

Das Abflusssieb war frei. Igor schaute interessiert zu, wie die Spülsoße mit einem ekligen Gluckern aus dem Becken verschwand.

»Der hatte auf der Party tierisch Zoff mit einem anderen Typ. Die haben sich voll angebrüllt.«

»Was war das denn für einer? Der, mit dem er gestritten hat?«

Igor zuckte mit den Schultern. »Normaler Typ. Halblange Haare, coole Klamotten, affige Sonnenbrille. Der kommt eigentlich zu fast jeder von meinen Partys, aber ich weiß nicht, wie er heißt.«

»Der hatte eine Sonnenbrille auf? In welcher Farbe?«

»So ein orangenes Teil.«

Ich habe gedacht, ich falle um.

»Orange? Ganz sicher?«

»Ja doch.«

»Und wegen was haben die gestritten?«

»Keine Ahnung. Irgendwas Geschäftliches.«

»Wie? Was Geschäftliches? Was für Geschäfte?«

Igor stöhnte. »Kann das sein, dass du verdammt neugierig bist, Babykröte? Warum interessiert dich das denn? Ich hab nicht zugehört. Es hat genervt, das war alles. Die Leute sollen feiern, wenn sie auf meinen Partys sind, und ihre Geschäfte können sie woanders erledigen. Ich war froh, als einer von denen endlich abgezogen ist.« Er wühlte in der Küchenschublade. »Sag mal, wo sind eigentlich die Spülmaschinentabs?«

Ich holte die Packung aus dem Schränkchen unter der Spüle und drückte sie ihm in die Hand.

»Und wer ist dann gegangen? Jonas?«

»Nee. Der andere.«

»Und Jonas? Was hat der gemacht? War der dann allein?«

»Weiß ich nicht mehr.« Igor legte den Tab in die Spülmaschine und klappte sie zu.

»Aber das musst du doch noch wissen!«

»Mann, Toni, auf meinen Partys habe ich echt andere Probleme. Jetzt deck mal den Tisch.«

Ich holte zwei Suppenteller aus dem Küchenschrank. Die flachen waren ja alle in der Spülmaschine.

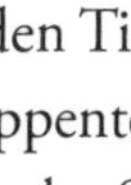

»Bitte, Igor, überleg noch mal. Vielleicht fällt dir doch wieder ein, über was Jonas und der andere gestritten haben«, sagte ich.

Igor drehte sich zu mir und schaute mich finster an. »Sag mal, was ist eigentlich mit dir los? Warum interessierst du dich so für diesen Jonas? Bist du in den verliebt? Denkst du dir da irgendwas aus?«

»Hä?« Ich war so baff, dass mir fast die Gläser aus der Hand fielen, die ich auf den Tisch stellen wollte.

»Valli sagt, du hockst sogar bei dem vor der Tür und wartest, dass er nach Hause kommt!«

»Das stimmt doch gar nicht!«

Igor schaute noch grimmiger. »Der Typ ist fast zwanzig Jahre älter als du. Macht der dich etwa an? Benimmt der sich komisch dir gegenüber?«

»Ach, Quatsch!«

Was war denn mit Igor los? Warum kam der plötzlich auf so eklige Ideen?

»Kein Quatsch. Ich weiß, dass du in seiner Wohnung rumhängst, obwohl Mama dir das verboten hat. Bisher hab ich nichts gesagt, weil ich das auch übertrieben von ihr fand. Aber jetzt gefällt mir das gar nicht mehr. Du gehst da nicht mehr hin, verstanden?«

Ich tippte mir an die Stirn. »Du spinnst ja. Und du kannst mir überhaupt nichts verbieten.«

»Oh doch.« Igor kam ganz nah an mich ran. »Wenn du noch mal zu diesem Typ gehst, verfrachte ich dich nach Ungarn, aber schneller, als du papp sagen kannst. Ist das klar? Der kann seinen Hund bei uns abliefern, wenn er will, dass du mit ihm spazieren gehst. Aber auch nur dann, wenn ich da bin.«

Mein Bruder war echt ein selten blöder Schwachkopf und jetzt reichte es mir.

»Du bist ja nicht ganz dicht!«, brüllte ich und schubste ihn weg. »Du selber machst jeden Scheiß, der dir einfällt, und mir willst du verbieten, einen Nachbarn zu besuchen, der verletzt ist? Du tickst doch nicht mehr richtig. Und außerdem geh ich sowieso nicht mehr mit Mr Bond raus, aber nicht wegen dir, bild dir das bloß nicht ein, sondern weil Jonas genauso scheiße ist wie du. Ihr seid nämlich alle scheiße!«

Mama regte sich immer voll auf, wenn ich sie anschrie, aber Igor machte das überhaupt nichts aus. Ganz lässig setzte er sich auf seinen Stuhl und sagte: »Du kannst so lange ausflippen, wie du willst, Toni. Das ändert nichts. Du bist noch nicht in der Lage, gewisse Situationen richtig einzuschätzen. Jonas ist für dich tabu, und damit Punkt.«

»Was für gewisse Situationen denn?« Ich war so sauer, dass ich am liebsten auf den Tisch gesprungen und drauf rumgetrampelt wäre. Bloß, dass das mit dreizehn echt nicht mehr ging. »Ich trink mit dem Tee, was soll das denn bitte für eine gewisse Situation sein? Du bist ja so was von bescheuert!«

Igor schenkte sich ein Glas Wasser ein und sagte: »Das ist die Situation, dass eine Dreizehnjährige sich in einen Dreißigjährigen verknallt, und der Typ nutzt das aus. Glaub bloß nicht, dass das so selten ist.«

»Interessiert mich nicht.«

»Mich aber. Du bist meine kleine Schwester und ich mache mir Sorgen um dich. Und du weißt, dass du dich an die Abmachungen halten musst, wenn du hierbleiben willst. Valli und ich kümmern uns gern um dich, wenn wir uns auf dich verlassen

können. Aber du kriegst ja nicht mal mehr den Abwasch geregelt. Und machst du überhaupt noch was für die Schule? Lass mich mal deine Hefte sehen!«

Hallo? Das wurde ja immer schlimmer. Jahrelang hatte dieser Typ Streit mit Mama, weil er keinen Handschlag für die Schule machte. Und immer schrie er rum, dass das seine Sache wäre und dass es Mama überhaupt nichts anging. Und bei mir machte er jetzt einen auf Oberkontrolleur.

»Ich hab's im Griff«, sagte ich böse. »Alles. Und wenn Valli und du euer blödes Geschirr selber in die Spülmaschine stellt, bricht euch ja wohl auch kein Zacken aus der Krone.«

Igor trank in großen Schlucken sein Glas aus und setzte es mit einem fetten Knall wieder auf dem Tisch ab.

»Valli und ich haben mit Kochen und Einkaufen und Wäschewaschen schon genug zu tun. Und du hast das selber so vorgeschlagen«, sagte er und schenkte sich Wasser nach.

Es war die letzte Flasche und jetzt war sie leer.

»Aber ihr kocht ja überhaupt nicht richtig! Und du kaufst nur den Schrott ein, den du magst, und das Wasser ist auch alle, und Valli wäscht viel zu selten und nie meine Sachen. Ich hab kein einziges sauberes T-Shirt mehr! Ich muss mir schon welche von Paulina leihen. Und das geht jetzt auch nicht mehr.«

»Das musst du mit Valli ausmachen«, sagte Igor. »Ich will nur, dass ein paar Sachen ein für alle Mal klar sind: Du gehst nicht mehr zu Jonas. Du kümmerst dich wieder um die Küche. Und du zeigst mir deine nächsten Klassenarbeiten. Und wenn das alles nicht so klappt, wie ich mir das vorstelle, dann feierst du schon Nikolaus in Ungarn. Das sieht Mama garantiert genauso.«

Ich bin aus der Küche marschiert und habe die Tür so doll hinter mir zugeknallt, dass das ganze Haus gewackelt hat. Und genau da hat natürlich der Ofen angefangen zu piepen, weil die Pizza fertig war, und es roch total gut nach Essen.

Ich habe meine Zimmertür abgeschlossen und mich ins Bett verkrochen. Das war so was von daneben, was Igor losgelassen hatte. Da sagten immer alle, ich würde mir irgendwelche Geschichten zusammenspinnen, und dabei dachten Igor und Valli sich viel kackblöderes Zeug aus. Igor sollte lieber mal in seinem eigenen Unterbewusstsein nachgraben, warum er auf so eklige Ideen kam. Und wenn er jemals irgendwas davon zu Jonas sagte, nur ein Wort, dann würde ich nie wieder aus meinem Zimmer kommen, das habe ich mir geschworen, dann würde ich in dieser Bude verrotten, aber vorher brachte ich meinen Bruder um.

Sobald ich hörte, dass Igor aus der Küche verschwunden war, holte ich mir meine Pizza und schlich wieder in mein Zimmer. Während ich im Bett saß und die kalte Pizza aß, malte ich zwei neue Puzzleteile. Auf Puzzleteil Nummer 12 saß Monsterauge mit dem Igel im Café und hielt das Foto von einer Blaumaskenamazone in der Hand, und auf Nummer 13 brüllten er und Jonas sich auf Igors Party an.

Als ich Jonas malte, kam mir plötzlich ein Gedanke, den ich gar nicht haben wollte, aber ich konnte nichts gegen ihn machen. Er war von allein irgendwo weit hinten in meinem Kopf entstanden und schaffte es ziemlich schnell bis nach vorne, und eigentlich war es mehr eine Frage:

Was, wenn Jonas auch zur Tiermafia gehörte und er sich auf

der Party mit Monsterauge um die Verteilung der Diebesbeute gestritten hatte?

Ich legte die Pizza auf den Teller zurück, weil ich plötzlich keinen Hunger mehr hatte.

Ich dachte nach.

Aber das konnte doch nicht sein, überlegte ich.

Das passte überhaupt nicht zu ihm.

Oder?

Oder vielleicht doch, nur anders?

Langsam schob ich die Puzzleteile auf meiner Bettdecke hin und her, und ganz allmählich setzte sich die Geschichte neu zusammen, und jetzt ging sie so:

Jonas war tatsächlich ein Mitglied der Tiermafia gewesen. Vielleicht hatte er die Fotos gemacht, mit denen sie die gestohlenen Tiere zum Kauf anboten. Wie zum Beispiel das von der Blaumaskenamazone, das Monsterauge dem Igel im Café gezeigt hat. Aber irgendwas hatte ihn geläutert, so was gab's ja, und er hatte beschlossen, aus ihren kriminellen Geschäften auszusteigen. Deshalb zeigte er die Bande bei der Polizei an und wollte vor Gericht gegen sie aussagen. Aber aus irgendeinem Grund glaubte die Polizei ihm nicht, oder vielleicht wollte sie ihm auch nicht helfen, weil sie selber Geschäfte mit der Mafia machte, und darum war er jetzt ganz allein auf sich gestellt und ohne jeden Schutz durch die Polizei. Er hat sich bei uns im Haus versteckt, aber die Tiermafia ist ihm auf die Spur gekommen, und seitdem verfolgte ihn Monsterauge mit seinem gelben Cabrio. Er hat ihn sogar angefahren, um ihm Angst zu machen (oder wollte er ihn womöglich töten??). Und Jonas hatte überhaupt keinen Gedächtnisverlust. Er hat mir nur deshalb nichts von dem Cabrio gesagt, um mich zu schützen. Weil die Mafia mich ja auch verfolgen würde, wenn sie mitkriegte, dass ich das alles wusste.

Und dass er das Foto von dem Cabrio gemacht hatte, hatte auch nichts mit seinem Unterbewusstsein zu tun, sondern war viel einfacher: Er hatte es fotografiert, um später einen Beweis zu haben, falls ihm doch mal jemand von der Polizei glaubte. Und der Überfall auf mich und Mr Bond war einfach nur ein weiterer Versuch gewesen, ihn einzuschüchtern. Aber der Plan war nach hinten losgegangen, denn seitdem wusste ich Bescheid und Jonas war nicht mehr allein.

Irre. Er hatte tatsächlich überhaupt niemanden außer mir, der ihm helfen konnte. Und trotzdem hatte er mich weggeschickt, weil er mich nicht in Gefahr bringen wollte.

Jonas war ein richtiger Held.

Als Mama am nächsten Nachmittag mit uns skypte, hatten Igor und ich immer noch Krach. Außerdem war Valli sauer auf mich, weil Igor ihr das mit der Wäsche gesagt hatte. Und ich war sauer auf Valli, weil sie Igor erzählt hatte, dass ich bei Jonas vor der Tür gesessen hatte, und nur deshalb war er ja überhaupt auf die bescheuerte Idee gekommen, dass ich in Jonas verknallt wäre. Und den ganzen Morgen, als Valli noch bei Leon war und Igor geschlafen hat, habe ich allein die blöde Wohnung sauber gemacht, damit Mama nicht die Krise kriegte, wenn sie mit uns skypte. Sogar das Bad habe ich geputzt und Igor und Valli haben noch nicht mal Danke gesagt.

»Ihr guckt aber bedröppelt«, sagte Mama, als sie uns alle drei auf ihrem Computer sehen konnte. Sie saß wieder vor ihrer

grausigen Küchentapete und strahlte uns an. »Trotzdem schön, euch zu sehen! Ist irgendwas?«

»Ich bin müde«, sagte Igor. »Sei mir nicht böse, Mama, aber ich geh wieder ins Bett. Wir reden nächste Woche, okay?«

»Das hast du aber schon letzte Woche gesagt«, beschwerte sich Mama. »Deshalb melde ich mich ja extra schon am Samstag.«

»Wochenende ist Wochenende, Mama. Da bin ich immer an beiden Tagen müde«, sagte Igor und verschwand.

»Und ich muss lernen. Hab am Montag eine Bioarbeit, die letzte vor dem Abi, und ich will auf keinen Fall einen Unterkurs kriegen, das verstehst du doch, Mama«, sagte Valli und ging auch.

»Ein Glück, dass ich dich noch habe«, meinte Mama. »Sonst könnte ich mit dem Küchenschrank skypen. Wie geht's dir, meine Süße?«

»Gut. Läuft alles prima. Ich bin nur auch ein bisschen müde.«

Fünf Stunden Wohnung putzen, das schaffte jeden.

»Schläfst du denn genug?«, fragte Mama. »Und isst du anständig? Du siehst so dünn aus. Und was macht Mr Bond?«

»Jonas geht jetzt wieder selber mit ihm raus.«

»Ach, das ist gut. Wie läuft's in der Schule?«

»Super«, sagte ich. »Und wie geht's Papa?«

Nicht dass sie auf die Idee kam, das Schulthema zu vertiefen. Irgendwann konnte ich bestimmt auch wieder Hausaufgaben machen. Aber zurzeit hatte ich einfach zu viel um die Ohren.

»Papa geht's wieder gut«, sagte Mama. »Seine Hand verheilt allmählich. Und die Firma kommt auch in die Gänge. Es normalisiert sich alles. Manchmal schaffe ich es sogar, mich wieder um meine Übersetzungen zu kümmern. Und bald haben wir einen zweiten Computer. Dann können wir viel öfter skypen.«

Bitte nicht.

»Ich finde Skypen eigentlich gar nicht so toll«, sagte ich. »Da bist du mir so fremd. Ich würde viel lieber nur mit dir telefonieren. Du weißt doch auch so, wie ich aussehe.«

»Och. Einmal in der Woche möchte ich dich schon gern anschauen. Sonst bist du womöglich zwanzig Zentimeter gewachsen, wenn ich dich das nächste Mal sehe, und ich kriege einen Schreck.«

Tolle Vorstellung. Danke, Mama.

»Und ich muss doch auch wissen, wie es bei euch aussieht. Steht die Wohnung noch?«

»Klar. Alles in Ordnung. Die ist noch sauberer als beim letzten Mal!«

Die Rotweinflecken hatte ich nämlich alle vom Sofa weggeschrubbt und Asche lag auch keine mehr auf dem Teppich. »Willst du mal gucken?«

»Ach ja«, sagte Mama. »Gerne.«

Ich hatte es wirklich gut hingekriegt. Mama inspizierte die gesamte Wohnung, sogar das Bad und mein Zimmer, nur die von Valli und Igor natürlich nicht, und sie war mit allem zufrieden.

19. Kapitel

Den ganzen Nachmittag habe ich kein Wort mit Igor und Valli geredet. Wenn man gleich mit beiden Geschwistern Streit hat, ist das echt kacke. Ich saß in meinem Zimmer und hatte das Gefühl, die ganze Wohnung war feindliches Gebiet. Normalerweise wäre ich einfach zu Paulina gegangen und wir hätten zusammen über alle Geschwister dieser Welt abgelästert und es wäre gut gewesen. Doch mit der hatte ich ja auch Krach. Seit gestern stritten irgendwie so ziemlich alle mit mir und ich konnte überhaupt nichts dafür.

Irgendwann habe ich es nicht mehr ausgehalten, in meinem Zimmer zu hocken, und bin zu Jonas runtergeschlichen. Wenn ich nur kurz blieb, nur lange genug, um zu wissen, dass es ihm und Mr Bond gut ging, dann kriegten es Igor und Valli doch gar nicht mit, habe ich gedacht.

Mr Bond gab keinen Mucks von sich, als ich vor der Tür stand. Ich habe geklingelt und nicht mal da hat er gebellt. Und Jonas machte nicht auf.

Es war einfach niemand da.

Und was bedeutete das jetzt? Hatte die Tiermafia sie entführt? Alle beide? Bestimmt waren sie heute Nacht gekommen und hatten sie verschleppt. Vielleicht hatte Frau Meister irgendwas mitgekriegt. Ich wollte gerade zu ihr runtergehen und sie fragen, als Igor nach mir rief.

So schnell ich konnte, rannte ich nach oben.

»Wo warst du denn?«, fragte er, als ich wieder im Flur war.

»Nur kurz draußen.«

»In Hausschuhen.«

»Ich hab gedacht, ich hätte Paulina unten gesehen. Auf der anderen Straßenseite. Deshalb bin ich runtergerannt.«

Igor ging zum Küchenfenster.

»Da steht aber niemand.«

»Dann ist sie eben schon wieder weg. Und außerdem hab ich mich sowieso getäuscht. Sie war's ja gar nicht«, sagte ich und stellte mich neben ihn.

»Erzähl keinen Schrott.« Igor schaute mich scharf an. »Du warst schon wieder bei dem Typ unten.«

»Du spinnst«, sagte ich und sah aus dem Fenster, um seinem Blick auszuweichen. Und gerade da humpelte Jonas mit Mr Bond an der Leine über die Straße auf unser Haus zu.

»Guck. Ich kann schon deshalb gar nicht bei Jonas gewesen sein, weil der nämlich gar nicht da war«, sagte ich zu Igor. »Du denkst dir einfach irgendwelches Zeug …«

Weiter kam ich nicht. Denn ganz hinten, am Ende der Straße, fuhr ein gelbes Cabrio entlang, und jetzt bog es um die Ecke und verschwand.

Jonas und Mr Bond waren verfolgt worden.

»Okay. Sorry«, sagte Igor. »Hab mich getäuscht.«

Aber ich hörte ihm gar nicht mehr zu.

Ich überlegte, ob ich Jonas anrufen sollte, um ihn zu warnen.

Aber es hatte ja gar keinen Sinn. Er würde doch wieder nur abstreiten, dass er das Auto kannte, weil er mich nicht in die Sache reinziehen wollte, und wahrscheinlich wusste er sowieso schon längst, dass es hinter ihm her war.

Ich konnte ihm nur helfen, wenn ich richtige Beweise dafür fand, dass Monsterauge mit dem Papageiendiebstahl zu tun hatte. Dann hatte die Polizei gar keine andere Möglichkeit, als ihn zu verhaften, und Jonas und Mr Bond wären endlich in Sicherheit.

Und zum ersten Mal hatte ich auch wirklich eine Chance, an Monsterauge ranzukommen. Ich musste nur auf Igors Party gehen. Wenn Monsterauge dann hoffentlich auch kam, konnte ich ihn beschatten.

Am Abend hörten Igor und ich endlich auf zu streiten. Ich habe nämlich nachgegeben. Leicht ist mir das nicht gefallen, weil ich ja überhaupt nicht schuld war an unserem Streit, aber anders hätte ich ihn nicht fragen können, ob er mich bei seiner nächsten Party dabei sein lässt.

Also bin ich zu ihm hingegangen. Er lag auf seinem Bett und hörte Musik über Kopfhörer. Sie war aber trotzdem noch so laut, dass ich hätte mitsingen können. Als er endlich mitgekriegt hat, dass ich in der Tür stand, setzte er die Kopfhörer ab.

»Was ist los, Babykröte?«

»Ich geh wirklich nicht mehr zu Jonas, okay? Kriegst du dich dann endlich wieder ein?«

»Hast du es eingesehen?«

»Nein. Aber ich gehe trotzdem nicht mehr hin, weil ich keinen Streit mit dir haben will.«

»Gut!«, sagte Igor, und ich war erstaunt, wie erleichtert er klang. »Ich will nämlich auch keinen Streit mit dir. Und Sorgen will ich mir um dich auch keine mehr machen.«

»Musst du jetzt ja auch nicht mehr.«

»Und dafür koche ich uns heute was Anständiges zum Abendessen. Ist ja nicht so, dass ich mir nicht zu Herzen nehme, wenn du sagst, dass es hier nicht gut läuft.«

Später saßen wir alle drei um den Tisch, Igor, Valli und ich. Igor hatte Spaghetti mit Tomatensoße gekocht und danach gab es Bananenquark, den Valli gemacht hatte. Es war richtig gemütlich, und ich habe gemerkt, wie doll ich das vermisst hatte, dass wir wie eine Familie alle zusammen um den Tisch saßen und aßen. Wir haben darüber geredet, was in der nächsten Woche so anstand, und Valli fragte sogar, ob sie mir bei irgendwelchen Schularbeiten helfen soll.

Aber das wollte ich nicht.

Igor hat erzählt, dass er nächste Woche Fußballspielverbot in seiner Schülergruppe hatte, weil alle mithelfen müssten, eine Adventsschnur zu basteln. Da sollten Geschenke dran für Kinder, die sonst keine kriegten.

»Die wollen, dass ich mit denen Papiersterne falte. Das schaffe ich nie«, jammerte er.

»Stell dich nicht so an«, sagte Valli. »Dann übst du es eben mal daheim.«

Ich dachte, das könnte meine Chance sein. Jetzt oder nie. Wir waren nämlich schon fast mit dem Nachtisch fertig und danach würden Igor und Valli bestimmt gleich wieder in ihren Zimmern verschwinden.

»Ich helfe dir«, sagte ich. »Ich übe das so lange mit dir, bis du es kannst.«

»Echt, Babykröte? Voll nett! Danke!«

»Aber nur unter einer Bedingung!«

»Nichts mit Jonas, okay?«

Ich schüttelte den Kopf. »Nein. Hab ich doch gesagt. Aber ich will einmal mit auf eine von deinen Partys. Nächsten Samstag.«

Ich konnte sehen, wie ihm der Kiefer runterklappte.

»Toni, du spinnst«, sagte er.

Valli fing an zu lachen.

»Nur für ein paar Stunden! Von mir aus bleibe ich auch immer in deiner Nähe. Oder ich stell mich neben die Box und rühre mich nicht vom Fleck. Sodass du immer weißt, wo ich bin.«

»Toni, die Partys sind für Leute über achtzehn. Und du bist noch ein Kind«, mischte sich Valli ein.

»Ich bin kein Kind mehr. Immer wenn ihr mir was verbieten wollt und keine richtigen Argumente habt, fangt ihr mit meinem Alter an. Dabei ist das doch scheißegal. Das muss doch niemand wissen. Ich trag ja kein T-Shirt, auf dem steht: Bin erst 13. Bin zu doof für alles.«

Mist. Jetzt stritten wir schon wieder.

»Es gibt genug richtige Argumente, warum das auf keinen Fall geht«, sagte Igor. »Erstens ist die Party illegal. Zweitens gibt es jede Menge Alkohol. Drittens ist sie spät am Abend, wenn du überhaupt nicht mehr auf der Straße sein darfst.«

»Ich würde doch gar keinen Alkohol trinken. Und auf der Straße bin ich auch nicht. Ich wäre dann ja drin.«

Igor vergrub den Kopf in den Händen und stöhnte. »Die Kröte schafft mich. Die Kröte schafft mich echt.«

»Toni, bei Igors Partys geht's nicht immer nur nett zu«, sagte Valli. »Da tauchen auch Typen auf, die alle möglichen Drogen verticken. Glaub mir, da kommen manchmal echt üble Gestalten.«

»Na ja.« Igor hob den Kopf. »Das würde ich jetzt so nicht sagen.«

»Ich schon«, sagte Valli. »Das kann man doch gar nicht verhindern. Was meinst du, Toni, welchen Ärger Igor kriegen würde, wenn seine illegale Party auffliegt, und die Polizei entdeckt neben ein paar Drogendealern auch eine Dreizehnjährige unter den Gästen? Keine Ahnung, ob man für so was nicht sogar in den Knast kommt. Du musst doch einsehen, dass das eine Schnapsidee ist.«

Ich sah etwas ganz anderes ein: Dass ich gegen Igor und Valli keine Chance hatte. Ich musste meine Taktik ändern.

»Kann ich nicht wenigstens mal das Gebäude sehen? Igor hat so von der Fabrikhalle geschwärmt, die er entdeckt hat. Bitte!«

»Igor?«, fragte Valli.

Igor seufzte. »Na gut. Ich muss am nächsten Donnerstag wieder raus, weil ich die neue Box kriege. Da kannst du mit. Ausnahmsweise. Aber dafür faltest du mindestens vierundzwanzig Papiersterne für mich.«

Genial. Wenn ich erst mal wusste, wo die Fabrikhalle war, konnte ich am Samstag alleine hinkommen und nach Monsterauge suchen, während die Party lief. Vielleicht hatte ich ja wirklich Glück und er war unter den Gästen.

20. Kapitel

Mit Paulina habe ich mich am nächsten Morgen auch wieder versöhnt.

Es war einfach zu blöd, die ganze Zeit neben ihr zu sitzen und sauer auszusehen und aufzupassen, dass ich sie nicht aus Versehen berührte. Und außerdem wollte ich ihr endlich erzählen, was ich alles über Monsterauge rausgefunden hatte.

Deshalb habe ich »Ich will keinen Streit mehr« mit Bleistift auf meinen Heftrand geschrieben und das Heft zu ihr rübergeschoben. Ich musste tierisch aufpassen, dass die Sommerhalder nichts mitkriegte, weil die mich schon seit Wochen auf dem Kieker hatte. Die beobachtete immer nur mich. Als ob sie mich stalken wollte. Echt.

Paulina seufzte, als sie meine Nachricht las, und kritzelte »Ich auch nicht« auf ihren Heftrand.

Und da war ich echt froh.

»Aber du darfst mich nie mehr so anlügen. Das ist nicht richtig, wenn man befreundet ist«, hat sie noch dazu gesagt, als wir in der Pause in unserer Geheimecke waren und endlich reden konnten.

»Mach ich nie mehr. Versprochen. Und ich spreche auch nie

mehr mit Bekir, wenn du das nicht willst. Aber ich wollte dir wirklich nur helfen.«

Sie boxte mich in die Seite. »Na ja. Hast du ja irgendwie auch geschafft. Der war so entsetzt von allem, was du ihm an den Kopf geworfen hast, dass er plötzlich angefangen hat, mit mir zu reden.«

»Und was hat er gesagt?«

»Er hat gefragt, ob ich die Schneekugel noch habe. Stell dir das mal vor. Er hat sich noch dran erinnert.«

»Und dann hast du gesagt, dass du sie all die Jahre wie deinen Augapfel gehütet hast, aber nach seinem jämmerlichen Auftritt beim Fußballspiel hast du einen Hammer genommen und sie zertrümmert.«

»Nein!«, kreischte Paulina. »Ich hab gesagt, dass sie immer noch auf meinem Fensterbrett steht.«

»Und jetzt?«

»Jetzt sind wir irgendwie zusammen.«

»Was? Du hast doch gesagt, dass der gar nichts mehr von dir wissen will. Der ist dir doch immer aus dem Weg gegangen.«

»Ja, aber nur aus Versehen. Weißt du, der hat seine Schwester immer so früh vom Kindergarten abgeholt, weil sie noch zu klein ist, um länger dortzubleiben.« Paulina stupste mich an. »He, Toni, jetzt freu dich doch mal für mich!«

Aber das konnte ich nicht so schnell. Ich musste das erst mal irgendwie auf die Reihe kriegen. Ich meine, gerade eben noch war Bekir einfach nur jemand gewesen, der mal in unsere Klasse gegangen war und für den Paulina geschwärmt hatte, und jetzt war er plötzlich ihr Freund. Bestimmt wurde es jetzt genauso wie bei Valli, die man fast nie mehr allein zu Gesicht kriegte, seit sie

mit Leon zusammen war. Bei Valli war's mir ja egal, aber Paulina war meine beste Freundin, und bisher hatte sie alles mit mir zusammen gemacht, und ich hatte keine Ahnung, wie ich mich je darüber freuen sollte, dass jetzt immer ein Bekir zwischen uns war.

»Mann, Toni, jetzt guck doch nicht, als ob das ein Weltuntergang wäre«, sagte Paulina. »Das ändert doch überhaupt nichts zwischen uns.«

Doch es änderte einfach alles, das wusste ich genau. Weil ich ab jetzt nicht mehr der wichtigste Mensch in ihrem Leben war, also abgesehen von den Gremlins und ihren Eltern natürlich. Weil ich höchstens noch am zweitwichtigsten sein konnte, und das war so gut wie gar nichts. Dann konnte ich auch am fünft-, sechst- oder dreihundertneunundzwanzigwichtigsten sein. Das war dann egal.

Aber das wollte ich Paulina nicht sagen, weil sie es sowieso nicht verstanden hätte.

»Ich freue mich ja auch«, habe ich ganz lahm geantwortet. »Ich kann's mir nur noch nicht so richtig vorstellen.«

Plötzlich hatte ich gar keine Lust mehr, ihr von Jonas und Monsterauge zu erzählen, und ich war froh, als es geklingelt hat.

21. Kapitel

Ich habe Mamas Auto fast nicht wiedererkannt, als ich mit Igor zu der Fabrikhalle gefahren bin, wo am Samstag seine Party stattfinden sollte. Es war so vollgemüllt, dass ich erst mal meinen Sitz ausgraben musste. Überall lagen Klamotten rum und leere Coladosen und Chipstüten und bestimmt fünfzig Verpackungen von Schokoriegeln und Nüssen und Gummibärchen. Ich habe mich echt gefragt, wann er das alles gegessen hat.

»Verrat Mama bloß nichts«, hat Igor gemeint, und dann hat er sich doch tatsächlich eine Zigarette angezündet. Der hatte echt Nerven. Den Müll kriegte er ja vielleicht aus dem Auto geschaufelt, bevor Mama wieder zurückkam. Aber den Rauch würde sie bestimmt noch nach Wochen riechen und dann war er geliefert.

Ich fand es ja auch nicht so toll, dass er im Auto geraucht hat, aber ich habe nichts gesagt, weil ich froh war, dass er mich wirklich mitgenommen hat. Bis zum Schluss hatte ich Angst, dass er es sich vielleicht doch noch anders überlegen würde, weil er immer wieder gesagt hat, dass er überhaupt nicht versteht, was ich da will. Aber als wir jetzt im Auto saßen, war er richtig gut gelaunt, und ich glaube, er hat sich sogar ein bisschen gefreut, dass ich dabei war. Er hat mir nämlich erlaubt, die Musik auszusuchen, und überhaupt nicht gemeckert, als ich einen Radiosender gesucht habe, in dem sie nur die Charts spielen, obwohl er die hasst.

Es war eine ewig lange Fahrt, quer durch die Stadt und dann weiter in einen Vorort, in dem ich noch nie gewesen war und wo fast nur Fabrikgebäude standen. Ab und zu war mal ein Baumarkt dazwischen oder ein Möbelcenter und einmal auch eine Currywurstbude, die total heruntergekommen war. Sogar wenn ich Fleisch mögen würde, hätte ich da nichts gegessen.

Die ganze Gegend war überhaupt nicht schön und mordseinsam. Außer den drei Männern an der Imbissbude und ein paar Leuten, die zu ihren Autos auf den Parkplätzen gingen, war niemand auf der Straße. Wenn hier schon tagsüber nichts los war, hatte ich am Samstagabend bestimmt null Chancen, jemanden aufzutreiben, den ich nach dem Weg fragen konnte, falls ich mich verirrte. Es war so blöd, dass Paulina nicht mitgekommen war, denn zu zweit hätten wir uns die Strecke viel besser merken können. Oder sie hätte Fotos mit ihrem Handy gemacht, sie hat nämlich eins, mit dem das geht. Nur ich nicht.

Aber als wir am Dienstag von der Schule heimgelaufen sind, habe ich sie zwei Mal gefragt, ob sie übermorgen nicht mitkommen könnte, und sie hat immer nur geantwortet, dass sie keine Zeit hätte. Und sie hat noch nicht mal »leider« dazugefügt, obwohl wir da erst seit einem Tag wieder versöhnt waren.

»Warum denn nicht?«

Ich dachte, dass sie vielleicht doch noch sauer auf mich war wegen der Zoogeschichte, aber sie meinte, dass es gar nichts damit zu tun hätte.

»Ich hab einfach zu viel zu erledigen, Toni. Schule und die Gremlins und so.«

»Es dauert doch nur ein oder zwei Stunden!«

»Aber ich muss noch Adventskalender basteln.«

»Seit wann bastelst du denn Adventskalender?«

»Seit diesem Jahr. Hab ich mir so überlegt, mit Bekir zusammen. Ich mache welche für die Gremlins und Bekir macht einen für seine kleine Schwester. Die kriegt ja eigentlich keinen, weil sie Moslems sind, aber das hat sie überhaupt nicht eingesehen.«

Sie schaute mich nicht an, als sie das sagte, sondern starrte immer nur auf ihr blödes Handy. Bestimmt wartete sie auf eine Nachricht von Bekir.

»Aber am Samstag kommst du doch wirklich mit?«, fragte ich. »Das ist nämlich echt wichtig.«

Und da sah sie endlich mal von ihrem Handy hoch und fragte: »Wie, am Samstag? Was war da noch mal?«

Und das war echt das Letzte, weil ich ihr davor doch gerade alles erzählt hatte, was ich durch Igor rausgefunden hatte. Dass Jonas bei der Mafia ausgestiegen war und Monsterauge ihn jetzt jagte und dass wir den am Samstag auf der Party überwachen mussten. Und sie hatte anscheinend überhaupt nicht zugehört. Also habe ich ihr noch mal alles erklärt, und mittendrin hat sie mich unterbrochen und gesagt: »Klar komme ich mit, Toni, ich richte mir das irgendwie ein.« So, als ob sie noch tausend andere Termine hätte. Und dann hat sie was in ihr Handy getippt, und ich musste die ganze Zeit aufpassen, dass sie nicht gegen eine Laterne läuft oder einen Käfer platt tritt.

»Du bist so still, Babykröte. Alles okay bei dir?«, fragte Igor und riss mich aus meinen Gedanken.

»Alles okay«, sagte ich und drehte die Musik ein bisschen lauter, damit er nicht hörte, dass ich einen Kloß im Hals hatte. »Ich hab mir nur gerade überlegt, dass es ziemlich lange dauert, bis man bei der Halle ist.«

»Wir sind jetzt aber gleich da.«

»Müssen die dann alle ein Auto haben, wenn sie zu deiner Party kommen?«

»Nee, gar nicht. Keine fünfzehn Minuten von hier ist eine Straßenbahnhaltestelle, ›Industriegebiet West‹. Das ist ja das Geniale. Hier ist abends überhaupt nichts mehr los, also kriegt keiner mit, dass wir feiern, aber trotzdem fährt noch eine Bahn. Nicht mehr so oft, aber schon noch jede Stunde. Besser geht's nicht.«

Das war wirklich eine gute Nachricht.

Dann konnten Paulina und ich am Samstag ganz einfach mit der Bahn kommen und den Leuten hinterherlaufen, die auch zu der Party wollten.

Igor fuhr in eine Seitenstraße und das Gelände wurde plötzlich offener. Auf der rechten Seite gab es noch ein paar Bürogebäude, aber auf der linken Seite war nur eine große Wiese. Hinter einem Softwarevertrieb bogen wir in eine Hofeinfahrt ab. Sie gehörte zu einem riesengroßen, einstöckigen Backsteinbau, der düster aussah, obwohl die Sonne draufschien. Er war uralt und die Backsteine waren fast schwarz.

»Hier ist es!«, sagte Igor stolz.

»Was war das denn mal?«, fragte ich.

»Keine Ahnung. Das ist einfach nur eine riesige, leere Halle.

Und am hinteren Ende gibt's noch einen langen Gang, von dem ein paar kleinere Räume abgehen. Das sind aber eher Verliese, ganz ohne Licht und so. Wahrscheinlich ist da irgendwas gelagert worden. Aber das muss schon ewig her sein. Das ist nämlich alles etwas baufällig.«

»Und was ist, wenn das zusammenkracht, wenn ihr drin seid?«

Igor lachte. »Na, ganz so schlimm ist es nicht. Ich würde jetzt nur nicht gerade auf dem Dach rumturnen.«

Wir stiegen aus dem Auto und gingen über den Hof. Er war gepflastert, aber an vielen Stellen war statt der Steine nur noch matschiges Gras. Falls die Mädchen am Samstag mit High Heels ankamen, wie Valli sie immer trug, wenn sie Party machen wollte, würden die ganz schön fluchen.

Zu schade, dass Monsterauge ein Mann war.

Die Eingangstür zur Halle war mindestens drei Meter hoch und aus Eisen, wie bei einer Burg, und um das Türschloss waren dicke Ketten gewickelt. Ich dachte, dass Igor die nie im Leben aufkriegt, aber er zog die Türkette einfach aus der Halterung, als wäre er Hulk.

Irre.

»Hab ich schon beim letzten Mal geknackt«, sagte er und grinste, weil ich so beeindruckt war. »Aber ich hab einen Bolzenschneider genommen.«

Ich lief hinter ihm her in die Halle und die war wirklich gigantisch. Riesig hoch und mit ganz großen Fenstern, aber trotzdem war der Raum total schummrig, weil die Fensterscheiben so dreckig waren, dass fast kein Licht durchkam. Das sah ziemlich gespenstisch aus, und dass unsere Schritte fürchterlich auf dem steinernen Fußboden hallten, machte es auch nicht besser.

»Was meinst du, wie geil die Musik hier klingt!«, sagte Igor. Er klatschte in die Hände und horchte dem Hall nach. »Wie findest du das?«

Es klang voll gruselig.

»Weiß nicht.«

»Wart mal, bis wir die Box anschließen. Dann geht's ab.«

Ich rieb meine Arme. »Ganz schön kalt hier drin. Ich glaube, ich geh wieder raus.« Im Hof hatte es mir viel besser gefallen.

»Am Samstag habe ich eine mobile Heizung. Die ist eigentlich für Zelte. Hab ich von der Schule geliehen. Dann wird's hier warm«, sagte Igor, als wir auf zwei leeren Bierkästen vor der Halle saßen. Er hatte sie aus dem Kofferraum von unserem Auto geholt. Da war noch mehr Müll drin.

Es war schön, neben ihm in der Sonne zu sitzen.

»Was machen eigentlich deine Grundschüler heute?«, fragte ich ihn. »Wer kickt mit denen?«

»Die müssen drinbleiben. Ich hab einen Tag freigekriegt. Hab gesagt, ich muss üben, wie man Papiersterne faltet.« Er grinste. »Und? Hast du schon damit angefangen?«

»Mach ich heute Abend. Aber du musst zuschauen, damit du es auch lernst.«

Ein weißer Transporter bog in den Hof ein. Igor stand auf und ging auf ihn zu.

Und genau in dem Moment sah ich das gelbe Cabrio wieder. Es war aus der gleichen Richtung wie der Lieferwagen gekommen und fuhr direkt an der Einfahrt vorbei.

Ich sprang auf und rannte vom Hof.

Igor lehnte am Transporter und redete mit dem Fahrer. Er kriegte gar nichts mit.

Ich stand auf der Straße. Sie war schnurgerade und völlig leer. Ich hätte das Cabrio noch sehen müssen.

Ein Auto konnte nicht einfach so verschwinden.

Keine fünfzig Meter weiter entdeckte ich es schließlich. Es stand auf dem Parkplatz einer Möbelspedition, die neben der Fabrikhalle lag. Die Spedition hatte geschlossen und es war das einzige Auto auf dem Hof. Ein gelbes Porsche-Cabrio mit schwarzem Dach.

Ich ging näher ran. Es war ja wohl nicht verboten, sich ein Auto anzusehen. Außerdem war kein Mensch in der Nähe.

Ich linste durch ein Seitenfenster. Das Auto war innen so sauber, wie das von Mama wahrscheinlich nie mehr werden würde. Nur der Beifahrersitz war dreckig. Dort lagen jede Menge Haare. Kurze braune Haare. Kein Mensch verliert so viele auf einmal. Die waren von einem Tier.

Auf dem Rücksitz war auch noch was. Ein DIN-A4-Kuvert aus fester Pappe. Einen Absender hatte es nicht, aber eine Adresse: Ben Wickert, Marienstraße 10 und eine Postleitzahl in der Innenstadt.

Hieß so das Monsterauge? Ben? Das war ein viel zu netter Name für so einen miesen Typ.

Und was hatte er hier vor? Was wollte er auf dem Gelände einer Möbelspedition, die geschlossen hatte? Wo war er hingegangen?

Beobachtete er mich womöglich von irgendwo?

War er jetzt hinter mir her und nicht mehr hinter Jonas und Mr Bond?

Aber wieso? Er konnte doch überhaupt nicht wissen, dass ich ihm auf die Spur gekommen war.

Oder?

Hatte Jonas ihm etwas erzählt? Hatte Monsterauge ihn erpresst, damit er mich verriet? Aber Jonas wusste ja überhaupt nicht, was ich vorhatte.

Das hatte ich nur Paulina gesagt.

Plötzlich hatte ich Angst. Bisher war's immer nur um Mr Bond und Jonas gegangen, aber mit einem Mal ging's auch um mich. Das wollte ich aber gar nicht.

Ich lief zu Igor zurück. Der Hof war leer und die Schiebetür des Transporters stand offen. Anscheinend hatten sie die Box ausgeladen. Aus der Fabrikhalle hörte ich eine fremde Stimme.

Ich schlich mich vorsichtig zum Eingang und spähte in den Saal. Vielleicht war Monsterauge inzwischen auch hier. Nach dem hellen Tageslicht draußen konnte ich kaum etwas erkennen. Nur die Umrisse von Igor und einem Mann, die mitten in der Halle standen, mit einem riesigen Karton zwischen sich, der auf irgendeinem Untersatz mit Rädern befestigt war.

»Ich glaube, ich will die da drüben haben«, sagte Igor und deutete auf die Ecke rechts hinten. »Möglichst weit weg vom Eingang.«

»Klar«, sagte der Mann.

Er drehte sich um und ruckelte an dem Karton. Das wenige Licht, das durch das Fenster hinter ihm kam, fiel genau auf seine Haare. Mein Herz setzte fast aus. Denn ich kannte ihn. Der Igel. Ganz sicher. Das war der Typ, mit dem sich Monsterauge im Café getroffen hatte.

Was wollte der denn jetzt hier?

Und was bitte hatte Igor mit dem zu schaffen?

Ich musste nicht lange überlegen, dann war es mir klar. Der versuchte, meinem Bruder eine Lautsprecherbox anzudrehen, die garantiert geklaut war. Der Igel und Monsterauge machten gemeinsame Sache. Die verkauften nicht nur gestohlene Tiere. Die dealten mit allem, was sie irgendwo stehlen konnten. Und Igor hing da mit drin, wenn er die Box kaufte.

Das ging ja gar nicht.

Ich musste ihn warnen.

Leise schlich ich zurück in den Hof und rief von dort nach meinem Bruder.

»Was ist denn?«, rief er aus der Halle zurück.

»Du musst mal schnell rauskommen.«

»Gleich. Kann jetzt gerade nicht.«

»Doch! BITTE! Jetzt sofort.«

Igor kam herausgerannt.

»Mann, Toni, was ist denn los? Was brüllst du denn hier rum?«

»Der hat die Box geklaut, die er dir verkaufen will«, sagte ich. »Todsicher.«

»Wie kommst du denn auf so was?«, fragte Igor verblüfft.

»Das kann ich dir jetzt nicht erklären. Aber ich weiß es. Deshalb ist die auch billiger als normal. Du darfst die nicht kaufen.«

»Toni, du spinnst. Hast du wieder irgendeinen Schrott im Internet gelesen? Der verkauft die Box so billig, weil es Ausschussware ist. Die hat eine kleine Macke, deshalb geht die nicht in den normalen Verkauf.«

»Und hast du die Macke gesehen?«

»Ich muss die Box doch erst mal auspacken«, sagte Igor genervt. »Also, kann ich jetzt bitte wieder in die Halle zurück?«

»Der legt dich rein, Igor! Und du machst dich bestimmt mitschuldig, wenn du gestohlene Sachen kaufst.«

»Geh mir nicht auf die Nerven.«

»Hallo? Kommst du jetzt mal wieder?«, rief der Igel von drinnen.

»Yep«, rief Igor zurück und packte mich am Arm. »Du setzt dich sofort ins Auto, Toni, und gibst Ruhe, bis ich hier fertig bin, verstanden? Halt dich gefälligst aus meinen Angelegenheiten raus.«

Er wartete, bis ich mich ins Auto gesetzt hatte. Erst dann ging er zurück in die Halle.

Sobald Igor weg war, stieg ich wieder aus und schlich zum Transporter. Der Igel war drinnen im Gebäude, aber wo war Monsterauge? Vorne im Wagen saß niemand und auch die Ladefläche war leer. Fast leer. Ganz hinten in der Ecke lag etwas. Ein kleines, längliches blaues Ding. Ich schaute mich im Hof um. Es war wirklich keiner da.

Aus der Halle kam jetzt laute Musik. Tiefe Bässe. Igor probierte die neue Box aus.

Ich kletterte auf die Ladefläche und krabbelte nach hinten. Das Ding war eine tiefblaue Feder. Ich steckte sie in meine Tasche. Die Musik in der Halle verstummte. Ich robbte, so schnell es ging, aus dem Transporter und rannte zu unserem Auto.

Plötzlich krachte irgendwas. Ein Dachziegel war im Hof aufgeschlagen. Ich sah nach oben. Auf dem Dach war eine Ansammlung von klobigen Schornsteinen, die dicht gedrängt nebeneinanderstanden. Dahinter hatte sich irgendetwas bewegt.

Oder doch nicht.

Ich konnte es nicht mit Sicherheit sagen.

Nein, wahrscheinlich nicht. Das Dach war so kaputt, da würde niemand rauf, der einigermaßen bei Verstand war. Der Ziegelstein war bestimmt einfach so heruntergerutscht. Vielleicht war ein fetter Vogel draufgehüpft und hatte ihn aus Versehen weggekickt.

Na ja. Falls es so fette Vögel überhaupt gab.

»Was war denn das?«, rief Igor und kam in den Hof gerannt.

Ich stand an unserem Auto und drehte ihm den Rücken zu. Nicht dass der Igel ihm hinterherlief und mich sah.

Und da war er auch schon.

»Ganz schön baufällig, das Teil«, sagte er.

»Steht ja auch schon lange leer«, meinte Igor und zündete sich eine Zigarette an.

»Und hier kommt keiner mehr hin?«

»Nein. Ist ja auch nichts mehr drin.«

»Cool. Gibt's da noch mehr Räume?«

»Ja, hinten in der Halle geht ein Gang ab, da gibt's noch ein paar Verliese. Sind aber auch leer.« Igor deutete mit der Zigarette in der Hand Richtung Halle. Ich linste über die Schulter und hatte schon wieder das Gefühl, dass oben auf dem Dach jemand war. Vielleicht war es aber auch nur der Zigarettenrauch oder der Schatten von einem Schornstein gewesen. »Von da geht auch noch mal ein Hof ab, der zu einer Nebenstraße führt. Das Teil ist verwinkelter, als man denkt.«

»Und mit deiner Party bespielst du das ganze Gelände?«, fragte der Igel und latschte über den Hof. Hoffentlich kam er nicht näher an mich ran.

»Nee, nur den vorderen Bereich. Die große Halle. Hinten mache ich komplett dicht. Nicht dass sich irgendwer dahin verziehen will, um Drogen zu verticken oder so was. Ich will alles im Blick haben.«

»Klar«, sagte der Igel und schlenderte zu Igor zurück. »Kann ich mir die Verliese mal angucken? Vielleicht kriege ich ja raus, was die früher hier produziert haben. Würde mich schon interessieren.«

»Nur zu«, sagte Igor. »Ich hol solange die Kohle. Wir sind ja hier fertig.«

Er kam zum Auto herüber und kramte einen Briefumschlag aus dem Handschuhfach. Ein Wunder, dass er ihn zwischen den leeren Tabakpackungen und Kaugummipapierchen überhaupt fand.

»Mach das nicht«, flüsterte ich. »Bitte. Das ist ein Dieb. Der schnüffelt bestimmt auch jetzt nur hier rum, um irgendwas zum Klauen zu finden.«

»Klappe«, sagte Igor. »Und setz dich gefälligst rein.«

Dann verschwand er mit seinem Briefumschlag voll Geld wieder in der Halle.

Eine Viertelstunde später kam der Igel zurück auf den Hof und stieg in seinen Transporter. Ich machte mich im Auto klein, damit er mich nicht sah. Kurz nachdem er fortgefahren war, raste auch das gelbe Cabrio wieder an der Einfahrt vorbei.

Da hatte ich es kapiert.

Monsterauge war der Boss. Er passte auf, dass die Deals glattliefen. Deshalb war er auf das Dach gestiegen. Um alles unter Kontrolle zu haben. Anscheinend war er echt bescheuert genug, um etwas so Gefährliches zu machen.

Bestimmt hatte er auch gesehen, dass ich in den Transporter geklettert war.

Und spätestens jetzt würde er auch hinter mir her sein, das war ja wohl klar. Denn er wusste, dass ich die Feder hatte und dass ich damit beweisen konnte, dass sie die Papageien transportiert hatten.

Ich musste zu Jonas, so schnell wie möglich. Er war der Einzige, der verstand, dass es jetzt um alles ging.

Nur dass ich hier nicht wegkam. Denn Igor kam einfach nicht aus der Halle raus.

Um nicht völlig durchzudrehen, sicherte ich schon mal meine Beweise. Dann hatte ich die Buntstifte und die Karteikarten wenigstens nicht umsonst mitgeschleppt.

Ich bemalte vier neue Karteikarten.

Puzzleteil Nummer 14:	der Igel mit seinem Lieferwagen
Puzzleteil Nummer 15:	eine blaue Feder (vermutlich von einem Hyazinthara)
Puzzleteil Nummer 16:	eine gestohlene Lautsprecherbox
Puzzleteil Nummer 17:	das Kuvert mit der Adresse Marienstraße 10

Als ich fertig war, rannte ich alle paar Minuten zu Igor hin, damit er sich beeilte und wir endlich heimkonnten, aber er schraubte einfach weiter an seiner Anlage rum. Und danach musste er noch ein neues Schloss am Eingang anbringen, damit ihm niemand seine gestohlene Box klaute. Und die ganze Zeit hat er mich ignoriert.

Erst im Auto redete er wieder mit mir.

»Dir ist schon klar, dass ich dich nie mehr irgendwohin mitnehme, Babykröte, oder?«, sagte er. »Das war ja grade die Übernummer. Manchmal glaube ich echt, bei dir hakt's.«

»Und, waren da irgendwo Macken an der Box?«

»Nein. Ich hab sie genau gecheckt. Ist perfekt! Das ist doch das Gute an der Sache. Die Macke ist so klein, dass man sie gar nicht sehen kann, und trotzdem verkauft Steve mir die Box billiger. Genial, oder?«

Ich konnte es nicht fassen.

Warum war ich eigentlich immer die Einzige, die was blickte?

Igor setzte mich vor unserem Haus ab. Er musste gleich weiter, weil er noch so viel für die Party erledigen wollte.

»Wird bestimmt spät heute«, sagte er. »Aber Valli ist in zwei Stunden daheim. Hat sie versprochen. Bis dahin kommst du allein klar, ja?«

»Logisch.«

Ich klingelte sofort bei Jonas. Mr Bond bellte und Jonas humpelte zur Tür und machte auf.

»Ich muss mit dir reden«, sagte ich, und noch bevor er irgendwas erwidern konnte, war ich schon in seiner Wohnung. In zwei Stunden kam Valli und bis dahin mussten wir unsere Strategie klar haben.

»Was ist denn los?«, fragte Jonas und machte die Wohnungstür zu.

»Ich kann dir jetzt endlich helfen.« Ich zog die Papageienfeder aus meiner Tasche. »Die ist von einem Hyazinthara. Das ist der Beweis, dass Monsterauge und der Igel die Papageien tatsächlich gestohlen haben.«

»Wer?«, fragte Jonas verwirrt.

»Der Typ mit der orangenen Sonnenbrille. Und sein Komplize mit der Igelfrisur, mit dem er sich im Café getroffen hat.«

Aber davon wusste er ja noch gar nichts. Ich zwang mich, ihm alles der Reihe nach zu erzählen. Das mit dem Café und von der Fabrikhalle und dem Igel und der gestohlenen Lautsprecherbox. Und dass das Cabrio voller Tierhaare war und dass Monsterauge sich hinter den Schornsteinen versteckt hatte und dass ich jetzt sogar wusste, wo er wohnte.

Ich glaube, für Jonas war das alles ein bisschen viel, denn er schaute mich die ganze Zeit nur total entgeistert an, und als ich fertig war, flippte er aus.

»Hör sofort damit auf, Toni!«, sagte er. »Sofort! Das wird ja immer schlimmer.«

Er klang wie Igor. Die beiden sollten Freunde werden.

»Mach ich ja auch! Jetzt, wo ich die Feder von dem Hyazinthara habe und sogar die Adresse von dem Typ, können wir doch zur Polizei gehen. Es kann ja nicht sein, dass die dort alle mit der Tiermafia unter einer Decke stecken. Und wir sind zu zweit, Jonas! Die können jetzt nicht mehr so tun, als würdest du spinnen.«

»Toni, jetzt komm endlich zur Vernunft. Vergiss dieses blöde Cabrio, vergiss, was ich dir über die Papageien erzählt habe, vergiss den Mist mit den Tierdieben. Tu mir einen Gefallen und kümmere dich um deine eigenen Angelegenheiten, und hör auf, Detektivin zu spielen. Das ist alles völliger Quatsch.«

Er wollte es nicht zugeben, aber er hatte Angst. Ich hörte es an seiner Stimme.

»Vielleicht wäre es besser, wenn du doch zu deiner Mutter

nach Ungarn gingst«, sagte er. »Ich glaube, es muss sich mal jemand um dich kümmern.«

Er wollte mich wegschicken, weil er sich Sorgen um mich machte. Das bewies doch schon, dass ich recht hatte. Aber warum gingen wir dann nicht endlich zur Polizei?

22. Kapitel

Nachdem Jonas mich unbedingt aus allem raushalten wollte, blieb mir nichts anderes übrig, als allein weiterzumachen.

Ich packte meine Karteikarten aus und legte die Geschichte auf meinem Bett neu zusammen. Das Puzzleteil mit dem Igel und seinem Lieferwagen schob ich unter das mit dem Papagei, und dazwischen legte ich noch die blaue Feder und die Lautsprecherbox, obwohl die eigentlich nicht richtig zum Tierdiebstahl gehörte, aber geklaut war sie ja auch. Und das Puzzleteil mit der Adresse von Monsterauge kam nach oben zur Tiermafia.

Die Geschichte wurde immer klarer und bald konnte ich alles beweisen:

Monsterauge war der Kopf der Tiermafia, die ihren Sitz in der Innenstadt hatte. Sie klaute nicht nur Tiere, sondern auch andere Sachen, zum Beispiel Lautsprecherboxen. Der Igel verkaufte die gestohlene Ware weiter und transportierte sie in seinem weißen Lieferwagen. Deshalb hatte er sich mit Monsterauge im Café getroffen. Nur manchmal wurden auch Tiere im Cabrio transportiert, das bewiesen die braunen Haare auf dem Sitz, aber eigentlich war das Cabrio mehr bei der Verfolgung von Menschen im Einsatz.

Ich schleppte Vallis Laptop in mein Zimmer, weil ich rausfinden wollte, wo genau die Marienstraße lag. Kaum hatte ich mich eingeloggt, blinkte das Skype-Symbol. Mama rief an. Ich klickte auf den grünen Hörer.

»Hallo, Mama!«

»Hallo, Toni«, sagte Mama. »Warum sitzt du allein an Valentinas Computer?«

»Ich?«

»Ja. Wer sonst?«

Mann. Das kam davon, wenn man auf dem Computer rumdrückte, ohne vorher nachzudenken.

»Ich muss nur kurz was für die Schule recherchieren.«

»Und wo ist deine Schwester?«

»Die ist auf dem Klo.«

»Am Wochenende habe ich kein WLAN«, sagte Mama. »Da bin ich mit Papa in den Budaer Bergen unterwegs. Also habe ich gedacht, ich schaue einfach schon heute, wie es bei euch aussieht. Alles okay, mein Schatz?«

Hilfe. Das war der Supergau.

Valli kam erst in einer Stunde. Mama würde mir nie glauben, dass sie so lange auf dem Klo saß. Und die Wohnung war ein einziges Chaos.

»Mama? Ich hab jetzt keine Zeit, ich muss das für die Schule fertig machen. Kannst du dich in einer Stunde noch mal melden? Geht das? Bitte?«

»Ist gut«, sagte Mama. »Mach ich.«

Ich hatte eine Stunde. Eine Stunde, um alle Aschenbecher in der Wohnung zu leeren (es waren sieben), die Spülmaschine auszuräumen und neu zu beladen, das Geschirr, das nicht

mehr reinpasste (acht Teller, zwölf Tassen, zwei Töpfe, in denen mal wieder Milch angebrannt war, neun Gläser und jede Menge Besteck), in Vallis Zimmer zwischenzulagern, die Dreckwäsche im Bad, im Flur und im Wohnzimmer einzusammeln und in Igors Zimmer zu werfen, die neuen Rotweinflecken vom Sofa zu schrubben, zwölf Pizzakartons, achtzehn Smoothieflaschen, acht Bierflaschen, zwei Weinflaschen und eine Flasche Gin im Treppenhaus zu deponieren (Igor hatte am Montag- und am Dienstagabend seine Kumpels dagehabt), die Dusche, das Waschbecken und das Klo ein bisschen zu putzen, die Zahnpastaflecken vom Spiegel und die Tomatensoße vom Küchenfußboden wegzukratzen, den heruntergerissenen Vorhang vor dem Wohnzimmerfenster mit Stecknadeln oben an der Halterung festzumachen, die vertrocknete Palme im Wohnzimmer in mein Zimmer zu tragen, die Briefe an Mama und Papa im Wohnzimmer, im Klo und in der Küche einzusammeln und ordentlich auf dem Schränkchen im Flur zu stapeln, den gröbsten Dreck im Wohnzimmer, in der Küche, im Flur und im Bad aufzusaugen, Vallis Chaos so weit in ihr Zimmer zurückzudrängen, dass sich die Tür schließen ließ, die Jacken im Wohnzimmer und im Bad einzusammeln und an die Garderobe zu hängen, den Mülleimer auf den Balkon zu stellen, außerdem den Biomüll, den Badmüll und den Korb mit den Zeitungen, die verschimmelten Marmeladegläser, Toastbrotscheiben und Pizzareste im Kühlschrank zu verstauen und die Stereoanlage und den Fernseher im Wohnzimmer abzuwischen, weil man da den Staub so doll drauf sah.

Ich hatte doch gedacht, ich hätte bis zum Sonntagnachmittag Zeit für das alles.

Genau eine Stunde später meldete Mama sich wieder. Valli war noch nicht da.

»Jetzt wäscht sie Haare«, sagte ich. »Soll ich dir schon mal die Wohnung zeigen?«

»Gleich«, sagte Mama. »Erzähl erst ein bisschen von dir. Du siehst schon wieder so müde aus, mein Schatz. Kommst du denn genug an die frische Luft?«

»Alles okay, Mama, echt. Heute war ich den ganzen Nachmittag draußen.«

»Mit Paulina?«

»Nein. Mit Igor.«

»Musste der nicht arbeiten?«

»Nein, der … der hat heute freigekriegt, um mit mir zusammen Adventssterne zu basteln.«

»Im Freien?«

»Nein, das machen wir ja erst später.«

Skypen mit Mama war anstrengend.

Im Treppenhaus waren Schritte zu hören, ein Schlüssel drehte sich im Schloss. Valli kam heim. Endlich.

»Toni, wo bist du?«, rief sie, als sie im Flur stand.

»Hier! Bei mir. Ich skype mit Mama.«

Sie kam zu mir ins Zimmer. »Wie bist du denn in das Programm gekommen?«, fragte sie verblüfft.

Mist. Mist. Mist.

»Hallo, Valentina«, sagte Mama aus Ungarn. »Deine Haare sind ja schon trocken.«

»Hä?«, sagte Valli.

»Ich hab gedacht, du wärst schon da und würdest Haare waschen«, sagte ich.

Es wurde immer komplizierter.

Valli guckte mich stirnrunzelnd an. »Ich muss mal mit Mama reden«, sagte sie. »Allein. Okay?«

»Klar«, sagte ich. »Tschüs, Mama.«

Sie verschwand mit ihrem Laptop aus meinem Zimmer und ich legte mich ins Bett. Ich brauchte erst mal Ruhe.

Valli skypte lange mit Mama. Sehr lange.

Danach kam sie in mein Zimmer zurück.

»Habt ihr euch die Wohnung angeschaut?«, fragte ich. »Habt ihr gesehen, wie sauber ich alles gemacht habe?«

Ein paar Pluspunkte, bevor sie Stress wegen dem Laptop machte, konnten nicht schaden.

»Nee, haben wir vergessen«, sagte Valli.

Sie setzte sich ans Fußende von meinem Bett und guckte mich ernst an. Oje.

»Seit wann kennst du mein Passwort?«

»Noch nicht so lange. Ehrlich. Ich hab's eigentlich auch schon wieder vergessen.«

Valli schüttelte den Kopf.

»Na, ist jetzt auch egal. Toni. Ich hab mit Mama geredet. Du fliegst übernächste Woche nach Ungarn.«

»Nein!«

Was sollte das denn jetzt? Das war gegen jede Abmachung. Ich hatte diese blöde Wohnung geputzt! Ich hatte alles richtig gemacht. Das war doch völlig übertrieben, mich nach Ungarn zu schicken, nur weil ich Vallis Passwort geknackt hatte. Das war ja auch viel zu leicht gewesen.

»Ich will nicht nach Ungarn! Ich fass auch nie mehr deinen Computer an! Ehrlich nicht! Ich schwör's!«

»Darum geht's gar nicht«, sagte Valli und guckte noch ernster. »Jonas hat mich auf der Treppe abgepasst. Es war ganz schön heftig, was er mir erzählt hat.«

»Was denn?«

»Du stalkst ihn, Toni!«

»Nein! Quatsch! Das stimmt überhaupt nicht!«

»Du warst heute schon wieder bei ihm. Obwohl Igor es dir verboten hat.«

»Ja, aber doch nur kurz! Ich musste ihm nur schnell was erzählen.«

»Jonas sagt genau das, was Igor und ich auch denken: dass es dir nicht guttut ohne Mama und Papa. Dass du noch zu klein dafür bist. Es war ein Versuch, Toni, aber er ist eben schiefgegangen. Da kann keiner was dafür. Es wird dir besser gehen in Ungarn, ganz bestimmt.«

»Ich geh nicht weg«, sagte ich. »Ich kann nicht. Jonas und Mr Bond sind in Gefahr, die werden von der Mafia verfolgt, und ich bin die Einzige, die ihnen helfen kann. Ich brülle den Flughafen zusammen, wenn ihr mich in den Flieger setzen wollt. Da könnt ihr gar nichts dagegen tun. Ich lass das nicht mit mir machen.«

»Toni, ich war auch mal so alt wie du. Ich weiß, wie das ist, wenn man in dem Alter verliebt ist. Man hat das Gefühl, es bricht einem das Herz, wenn nichts draus wird. Aber das geht vorbei, ich verspreche es dir. Jonas ist ein Mann, ein erwachsener Mann. Du musst schon deshalb nach Ungarn, damit du nicht weiter einem Phantom hinterherläufst und dir irgendwelche Geschichten zusammenspinnst. Vielleicht kommen dir die Jungs in deinem Alter nicht so interessant vor, aber wenn du ein bisschen

Abstand hast, wirst du dich bestimmt wieder neu verlieben und in jemanden, der vom Alter her zu dir passt.«

Valli war verrückt. Eindeutig. Komplett verrückt.

Ich hab mir das Kissen über den Kopf gezogen, weil ich so einen Schwachsinn gar nicht hören wollte. Und außerdem hatte sie mit überhaupt gar nichts recht. Sie war in ihrem ganzen Leben nie so alt gewesen wie ich, weil sie nämlich immer älter war. Sie war die Große, und ich war immer die Kleine, über die jeder bestimmen durfte.

Aber das konnten sie sich jetzt alle mal an die Backe schmieren. Das war nämlich vorbei.

Ich ließ das Kissen auf meinem Kopf und drehte mich zur Wand. Ich wollte, dass sie ging, aber sie blieb noch ewig sitzen und schaute mich an. Ich hab's genau gespürt.

Irgendwann hat sie geseufzt und kurz über meinen Fuß gestreichelt und dann ist sie endlich gegangen.

Kurz darauf hat es tierisch geklirrt und Valli hat gebrüllt.

»Verdammte Scheiße! Welcher Idiot hat das dreckige Geschirr hinter meiner Tür abgestellt. Das ist ja eine Riesensauerei.«

Das habe ich ihr gegönnt.

Natürlich hat Valli gewusst, dass ich das war. Igor hätte sich nie die Mühe gemacht, das Zeug aus der Küche zu räumen. Aber sie kam zum Glück nicht mehr zu mir rein. Ich hörte, wie sie das Geschirr aus ihrem Zimmer trug. Und dann spülte sie sogar ab. Alles von Hand. Aber das habe ich erst am nächsten Morgen gesehen.

Ich bastelte an diesem Abend noch vierundzwanzig Papiersterne. Es dauerte ewig lange, weil meine Hände so zitterten. Als Valli im Bett war, habe ich sie vor Igors Zimmertür gelegt.

23. Kapitel

Mit Paulina konnte ich am nächsten Tag erst nach der Schule reden, weil die Sommerhalder mich wegsetzte, dabei habe ich gar nichts gemacht. Paulina hatte mich gefragt, ob ich am Samstagnachmittag noch mal auf die Gremlins aufpassen könnte, weil Bekir wieder ein Fußballspiel hatte, und ich hab nur Ja gesagt, und dann musste ich schon in die erste Reihe und stand unter verschärfter Beobachtung. Da konnte ich nicht mal Briefchen schreiben. Und als es zur großen Pause geklingelt hat, ist die Sommerhalder zu mir gekommen und hat gesagt, dass ich mit in den Besprechungsraum muss, weil sie mit mir über meine schulischen Leistungen reden will.

»Ich beobachte das jetzt schon eine ganze Weile bei dir, Antonia«, meinte sie, sobald wir uns an den Tisch gesetzt hatten. »Du kommst müde in den Unterricht, du bist in der Stunde völlig unkonzentriert und du lenkst die anderen ab. Und du vergisst ständig deine Hausaufgaben, auch in den anderen Fächern. Das kann so nicht weitergehen.«

Oh Mist. Ärger in der Schule fehlte mir grade noch.

»Willst du was dazu sagen, Antonia? Hast du eine Erklärung für dein Verhalten?«

Klar hatte ich die. Aber es wollte sie ja keiner hören.

»Ich mache das ab jetzt wieder besser«, habe ich nur gesagt. »Ich versprech's.«

»Das ist gut. Aber ich muss das auch mit deinen Eltern besprechen. Deshalb habe ich deiner Mutter heute Morgen schon eine Mail geschrieben.«

Hallo? Was war denn bloß mit meinem Leben los? Hatten die sich alle verabredet, um mich fertigzumachen?

Aber dass mich dann auch noch Paulina im Stich ließ, das war das Allerschlimmste.

Wir sind nach der Schule zusammen heimgelaufen, und ich erzählte ihr, dass wir morgen Abend doch nicht zu Igors Party mussten, weil sich jetzt nämlich alles anders entwickelt hatte. Weiter kam ich gar nicht, da fiel sie mir schon um den Hals.

»Mann, Toni, da bin ich aber froh. Da rutscht mir ein Riesenstein vom Herzen. Nach dem Fußballspiel morgen ist nämlich auch noch die Weihnachtsfeier, und ich will da so gerne dabei sein, aber ich wollte dich mit der Party nicht hängen lassen. Und jetzt brauchen wir gar nicht hin. Und ich fand das doch sowieso keine gute Idee. Jetzt bin ich aber echt erleichtert. Meinst du denn, du kannst auch noch ein bisschen länger auf die Gremlins aufpassen? Mein Vater kommt erst um Mitternacht von der Schicht, aber davor bin ich auf jeden Fall daheim. Meinst du, das geht? Ach, bitte!«

»Ja, mach ich«, sagte ich, obwohl ich es schon doof fand, dass sie sich so freute, weil sie nicht mit mir zu der Party gehen musste. »Aber dafür brauche ich dich am Sonntag. Ich weiß jetzt nämlich, wo Monsterauge wohnt, und wir können ihn endlich beschatten. Ich hab auch schon einen Beweis dafür, dass die wirklich Tiere stehlen, aber das reicht noch nicht. Und Jonas hilft mir nicht, obwohl ich bei ihm war und ihm das alles erzählt habe. Deshalb muss ich unbedingt noch mehr Beweise finden, damit mir wer glaubt. Sonst schicken mich meine Geschwister nach Ungarn. Schon übernächste Woche! Die spinnen nämlich total rum. Die denken, dass ich in Jonas verliebt wäre und dass ich deshalb immer zu ihm gehe. Igor hat sogar gedacht, dass ich was mit ihm hätte. Die sind so bescheuert. Und Jonas hat zu Valli gesagt, dass ich ihn stalke. Aber das hat er nur behauptet, weil er mich beschützen will.«

Paulina schwieg.

»Warum sagst du nichts?«

Sie blies langsam die Luft aus. Das macht sie immer, wenn sie eigentlich nichts sagen will, aber trotzdem meint, sie müsste.

»Jetzt sag schon!«

»Ich finde das gar nicht so blöd«, sagte sie schließlich. »Ich hab mir auch schon so was überlegt.«

»Was?«

»Was deine Geschwister über Jonas gesagt haben. Also, ich meine nicht, dass du was mit ihm hast, natürlich nicht. Aber ich hab auch schon gedacht, ob du nicht vielleicht … na ja … ein bisschen in ihn verliebt bist. Also, ohne es dir einzugestehen, vielleicht.«

Ich schnappte nach Luft. Ich wusste gar nicht, was ich sagen sollte. Warum redete Paulina denn jetzt auch so einen Mist?

»Die ganze Sache mit Mr Bond und so. Erst habe ich ja gedacht, dass du es mit dem Tiereretten einfach ein bisschen übertreibst, aber dann ist Jonas immer wichtiger geworden, und du

hast ständig nur noch von ihm geredet und so eine Angst um ihn gehabt.«

Paulina redete immer schneller.

»Ich meine, ich helfe dir ja gerne weiter, den Typ zu suchen, der Mr Bond und dich überfallen hat, klar, aber mal ehrlich, Toni, du weißt doch gar nicht, was Jonas für Sachen laufen hat, du kennst den doch erst seit ein paar Wochen, vielleicht gehört er ja immer noch zu diesen Tierdieben und verarscht dich nur. Das verstehe ich nämlich auch nicht, warum du dem so vertraust. So was passiert einem normalerweise nur, wenn man verliebt ist. Dann will man nur die guten Seiten sehen.«

»Ach ja. Du bist da ja die Expertin«, sagte ich böse. »Du siehst sogar die gute Seite, wenn dich wer einen ganzen Samstag lang auf einer Tribüne vergammeln lässt.«

»Ich wusste es«, sagte Paulina traurig. »Ich wusste, dass du ätzend wirst, wenn ich dir das sage. Deshalb habe ich auch den Mund gehalten. Aber wenn es sogar deinen Geschwistern auffällt, dann ist eben doch was dran.«

Und dann sagte sie das Gemeinste, was sie nur sagen konnte: »Vielleicht wäre es ja wirklich am besten, wenn du zu deinen Eltern nach Ungarn gingst.«

»Du bist ja so was von bescheuert«, habe ich sie angeschrien, und dann bin ich fortgerannt.

24. Kapitel

Am nächsten Nachmittag ging ich zu Paulina, um die Gremlins zu übernehmen. Ich wollte sie nicht hängen lassen, auch wenn ich supersauer auf sie war. Und daheim wollte ich sowieso nicht sein, solange Igor und Valli da waren. Mit denen redete ich kein Wort mehr, das hatte ich mir geschworen. Die kriegten auch nichts von mir zu Weihnachten. Wenn ich wegen denen wirklich nach Ungarn musste, dann waren die für mich gestorben. Mindestens bis Ostern.

Paulina stand schon in der Tür, als ich kam. Anscheinend brauchte sie mich jetzt nicht mehr als Klamottenberaterin. Sie war auch ganz normal angezogen und hatte sich nur ein bisschen geschminkt.

»Danke, dass du trotzdem gekommen bist«, sagte sie.

So, als ob sie gar nicht damit gerechnet hätte. Dabei hätte sie mich echt besser kennen müssen. »Wenn ich zurück bin, reden wir noch mal, ja, Toni? Dann kannst du nicht einfach weglaufen. Ich will nicht schon wieder Krach mit dir haben. Seit dieser Jonas aufgetaucht ist, streiten wir irgendwie nur noch.«

»Das seh ich aber anders. Wir streiten, seit Bekir wiederauferstanden ist. Mit Jonas hat das gar nichts zu tun.«

Paulina seufzte. »Wenn du meinst.«

»Der kann überhaupt nichts dafür, dass du mich so im Stich lässt.«

»Aber das tu ich ja gar nicht.«

»Doch. Du willst nur, dass ich nach Ungarn muss, damit du mehr Zeit für Bekir hast. Für irgend so einen Pärchenscheiß. Gib's doch zu! Du bist froh, wenn ich weg bin. Genauso wie Igor und Valli. Ihr wollt mich einfach nur loswerden.«

Die Gremlins kamen aus ihrem Zimmer gerannt. Wahrscheinlich war ich ein bisschen laut gewesen.

»Ihr habt Streit«, sagte Matti und guckte von Paulina zu mir.

»Wir diskutieren nur«, sagte ich.

»Aber ihr schreit.«

»Das passiert manchmal.«

»Vor allem, wenn die beste Freundin so blöd ist, einem vorzuwerfen, dass man sie abschieben will, nur weil man sich Sorgen um sie macht«, sagte Paulina bitter.

Und dann ging sie.

Ich stand im Flur und wusste nicht, was ich mit den Gremlins anfangen sollte. Ich hatte zu überhaupt nichts Lust.

»Gehen wir zu den Seelöwen?«, fragte Marek. »Ich will die sehen, wenn die gefüttert werden.«

»Ich will zu den Kindern«, sagte Matti. »Ich will auch so ein Auto haben wie Marek.«

»Nein«, sagte Marek. »Da will ich nicht mehr hin.«

»Heute gehen wir nur auf den Spielplatz«, sagte ich. »Ich brauch es ein bisschen ruhig.«

»Dann spielen wir Pinguin!«, kreischte Matti und rannte schon die Treppe runter.

Marek spurtete hinterher.

Kurz vor der Haustür fing ich sie wieder ein und schleppte sie nach oben, weil sie nur ihre Hausschuhe anhatten.

An diesem Nachmittag rettete ich dreiundfünfzig Pinguine. Ich habe mitgezählt.

Es wurde schon dunkel auf dem Spielplatz, aber ich durfte erst aufhören, als den Gremlins fast die Füße abfielen, weil sie vom steif Rumstehen so kalt geworden waren.

»Wir gehen zu mir«, sagte ich, weil das näher am Spielplatz war, und Igor und Valli waren jetzt bestimmt weg. »Da könnt ihr euch aufwärmen.«

Aber daraus wurde nichts. Denn als wir in meine Straße einbogen, fuhr ein gelbes Cabrio an uns vorbei. Der Fahrer trug eine orangene Sonnenbrille und hatte eine blaue Wollmütze auf. Und auf dem Beifahrersitz saß Mr Bond und schaute verzweifelt aus dem Fenster.

Ich überlegte gar nicht lange. Das hier war ein Notfall. Ich hatte keine Zeit, die Gremlins vorher irgendwo abzuliefern, und hierlassen konnte ich sie auch nicht. Ich musste sie mitnehmen. Das würde doch sogar Paulina einsehen.

»Wir spielen wieder Auto verfolgen, okay?«, sagte ich.

»Aber mit Limo«, sagte Marek. »Eine für mich allein.«

»Für mich auch«, sagte Matti.

Zu dritt nahmen wir die Verfolgung auf und rasten die Straße hinunter. Doch das Cabrio war schon viel zu weit weg. Es hatte keinen Sinn, ihm hinterherzulaufen. Aber ich konnte mir denken, wohin es unterwegs war. Ich hatte die Adresse. Marienstraße 10. Irgendwo in der Innenstadt. Mit den Gremlins im

Schlepptau rannte ich zur nächsten Straßenbahnhaltestelle. Von unterwegs versuchte ich, Jonas anzurufen, aber er ging nicht an sein Handy.

Die Marienstraße war nicht schwer zu finden. Sie lag in der Nähe der kleinen Straße, in der sich Monsterauge mit dem Igel getroffen hatte. Ich hatte sie ziemlich schnell auf dem Stadtplan entdeckt, der an der Straßenbahnhaltestelle hing. Nummer 10 war ein schicker Altbau, noch schöner als unser Haus, mit einer riesigen Eingangstür und acht Klingelschildern aus Messing. Auf dem zweitobersten rechts stand WICKERT. Der Rest des Namensschilds war mit rotem Kreppband überklebt.

»Hier müssen wir rein«, sagte ich zu Matti und Marek und setzte mich auf die Treppe, weil die Eingangstür abgeschlossen war. »Jetzt sollte uns nur noch einer aufmachen.«

Wir brauchten nicht lange zu warten. Eine Frau mit Kinderwagen hielt bei uns an und klingelte im vierten Stock.

»Lulu mit Baby«, sagte sie in die Sprechanlage neben den Klingeln, und als die Tür summte, zog sie sie auf und ließ uns mit reingehen. Ich half ihr, den Kinderwagen die halbe Treppe bis zum Aufzug hochzutragen, und sie fragte uns nicht einmal, wohin wir wollten.

Ich nahm die Gremlins an die Hand und stieg mit ihnen die breite Treppe hoch. Sie war mit einem roten Läufer ausgelegt. Das ganze Treppenhaus war superedel, es standen nicht mal Schuhe vor den Wohnungen.

»Gibt's hier die Limo?«, fragte Marek.

»Nee, Limo gibt's später. Ich glaube, hier irgendwo ist Mr Bond. Und den holen wir jetzt ab.«

Der Fahrstuhl ratterte und hielt ein paar Stockwerke über uns an. Jemand lachte und die Frau mit dem Baby sagte etwas.

Dann war es still im Treppenhaus.

Nirgends bellte ein Hund.

Ich war froh, dass die Gremlins da waren. Komischerweise hat man weniger Angst, wenn jemand dabei ist, auf den man aufpassen muss. Das habe ich schon gemerkt, als Mr Bond und ich überfallen wurden. Ohne ihn hätte ich mich viel mehr gefürchtet. Dabei müsste man dann doch eigentlich doppelt so viel Angst haben, nämlich nicht nur um sich, sondern auch noch um die, für die man verantwortlich ist. Aber irgendwie funktioniert das anders. Zumindest bei mir. Weil wir zu dritt waren, hatte ich nur noch ein Drittel so viel Angst.

Sonst hätte ich mich das niemals getraut, was ich dann gemacht habe.

Die Wohnung, die ich gesucht hatte, war im dritten Stock rechts. Auch hier war das Namensschild zur Hälfte mit rotem Kreppband überklebt. In unserem Haus würde ein Kleber mehr oder weniger an einer der Wohnungstüren gar nicht auffallen, weil alle ziemlich bunt waren, aber in diesem feinen Treppenhaus sah es seltsam aus. Als ob irgendwas nicht in Ordnung wäre.

War's ja auch nicht. Hier drin wurde ein Hund gefangen gehalten und bestimmt noch jede Menge anderer Tiere.

Erst habe ich gedacht, ich würde mich täuschen, aber die Tür stand tatsächlich offen. Nur einen kleinen Spalt, man konnte ihn nur erkennen, weil es zwischen Türrahmen und Tür ein bisschen hell schimmerte. Ich flüsterte Matti und Marek zu, dass sie leise sein müssten, und stieß die Tür auf. Dahinter lag ein langer Flur, in dem Licht brannte. Links hingen Jacken an einer Garderobe, die wie ein Hirschgeweih aus Metall aussah, und rechts gingen ein paar Türen ab. Ganz am Ende des Flurs war eine große Flügeltür. Doch nirgends standen Käfige herum und es gab auch sonst keine Spur von irgendwelchen Tieren.

»Mr Bond!«, flüsterte ich.

Aber er bellte immer noch nicht. Vielleicht hatte Monsterauge ihn geknebelt. Falls das bei Hunden überhaupt ging. Oder er war schon …

Nein. Das wollte ich nicht einmal denken.

Ich hockte mich vor die Gremlins, damit ich ihnen direkt in die Augen sehen konnte. Denn das hier war jetzt echt wichtig.

»Hört mal, ich muss in die Wohnung rein und Mr Bond suchen, und ihr bleibt solange hier vor der Tür stehen. Kapiert? Und wenn jemand kommt und fragt, was ihr hier macht, sagt ihr, dass ihr eure Oma sucht und euch verirrt habt. Klar?«

Matti schüttelte den Kopf. »Die Oma wohnt hier gar nicht.«

»Die wohnt in Polen«, sagte Marek.

»Schon klar. Ich will ja nur, dass ihr so tut, als ob ihr denkt, dass eure Oma hier irgendwo wohnt. Das ist wie im Zoo mit den Seelöwen.«

»Die wohnt auch nicht im Zoo«, sagte Matti.

Oje. Es war wieder kompliziert.

»Bitte. Wir haben jetzt keine Zeit für so was. Ihr sagt einfach, dass ihr eure Oma sucht, falls euch jemand fragt, was ihr hier macht, und ich geh schnell rein und bin gleich wieder zurück.«

»Holst du hier die Limo?«, fragte Marek.

»Nee. Hier hole ich Mr Bond.«

»Ich hab aber ganz dollen Durst.«

»Und ich noch mehr«, sagte Matti.

Ich zog meinen Rucksack ab und drückte ihn Marek in die Hand.

»Da drin ist Wasser. Trinkt erst mal das und nachher gibt's die Limo. Und denkt an die Oma.«

Zuerst habe ich nur im Türrahmen gestanden und versucht zu horchen, ob aus einem der Zimmer vielleicht Tiergeräusche kamen. Aber es war unmöglich, irgendwas aus der Wohnung mitzukriegen, weil Matti und Marek im Treppenhaus so laut um meine Trinkflasche stritten.

Ich drehte mich zu ihnen um und zischte: »Hey, seid still! Es soll doch keiner wissen, dass wir hier sind.«

»Nur die Oma«, sagte Marek und trat nach Matti, der versuchte, ihm die Trinkflasche aus der Hand zu winden.

Sie kämpften verbissen weiter, aber wenigstens waren sie jetzt leiser.

Ganz vorsichtig ging ich ein paar Schritte in die Wohnung. Ich habe gedacht, wenn irgendwer aus einem der Zimmer kommt, kann ich immer noch schnell abhauen. Aber es war so vollkommen still, dass ich das Gefühl hatte, es war überhaupt niemand hier. Ich kapierte nur nicht, warum Monsterauge seine Tür offen ließ, wenn er wegging. Aber vielleicht hatte er Mr Bond erst noch im Auto gelassen und jetzt war er ihn schnell holen gegangen. Dann hatte ich nicht gerade viel Zeit, um mich bei ihm umzusehen.

Gleich rechts vom Eingang ging eine Tür ab, die auch nur angelehnt war. Ich gab ihr einen Schubs, sodass sie ein bisschen weiter aufging. Dahinter war die Küche mit roten Hängeschränken und einem langen Holztisch, über dem ein riesengroßes Foto hing. Irgendeine Tierherde war darauf abgebildet, Kühe vielleicht oder Pferde. Es war zu dunkel, um es richtig zu erkennen. Hatte Jonas das fotografiert, als er noch zu den Tierdieben gehörte? Stahlen die sogar ganze Herden?

Im Treppenhaus waren Schritte zu hören. Irgendjemand kam die Stufen hoch und blieb direkt vor Monsterauges Wohnung stehen.

Es war zu spät, um zu fliehen.

Ich presste mich an die Wand neben der Küchentür.

»Was macht ihr zwei denn hier?«, fragte eine Frauenstimme. »Habt ihr die Wohnungstür aufgestoßen?«

»Wir suchen unsere Oma«, sagten die Gremlins.

»Und wie heißt die?«

»Oma.«

»Na, hier drin wohnt leider keine Oma. Hier wohnt nur ein Mann. Da müsst ihr wohl noch ein bisschen weitersuchen.«

Die Frau kam in die Wohnung. Mein Herz machte komische Sprünge. Sie stieß die Küchentür auf und zerquetschte mich fast an der Wand. Ich hielt die Luft an. Mit schnellen Schritten ging sie durch den Raum, öffnete ein Schränkchen und stellte irgendwas ab. Ein Türchen klappte und sie verließ die Küche wieder.

Ich stand hinter der Tür und atmete tief ein und aus und wartete, dass mein Herz aufhörte, wie ein Gummiball zu hüpfen.

Alles gut, habe ich mir gesagt, gerade noch mal gut gegangen. Sobald sie in einem der anderen Zimmer ist, haue ich ab.

Aber sie ging in gar kein anderes Zimmer, sondern direkt aus der Wohnung raus. Mann, war ich froh. Aber nur kurz. Denn dann steckte sie von außen den Schlüssel ins Schloss und drehte ihn um, einmal und noch einmal.

Ich war in der Wohnung gefangen.

Und draußen standen die Gremlins und sagten kein Wort.

Erst habe ich überlegt, an die Tür zu trommeln, damit sie wieder aufmachte. Aber was hätte ich ihr denn sagen sollen? Die Geschichte mit der Oma glaubte man vielleicht Matti und Marek, aber dass ich fremde Wohnungen durchsuchte, weil ich vergessen hatte, wo meine Oma wohnte, hätte mir bestimmt niemand abgenommen. Da war es wahrscheinlich besser, wenn ich die Klappe hielt und nach einem Wohnungsschlüssel suchte. Jeder Mensch hat doch mindestens einen Ersatzschlüssel irgendwo deponiert. Ich musste ihn nur finden.

In der Wohnungstür war ein Spion, und ich habe versucht, die Gremlins dadurch zu sehen, aber sie waren nirgends. Und dann ging auch noch das Licht im Treppenhaus aus und es war stockdunkel.

Das durfte jetzt echt nicht sein, dass die Gremlins verschwunden waren.

»Matti? Marek? Seid ihr da?«, flüsterte ich, dabei hätte ich am liebsten ganz laut geschrien.

»Ja!«, riefen sie und donnerten gegen die Tür.

»He! Hört auf! Ihr müsst immer noch leise sein. Ich verstehe euch auch so, wenn ihr nah an der Tür seid. Hört mal, die Frau hat mich aus Versehen eingeschlossen und ich muss jetzt den Ersatzschlüssel suchen, okay? Und ihr bleibt solange direkt hier vor der Tür stehen, ja? Ihr habt das schon super hingekriegt mit der Frau grade! Jetzt müsst ihr nur noch ein kleines bisschen durchhalten. Und macht das Licht im Treppenhaus wieder an, damit ihr nicht im Dunkeln sitzt. Da muss irgendwo an der Wand ein Knopf sein, den ihr drücken müsst. Findet ihr den?«

Ich hörte, wie sie sich auf die Suche machten, und kurz tauchte auch einer von ihnen im Spion auf, aber auf die Schnelle konnte ich nicht sehen, ob es Matti oder Marek war. Und irgendwann ging das Licht tatsächlich wieder an.

»Klasse! Dann such ich jetzt den Schlüssel!«

Ich sah mich im Flur um. An der einen Seite der Wand waren hellere Flecken, so, als ob hier mal Bilder gewesen wären, aber jetzt war die Wand kahl. Und es gab kein einziges Möbelstück. Nichts, wo man einen Schlüssel hätte hinlegen können. Ich durchsuchte die Jacken, die an dem Hirschgeweih hingen, aber bis auf ein paar Hustenbonbons fand ich nichts.

Plötzlich war ich mir überhaupt nicht mehr sicher, ob das wirklich die Wohnung von Monsterauge war. Vielleicht war das auf dem Umschlag gar nicht seine Adresse gewesen, und Mr Bond saß woanders fest, und vielleicht hatten sie auch schon Jonas gefangen. Echt blöd, wenn einem so was zum falschen Zeitpunkt einfällt.

Ich rannte in die Küche und schaute aus dem Fenster. Aber der dritte Stock war viel zu hoch, um runterzuklettern. Und eine Feuerleiter gab es auch nicht. Ich überlegte kurz, ob ich mich mit ein paar Bettlaken abseilen sollte, aber dazu hatte ich viel zu viel Schiss.

»Ich brauch noch ein paar Minuten«, rief ich Matti und Marek durch die Tür zu und nahm die anderen Zimmer in Angriff.

Zweite Tür rechts. Das Bad. Nur Männersachen, Shampoo, Duschgel, Rasierzeug. Ein paar Handtücher, alte Socken, ein Kamm.

Nächste Tür: Klo. Gar nichts außer einem Fahrradheft. Das gleiche, das Papa abonniert hat.

Dann das Schlafzimmer. Eine Matratze auf dem Boden. Zwei Kleiderstangen, viel schwarze und braune Klamotten. Nicht mal ein Schrank, nur Pappkartons und zwei Hocker.

Hier konnte doch kein Porsche-Fahrer wohnen. Ohne Kinderzimmer und fast ohne Möbel.

Nur das Wohnzimmer hinter der großen Flügeltür war anständig eingerichtet. Fast so schön wie das von Jonas. Sogar ein Sofa stand hier, das ähnlich aussah wie seins. Davor war ein kleiner Tisch, aber der war aus Holz, nicht aus Glas.

Und auf dem Tischchen lag der Umschlag aus dem Cabrio. Also wohnte Monsterauge doch hier.

Ich öffnete den Umschlag. Darin war ein kleineres Kuvert. Und in dem waren jede Menge Fotos.

Auf jedem war ein Papagei drauf.

Hyazinthara, Blaumaskenamazone, Palmkakadu, Taubenhalsamazone.

Ich kannte jeden einzelnen. Denn es waren die Bilder von Jonas. Und sogar das letzte Foto war dabei. Das, von dem er behauptet hatte, dass er sich nicht mehr dran erinnern könnte.

Das gelbe Cabrio mit dem Mann, der in die Kamera grinste. Und jetzt entdeckte ich auch die orangene Sonnenbrille. Sie klemmte im Halsausschnitt seines Pullovers. Beim ersten Mal war sie mir überhaupt nicht aufgefallen.

Das war Monsterauge, ganz klar. Jonas hatte ihn fotografiert. Ich drehte das Foto um, weil ich wissen wollte, wann er es gemacht hatte. Aber das war gar nicht draufgedruckt. Dafür stand dort etwas anderes:

Ich drück die Daumen für den Deal
und für bessere Zeiten. Jonas 13.11.15

Mann, war ich dumm.

Jonas gehörte noch immer zur Tiermafia. Er hatte die Fotos Monsterauge gegeben, damit er die Papageien im Internet oder sonst wo zum Verkauf anbieten konnte. Das war erst eine Woche her.

Doch wieso hatte Monsterauge dann Mr Bond überfallen? Wollte er Jonas unter Druck setzen, damit er die Fotos kriegte? Aber dann hätte Jonas doch niemals so was Nettes hinten auf das Bild geschrieben.

Ich kapierte gar nichts mehr.

Nur, dass ich hier so schnell wie möglich rausmusste.

Ich hatte Jonas auf die Mailbox gesprochen, dass ich hinter Monsterauge her war. Wenn er sein Handy abhörte, wusste er, wo er mich suchen musste. Dann war ich dran.

Und die Gremlins saßen vor der Tür. Immer noch.

Und in der ganzen blöden Wohnung war kein Schlüssel zu finden.

Kein einziger kleiner Wohnungsschlüssel. Es war zum Verzweifeln.

Igor.

Igor musste mir helfen.

Igor musste mich hier rausholen.

Große Brüder müssen so was.

Ich zog mein Handy aus der Jackentasche und wählte seine Nummer.

Bitte geh ran, bitte geh ran, bitte geh ran.

Mein Akku war fast leer.

Er ging tatsächlich ran. Manchmal hat man auch Glück.

»Du musst mir helfen«, flehte ich. »Marienstraße 10, bitte komm ganz schnell, die Tiermafia ist hinter mir her, ich erklär dir das nachher, aber du musst jetzt sofort kommen, und bring was mit, mit dem du eine Tür aufbrechen kannst, bitte hol mich hier raus, dritter Stock, und die Gremlins sitzen davor.«

Er sagte etwas, irgendetwas, aber ich konnte es nicht verstehen, der Empfang war zu schlecht, es klang wie ein Krächzen.

»Ich versteh dich nicht«, schrie ich ins Handy. »Warum redest du denn so komisch, bist du betrunken? Komm trotzdem her, lass doch mal die Party, ich brauch dich, bitte –«

Dann war mein Akku leer.

Ich rannte zur Wohnungstür.

»Matti, Marek, alles okay?«

Keine Antwort.

Ich linste durch den Spion. Das Treppenhaus war stockdunkel.

»Sagt mal was!«

Stille.

Einfach nur Stille und Dunkelheit.

Die Gremlins waren fort.

Ich schlug gegen die Tür. Ich schrie nach Matti und Marek und nach der Frau mit dem Baby, vielleicht hörte die mich ja oder irgendwer sonst in diesem Haus.

Aber es kam niemand. Ich setzte mich hinter die Tür und wollte einfach nicht mehr da sein.

25. Kapitel

Dann passierte ganz viel auf einmal.

Ich hörte die Gremlins im Treppenhaus reden und ein Hundegebell, das alles übertönte, und ein Schlüssel drehte sich im Schloss, und die Tür ging auf, aber nur ein bisschen, weil ich ja direkt dahintersaß.

»Da klemmt was«, sagte ein Mann und drückte fester und schob mich mit der Tür an die Wand.

Mr Bond rannte rein und schlabberte mich ab, und die Gremlins standen vor mir und fragten: »Toni, warum sitzt du auf dem Boden?«

Aber da war noch jemand. Jemand sehr Großes. Matti und Marek gingen ihm nur bis zur Hüfte. Ich schaute hoch. Es war Monsterauge. Ohne orangene Sonnenbrille und Cabrio, aber trotzdem. Eindeutig Monsterauge.

Mir gefror das Blut in den Adern.

»Ich glaube es nicht. Da ist ja wirklich jemand«, sagte er und hatte eine erstaunlich schöne Stimme. Warm und weich. Wie Mörder manchmal, im Film.

Ich rappelte mich auf.

»Die Jungs kommen mit mir.« Ich nahm Matti und Marek

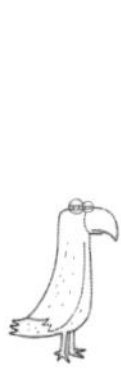

an die Hand und hatte plötzlich wieder Mut für drei. »Und der Hund auch.«

Ohne Sonnenbrille waren die Monsteraugen grün, mit ein bisschen Braun vielleicht. Und wenn er grinste, wurden sie noch grüner.

Jetzt zum Beispiel. Der Typ grinste mich einfach an.

»Aber sicher«, sagte er. »Die beiden Künstler sind für dich. Nur über den Hund müssten wir noch mal reden.«

»Ich geh nur, wenn Mr Bond mitkommt.« Mut für vier.

Matti zupfte an meinem Bein. »Wir haben dem das mit der Oma gesagt, Toni. Deshalb hat er aufgemacht.«

»Weil wir die Frau doch nicht mehr gekriegt haben«, sagte Marek. »Die haben wir nämlich gesucht, damit die dich wieder rauslässt, aber die Tür unten hat nicht aufgemacht.«

»Ich habe die beiden im Hausflur aufgelesen«, sagte Monsterauge. »Die waren schwer damit beschäftigt, den gesamten Eingangsbereich zu verschönern. Und als ich sie gefragt habe, wo sie hingehören, haben sie mir was von ihrer Oma erzählt. Ich hab nicht schlecht gestaunt, als sie vor meiner Wohnung haltgemacht und behauptet haben, dass sie hier nach ihr suchen müssen. Wie die Oma von den beiden siehst du jetzt allerdings nicht aus. Also. Was tust du hier? Und wie bist du überhaupt reingekommen?«

»Die Tür stand auf«, sagte ich und zog die Gremlins langsam mit mir mit, in Richtung der offenen Wohnungstür. »Und ich bin nur hier, weil Sie Mr Bond gestohlen haben. Ich will ihn wiederhaben. Sie haben kein Recht, ihn an die Forschung zu verkaufen.«

Jetzt waren wir schon im Treppenhaus, Matti, Marek und

ich. Sobald wir Mr Bond hatten, konnten wir verschwinden, die Treppe runterrennen, raus aus diesem Haus.

»Ich schreie, wenn Sie ihn mir nicht geben.«

Wo war er überhaupt?

»Ruf ihn«, sagte Monsterauge.

»Mr Bond! Komm her!«

Aus dem Wohnzimmer hörte ich ein Klopfen. Ich wusste, was das war. Mr Bond trommelte mit seinem Schwanz aufs Sofa und war zu faul zum Aufstehen.

»Er will nicht«, sagte Monsterauge.

Matti und Marek wollten auch nicht mehr. Sie machten sich von mir los und rannten zu Mr Bond.

Jetzt standen da nur noch Monsterauge und ich, und ich hatte das blöde Gefühl, dass mein Mut nicht mehr so besonders lange reichte.

»Du bist das«, stöhnte er plötzlich und schlug sich an die Stirn. »Du bist das Mädchen, das Mr Bond ausgeführt hat. Die kleine Freundin von Jonas. Jetzt kapiere ich es endlich.«

Ich wurde rot und wusste nicht, warum.

»Scheiße, Mann, ich bin der, der dich abends so erschreckt hat.«

»Das weiß ich schon lange«, sagte ich. Ich war ja nicht so schwer von Begriff.

»Das tut mir unheimlich leid, ich kann dir gar nicht sagen, wie sehr. Aber ich war einfach völlig neben der Spur wegen unserer Trennung, wir hatten eine ganz schwierige Phase, Jonas und ich, und da … Du weißt gar nichts davon, oder? Jonas hat dir nichts von mir erzählt?«

Ich schüttelte den Kopf.

Monsterauge seufzte. »Klar. Er wollte nicht, dass jemand mitkriegt, was für eine Scheiße ich gebaut habe. Aber er hat mir wegen dir fast den Kopf abgerissen. Und da habe ich überhaupt erst erfahren, dass er sich das Bein und den Arm gebrochen hat. Und dass ich daran sogar irgendwie mit schuld bin.«

»Klar sind Sie schuld, wenn Sie ihn umfahren. Wer denn sonst?«

»Ich? Nein, oh Gott, nein! Ich habe ihn doch nicht umgefahren. Was hast du denn für Ideen? Er ist ausgerutscht, das war alles.«

»Unsere Nachbarin hat gesagt, dass sie den Aufprall genau gehört hat. Sie müssen gar nicht immer noch weiterlügen.«

Er stutzte. »Aber ich war doch gar nicht im Wagen. Ich stand nur daneben. Er hat gegen die Autotür getreten, das muss deine Nachbarin gehört haben. Und dabei ist er ausgerutscht. Und ich bin einfach davongefahren und habe ihn liegen lassen, weil ich so wütend war. Ja. Das war echt mies von mir.«

»Warum lassen Sie Mr Bond dann nicht wenigstens jetzt in Ruhe? Ich verstehe das nicht. Warum stehlen Sie überhaupt Tiere? Das ist doch das Letzte.«

»Ich stehle doch keine Tiere! Mr Bond gehört zur Hälfte mir, das ist auch mein Hund. Jonas und ich haben ihn zusammen aus dem Tierheim geholt.«

»Und die anderen Tiere? Die Papageien? Gehören die Ihnen auch zur Hälfte? Und die andere Hälfte gehört dann wieder Jonas, oder wie? Deshalb können Sie die auch einfach so verkaufen? Wie haben Sie es denn hingekriegt, dass Jonas so was macht? Der ist doch eigentlich gar kein Verbrecher.«

»Von welchen Papageien redest du?«

Mann, wie bescheuert war ich eigentlich? Wenn Monsterauge kapierte, dass ich von dem Papageiendeal wusste, würde der mich doch niemals mehr gehen lassen. Der würde mich zusammen mit den Gremlins im Hof verscharren.

Ich wich noch einen Schritt zurück.

»Matti, Marek, kommt, wir gehen, jetzt sofort!«

»Nee, wart mal, das müssen wir noch klären.«

»Ich meine gar keine Papageien«, stammelte ich. »Fische hab ich gemeint. Fische. Ich hab da was verwechselt. Hat gar nichts mit Ihnen zu tun, ehrlich. Ich will jetzt einfach nur die Jungs nach Hause bringen. Die werden schon längst vermisst. Bestimmt kommt auch gleich mein großer Bruder. Der weiß ja, wo wir sind.«

Da hätte ich allerdings nicht drauf gewettet, so komisch, wie Igor am Telefon gewesen war. Doch vielleicht reichte es, um Monsterauge Angst einzujagen.

Aber leider reichte es nicht.

Er kam sofort einen Schritt näher und sagte: »Fische interessieren mich jetzt nicht so besonders, aber ich wüsste schon gerne, was das eben mit den Papageien war.«

»Matti! Marek! Kommt jetzt! Sofort!«

Meine Stimme klang ganz schrill.

»Hat Jonas dir was erzählt?«

Die Gremlins kamen angerannt. Endlich.

»Schnell! Wir gehen!«

»Hey, bleib da! Wir müssen noch über die Wand reden!«

Keine Ahnung, was er damit meinte. Ich nahm Matti und Marek an die Hand und raste mit ihnen die Treppe runter. Nur weg hier. Raus.

Aber vor der Eingangstür blieb ich wie angewurzelt stehen. Denn dort vor den Briefkästen lagen mein Rucksack und meine Trinkflasche und meine Puzzleteile waren über den ganzen Boden verstreut. Ich hatte sie mitgenommen, damit meine Geschwister sie nicht in die Finger kriegten, und jetzt lagen sie hier zur Selbstbedienung für jedermann im Treppenhaus.

Ich ließ die Gremlins los und sammelte hektisch die Karteikarten ein.

»Das sind Beweise, die sind wichtig! Die könnt ihr doch nicht einfach rumwerfen«, schimpfte ich.

»Was für Beweise?«, fragte Monsterauge und schaute auf mich runter. Mit Mr Bond auf dem Arm war er hinter uns hergekommen.

Ich stopfte die Karteikarten zurück in meinen Rucksack und stand auf. Die Gremlins drückten sich gegen das Treppengeländer und machten zerknirschte Gesichter.

»Das ist ein Memory«, antwortete ich. »Das gehört mir.«

»Dann nimm doch auch gleich noch die Wandmalerei mit.« Monsterauge deutete hinter sich.

Oh Mann. So ein Riesenmist.

Die Wand unter den Briefkästen war komplett vollgekritzelt. Lauter bunte Striche und Kreise, die aussahen, als hätten sich ein paar Höhlenmenschen ausgetobt.

»Was ist das denn?«, stammelte ich.

Aber ich wusste es ja.

Den Gremlins waren meine Buntstifte in die Hände gefallen.

»Wir müssen gehen, wir werden ja schon gesucht. Aber wenn Sie mir Mr Bond geben, komme ich morgen zurück und wische das weg«, sagte ich.

Doch dann wäre die Polizei dabei. Und während ich die Wand schrubbte, würden sie ihn in Handschellen abführen.

»Ich versprech's Ihnen. Ehrlich.« Ich versuchte, so vertrauensvoll wie möglich zu schauen, und schob die Gremlins Richtung Tür.

Er lachte. »Mann, bist du hartnäckig. Aber jetzt bleib bitte hier, sonst kriegen wir das alles nie geklärt. Ich fahre euch auch gleich nach Hause.«

Als ob ich bei dem ins Auto gestiegen wäre. Für wie blöd hielt der mich eigentlich?

»Wir gehen zu Fuß.«

Ich stemmte die Haustür auf und zog die Gremlins mit mir auf den Gehweg.

Er kam mir wieder hinterher. Doch wenigstens waren hier noch andere Leute und er konnte uns nicht so einfach kidnappen. »Okay, dann reden wir eben hier draußen, wenn dir das lieber ist.«

»Ich will aber rein«, sagte Marek. »Ich will zu den Keksen.«

»Welche Kekse?«, fragte Monsterauge.

Marek öffnete seine rechte Faust und zeigte ihm sechs braune, runde Cracker.

»Oh shit. Das sind die von Mr Bond. Habt ihr die aus der Dose mit den Smarties drauf?«

Marek nickte.

Oh mein Gott. Wer füllte denn bitte schön Hundeleckerlis in eine Smarties-Dose?

»Wie viele habt ihr schon davon gegessen?«, fragte ich.

Marek spreizte alle fünf Finger von seiner linken Hand ab.

»So viele.«

»Ich auch«, sagte Matti. »Und noch viel mehr. Die schmecken lecker.«

Und da wurde es mir klar. Der hatte die Leckerlis vergiftet. Bestimmt hatte Monsterauge das Gleiche reingetan, was auch in den K.-o.-Tropfen drin war. Von denen hat mir Valli mal erzählt und ich habe es dann auch im Internet nachgelesen. Die träufelt man jemandem heimlich ins Essen, um ihn zu betäuben, und danach kann man mit ihm machen, was man will, und er kriegt es nicht mehr mit.

Monsterauge wollte Matti und Marek betäuben und mich bestimmt auch, damit er uns problemlos aus dem Weg schaffen konnte. Wie abartig war das denn?

Ich schlug Marek die Kekse aus der Hand und trampelte darauf herum. Die Gremlins schauten mir entgeistert zu.

»Wir müssen rennen. Lauft, so schnell ihr könnt. Die Dinger waren vergiftet«, schrie ich und schüttelte sie, damit sie endlich reagierten. »Der will uns alle umbringen.«

Weiter vorne war ein Taxistand. Bis dahin mussten wir es schaffen.

Aber Monsterauge war schneller. Er packte mich am Arm. »Hey, bleib stehen! Was geht denn bei dir ab? Kein Mensch stirbt, weil er Hundekekse isst. Und ich vergifte doch niemanden. In was für einem Film bist du eigentlich? Jetzt lass uns endlich mal reden. Bitte. Von mir aus nimm meinen Hund als Pfand, dass ich dir nichts tue.«

Er ließ mich los und setzte Mr Bond auf meinen Arm. Mit ihm fühlte ich mich tatsächlich sicherer. Die Gremlins waren schon ein Stück vorgerannt und kamen jetzt wieder zurück.

»Dürfen wir die nicht mehr essen?«, fragte Matti und wollte

sich das nächste Hundeleckerli in den Mund stopfen. Monsterauge nahm es ihm aus der Hand.

»Das ist für Mr Bond«, sagte er. »Gib es lieber ihm.«

Und während die Gremlins an mir dranhingen und die restlichen Leckerlis an Mr Bond verfütterten, fing Monsterauge an zu reden.

»Also. Hör zu«, sagte er. »Ich weiß von den Papageien. Ich bin Journalist und seit Monaten an ein paar Typen dran, die Exoten aus den Zoos hier in der Gegend stehlen und im Internet verkaufen.«

»Das kann jeder behaupten«, sagte ich.

Monsterauge seufzte.

»Du solltest zu den Bullen, wenn du mit der Schule fertig bist.«

Er zog seinen Geldbeutel aus der Hosentasche und packte eine Scheckkarte aus, die er mir in die Hand drückte. Es war ein Presseausweis mit seinem Foto und seinem Namen.

»Zufrieden?«

Ich nickte zögernd. Damit hatte ich jetzt echt nicht gerechnet.

»Sie hätten aber auch zur Tiermafia gehören können«, sagte ich und gab ihm die Karte zurück.

»Das ist keine Mafia. Das sind ein paar kriminelle Idioten, völlige Dilettanten sind das, und bald kriege ich die dran.«

»Aber der mit der Igelfrisur ist kein Journalist, oder? Der ist einer von den Dieben?«

Er schaute mich erstaunt an. »Wow. Den kennst du auch?«

»Mit dem waren Sie im Café. Und als er in der Fabrikhalle war, waren Sie auch da.«

»Stimmt«, sagte er und schaute noch erstaunter. »Hast du

mich etwa beschattet? Du solltest wirklich zu den Bullen. Ich bin übrigens Ben.«

»Ich weiß.«

Er lachte. »Klar weißt du das. So langsam glaube ich, du kennst sogar die Farbe von meiner Zahnbürste.«

»Grün.«

Und da hörte er vor lauter Verblüffung auf zu lachen.

»Ich war bei Ihnen im Bad«, sagte ich. »Aber was ist mit Jonas? Der ist doch dann auch kein Tierdieb, oder?«

»Nee. Jonas und ich arbeiten zusammen, wenn wir nicht gerade Krach haben. Und wir waren neun Jahre lang ein Paar.«

Ich habe bestimmt ziemlich blöd geguckt, weil er noch hinterhergeschoben hat: »Ein Liebespaar. Verstehst du? Wir haben zusammengelebt.«

»Echt jetzt?«

Wahrscheinlich dachte er, ich lebte hinterm Mond und hätte noch nie von schwulen Männern gehört, aber das war es gar nicht. Ich kapierte nur einfach nicht, dass Jonas … Also, der Jonas.

Mein Jonas.

Den fand ich nämlich schon toll. Auch wenn ich nicht in ihn verliebt war. Natürlich nicht. Ich war überhaupt kein bisschen in irgendwen verliebt. Und ich werde mich auch nie verlieben. Das geht ja sowieso nur in die Hose.

»Bist du jetzt schockiert?«, fragte Ben.

»Nein, gar nicht. Nur …«, habe ich rumgestottert.

»Na ja. Ist jetzt auch nicht mehr wichtig. Letzten Monat haben wir uns nämlich leider getrennt. Jonas ist ausgezogen. Und Mr Bond hat er mitgenommen.«

»Warum?«

»Warum er Mr Bond mitgenommen hat? Na, ich vermute mal, aus dem gleichen Grund, warum ich ihn nicht hergeben wollte. Weil er an ihm hängt.«

»Nein, warum Sie sich getrennt haben.«

»Na ja. Das ist jetzt ein bisschen zu privat. Aber zum Teil hatte es auch mit den Tierdiebstählen zu tun. Jonas wollte, dass wir die Fotos von den gestohlenen Papageien gleich veröffentlichen, um den Typen den Deal zu versauen, und ich wollte warten, bis ich eine gute Story zusammenhabe, und dann erst mit der ganzen Geschichte an die Öffentlichkeit. Er hat gedacht, es geht mir nur ums Prestige, aber das stimmte wirklich nicht. Ich habe gewusst, dass ich genug Material zusammenkriege, um die Typen zu überführen. Es hat eben nur ein paar Tage länger gedauert. Jonas hat das mittlerweile eingesehen und wir arbeiten jetzt wieder gemeinsam an der Geschichte. Wenigstens das. Morgen soll der Deal mit den Papageien über die Bühne gehen. Ich kaufe denen einen Hyazinthara ab, und Jonas fotografiert das Ganze, und damit sind sie dran. Der Rest ist Sache der Polizei. Eigentlich hätte das schon gestern passieren sollen, aber irgendwie haben die mitgekriegt, dass ihr Versteck aufgeflogen ist, und haben die Vögel erst mal woandershin geschafft.«

»Und wo sind die jetzt?«

»In dieser alten Fabrik. Dort, wo du mich gesehen hast, als ich den Transporter verfolgt habe. Warum hab ich dich da eigentlich nicht bemerkt? Wahrscheinlich war ich zu sehr auf die beiden Typen konzentriert, die die Halle gecheckt haben.«

»Der eine Typ hat nicht dazugehört«, sagte ich. »Das war mein Bruder. Der ist nur da gewesen, weil er heute Abend eine Party in der Fabrikhalle macht. Der hat einen Lautsprecher von dem Igel gekauft. Wahrscheinlich war der auch gestohlen, aber Igor kann nichts dafür. Der weiß auch gar nichts von den Papageien.«

»Wie? In der alten Fabrik findet heute Abend eine Party statt? Und dein Bruder weiß nichts von den Papageien? Das ist schlecht. Das ist aber sehr schlecht!«

»Warum?«, fragte ich und mein Mund war plötzlich ganz trocken. »Warum ist das schlecht?«

»Das sind Anfänger, kleine kriminelle Vollidioten«, sagte Ben. »Aber falls die heute dort auftauchen, weil sie ihre Vögel füttern wollen oder warum auch immer, und dein Bruder kommt ihnen in die Quere, dann weiß ich nicht, wie die reagieren. Wir müssen ihn unbedingt warnen.«

»Ich hab vorhin schon bei ihm angerufen«, flüsterte ich, weil meine Stimme fast verschwunden war. »Aber ich hab nicht verstanden, was er gesagt hat. Da war immer nur so ein Krächzen.«

Ben wühlte in seiner Jackentasche und holte sein Handy raus. »Gib mir mal die Nummer von deinem Bruder.«

»Die weiß ich nicht auswendig. Und mein Handy geht nicht mehr an. Der Akku ist alle.«

»Und die Nummer von deinen Eltern? Oder deiner Schwester?«

Ich schüttelte den Kopf. Es gab nur eine Nummer, die ich auswendig kannte, und das war die von Paulina.

»Okay, dann fahren wir jetzt zu der Fabrikhalle«, sagte Ben. »Mein Auto steht rechts die Straße runter. Lauft schon mal los. Ich hole die Schlüssel.«

26. Kapitel

Oh Mann, wir saßen in einem Porsche, und trotzdem hatte ich das Gefühl, wir kamen nicht voran. Ich wäre ja mit 180 Sachen durch die Stadt gebrettert, um schneller an der Halle zu sein, aber Ben meinte, mit kleinen Kindern, die ohne passenden Sitz im Auto saßen, und einem Hund, der auf der Beifahrerin rumturnte, würde er sicher nicht rasen wie ein Bekloppter. Und dass ich mir keine Sorgen machen sollte, weil die Tierdiebe garantiert nicht auftauchten, wenn die mitkriegten, dass dort eine Party lief. Aber das beruhigte mich nicht richtig, weil ich mir überlegt hatte, dass sie vielleicht schon vor der Party gekommen waren, als Igor allein da war. Und als Ben dann noch sagte, dass er Jonas angerufen hatte und der auch zur Halle kam, regte ich mich noch viel mehr auf, weil ich den schon mal gar nicht sehen wollte. Nie mehr. Der hatte mich so übel belogen und dann auch noch behauptet, ich würde ihn stalken. Der war echt das Letzte.

»Wie soll er uns denn helfen, mit seinen ganzen Gipsen?«, fragte ich Ben, weil ich hoffte, dass er ihn vielleicht noch mal anrief und sagte, dass er doch nicht kommen soll.

»Der hat keinen Gips mehr«, sagte Ben. »Hat er gestern abgekriegt. Super, oder?«

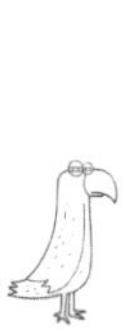

Ich nickte stumm.

»Wo setzen wir die beiden eigentlich ab?«, fragte Ben und deutete mit dem Kopf in Richtung der Gremlins, die auf der Rückbank saßen und Rennfahrergeräusche von sich gaben.

»Die kommen mit. Bei denen ist keiner daheim und ich passe auf sie auf.«

»Kannst du niemanden erreichen, damit er sie übernimmt?«

Ben schob mir sein Handy hin.

Ich versuchte, Paulina anzurufen, obwohl ich echt Angst hatte, dass sie mich gleich anschrie, weil ich die Gremlins zu Monsterauge mitgenommen hatte. Aber es ging nur ihre Mailbox an.

»Pauli, ich bin's«, habe ich ihr draufgesprochen. »Wir sind bei Monsterauge. Im Auto. Aber ich kann nichts dafür, ehrlich, wir sind nur Mr Bond hinterhergerannt, und jetzt kann ich Igor nicht erreichen und –«

»Sag ihr lieber, dass alles in Ordnung ist, sonst macht sie sich Sorgen«, mischte sich Ben ein.

»Pauli, ich soll dir sagen, dass alles in Ordnung ist. Hörst du? Es wird alles gut.«

Und damit legte ich auf.

»›Monsterauge‹, na, vielen Dank auch«, sagte Ben und grinste mich an. »Nennen die beiden Gnome mich auch so?«

»Ja, weil du nämlich so eine komische Brille hast«, erklärte ihm Marek.

»Mit der hast du den Pinguin totgemacht«, sagte Matti.

»Aber Toni hat ihn wieder ganz gekriegt.«

»Welche Drogen tun die noch mal in Hundekekse?«, fragte mich Ben.

»Das ist alles ziemlich kompliziert«, habe ich gesagt. »Das erkläre ich Ihnen, wenn wir Igor gefunden haben.«

Ich hatte gerade echt keine Nerven für die Gremlins und ihre Pinguinmacke. Ich machte mir Sorgen um meinen Bruder.

Ein paar Minuten später stoppte Ben an einer Straßenbahnhaltestelle.

»Ich lass euch drei hier raus. Ist besser, wenn ich das allein mit Jonas erledige.«

Aber das konnte er sich abschminken.

»Ich muss mit«, sagte ich. »Auf jeden Fall. Das ist schließlich mein Bruder. Sie wissen doch nicht mal, wie er aussieht.«

»Toni. Ich gehe davon aus, dass alles okay ist, wenn wir kommen, aber ich weiß es einfach nicht. Ich kann die Kleinen und dich nicht in eine unübersichtliche Situation bringen.«

»Wir können doch erst mal im Auto sitzen bleiben. Bis Sie wissen, was los ist. Bitte!«

»Ich will mit Toni mit«, sagte Matti, und Marek sagte: »Ich aber auch.«

Ben schüttelte den Kopf und stöhnte, aber er fuhr mit uns weiter.

Im Industriegebiet war es noch viel dunkler als in der Stadt. Es gab kaum eine Straßenlaterne und an den Gebäuden brannten nur funzlige Lichter. Niemand war unterwegs. Es fuhren noch nicht mal Autos. Mir fiel ein, dass ich ja eigentlich vorgehabt hatte, heute Abend allein mit Paulina hier rumzulaufen, und ich war echt erleichtert, dass wir das nicht gemacht hatten. Das wäre richtig gruselig geworden.

Erst ab dem Brachgelände parkten ein paar Wagen am Straßenrand. Und je näher wir an die Halle kamen, desto mehr wurden es.

»Scheint ganz schön was los zu sein«, sagte Ben. »Das ist ein gutes Zeichen. Wenn was mit deinem Bruder wäre, würde hier bestimmt keine Party steigen.«

Dann kam die Einfahrt zur Fabrikhalle. Ben fuhr daran vorbei und bog wieder auf den Parkplatz ab, der zu der Möbelspedition daneben gehörte. Dort standen auch schon ein paar Autos.

»Hört mal«, sagte er und löste seinen Sicherheitsgurt. »Ich nehme euch lieber mit rein. Ich will nicht, dass ihr allein im Auto sitzt, falls sich irgendwer Komisches hier draußen rumtreibt.«

»Und Mr Bond?«

Ben zögerte kurz. »Den nehme ich auch mit. Sicher ist sicher. Ich parke euch einfach an der Bar.«

Vor dem Eingang zur Halle standen bestimmt dreißig oder vierzig Leute. Allein wären Ben und ich wahrscheinlich gar nicht aufgefallen, manche Mädchen sahen nämlich gar nicht so viel älter aus als ich, aber mit den Gremlins im Schlepptau und Mr Bond auf Bens Arm waren wir ein echter Hingucker.

»Wow. Der bringt seine ganze Blase mit«, sagte irgendwer in der Menge, als Ben uns einen Weg zum Eingang bahnte. Ich wollte anhalten und ihm sagen, dass es schließlich mein Bruder war, der die Party hier organisiert hatte, weil ich so stolz war, dass dermaßen viele Leute zu seiner Veranstaltung wollten, aber die Gremlins zogen mich weiter.

Und als wir dann in der Halle standen, war ich einfach nur

noch baff und Matti und Marek auch. Die waren plötzlich ganz still.

Es war so gigantisch, was Igor hingekriegt hatte. Der Saal war total verwandelt und rappelvoll mit tanzenden Leuten. An den Seiten der Tanzfläche standen riesige Scheinwerfer, die mit roter und grüner Folie beklebt waren, und von der Decke hing eine Discokugel, die sich superschnell drehte und ein völlig irres Licht machte. Keine Ahnung, wie Igor die da oben hingekriegt hatte.

Ben beugte sich zu mir runter. »Wird nicht leicht, deinen Bruder hier zu finden.« Er musste schreien, weil die Musik so laut war. »Kann man den an irgendwas erkennen? Hast du ein Foto von ihm auf dem Handy?«

»Mein Akku ist doch leer!« Ich war richtig froh drüber. Dann musste ich wenigstens nicht zugeben, dass man mit meinem Handy keine Fotos machen konnte. »Aber der steht bestimmt bei der Musik, dahinten rechts.«

Ich habe versucht, über die Menge rüber zur Anlage zu schauen, doch ich war viel zu klein.

»Ich geh da mal hin«, schrie Ben. »Aber ihr bleibt hier. Das ist ein viel zu großes Gedränge für die Jungs.«

An der Wand links vom Eingang stand ein altes Sofa. Dort schleppte er uns hin.

»Hier bleibt ihr, verstanden? Ich hole euch genau hier wieder ab, sobald ich ihn gefunden habe.«

Die beiden Mädchen, die schon auf dem Sofa saßen, lächelten Ben an und rückten ein Stück für die Gremlins und mich. Ich setzte mich neben sie und nahm Mr Bond auf den Schoß.

»Süß«, brüllte mir die eine ins Ohr. Sie hatte lange blonde

Haare, in die sie ein goldenes Tuch geknotet hatte. Das sah cool aus. »Bist du mit allen deinen Brüdern hier?«

»Nö«, brüllte ich zurück und wusste nicht recht, wen sie jetzt süß fand. Die Gremlins, die wie betäubt neben mir auf dem Sofa hingen, oder Ben, der in der Menge verschwunden war. Oder vielleicht auch Mr Bond. »Aber mein Bruder ist auch da. Der hat nämlich das alles hier organisiert.«

»Echt? Du gehörst zu Igor? Dann sag mir doch mal, wo der ist.«

»Wie? Macht der nicht die Musik?«

»Nee. Und das finde ich voll blöd. Erst sagt er groß, dass er hier eine Party macht, und dann haut er ab und lässt irgendeinen Spacko an die Musik«, beschwerte sich das Mädchen.

»Das kann nicht sein.«

Ich setzte Mr Bond auf Mattis Schoß und stieg aufs Sofa, um bis dahin sehen zu können, wo die Soundanlage aufgebaut war. Und da traf mich fast der Schlag:

An der Musikanlage, dort, wo Igor hätte sein müssen, weil es seine Party war, stand der Igel. Steve.

Meine Beine fingen an zu zittern und ich ließ mich aufs Sofa fallen.

»Glaubst du's jetzt?«, fragte das Mädchen.

Doch ich hörte gar nicht hin. Die Musik war plötzlich viel zu laut. Und viel zu viele Menschen waren hier, und ich dachte, ich müsste ersticken. Ich konnte hier nicht bleiben und auf Ben warten.

Ich sprang vom Sofa und nahm Mr Bond auf den Arm.

»Bin gleich wieder da«, sagte ich zu Matti und Marek. »Bleibt einfach hier sitzen, ja?«

Sie blinzelten mich müde an.

»Ich pass auf sie auf«, sagte das Mädchen. »Kein Ding.«

»Danke!«

Ich rannte los. Ich musste Ben suchen, der wusste ja gar nicht, dass Steve nicht Igor war, oder nein, ich musste zu Steve, er musste mir sagen, was er mit Igor gemacht hatte, oder nein, ich musste zu Igor, ich musste ihn finden, alles andere war Zeitverschwendung, aber wo sollte ich bloß anfangen, ihn zu suchen, und in welcher Richtung war noch mal die Soundanlage? Schon nach zwei Schritten hatte ich überhaupt keine Orientierung mehr, weil überall Leute standen, die viel größer waren als ich und mir jede Sicht versperrten. Und alle tanzten und schwitzten und latschten mir auf die Füße und schubsten mich rum, und Mr Bond wog plötzlich zehn Tonnen, und mit jedem Meter, den ich ihn schleppte, wurde es noch eine Tonne mehr, aber ich konnte ihn nicht runtersetzen, weil seine Leine im Auto war. Ich keuchte wie ein Nilpferd und kriegte trotzdem keine Luft.

»Toni, bist du das? Was machst du denn hier?«

Ein Mädchen mit aufgelöstem Zopf und verschwitztem Gesicht hielt mich an der Jacke fest. Es dauerte eine Weile, bis ich sie erkannte. Igor war mal mit ihr zusammen gewesen. Aber nicht lange. Ich hatte sie nur zwei-, dreimal bei uns am Frühstückstisch gesehen und ihren Namen vergessen. Oder wahrscheinlich hatte ich ihn gar nie gewusst.

»Alles okay mit dir?«, schrie sie gegen die Musik an und schaute auf Mr Bond, der völlig geplättet war von dem Lärm und dem Chaos.

»Ich suche Igor«, schrie ich zurück.

»Den habe ich den ganzen Abend noch nicht gesehen. Ich

verstehe gar nicht, warum der heute nicht die Musik macht. Der ist wie vom Erdboden verschluckt. Das hat's noch nie gegeben.«

Wie vom Erdboden verschluckt. Ich sah es direkt vor mir: Wie sich eine riesige Gletscherspalte auftat und Steve meinen Bruder in die Tiefe stieß. Und dann warf er lachend noch ein paar Papageien hinterher.

Mein Atem raste. So wie mal beim Zahnarzt, als ich auch immer schneller geatmet habe, obwohl ich das gar nicht wollte. Bis ich schließlich ohnmächtig im Behandlungsstuhl zusammengesackt bin. Das war eine Superaktion. Danach musste Valli mich jedes Mal begleiten.

Ich drückte Mr Bond gegen mich und schaute zu, wie ich ihn mit meinem Bauch immer vor- und zurückschob, wenn ich ein- und ausatmete. Das habe ich mal auf einer Medizinseite im Internet gelesen. Das soll helfen, dass man wieder normal Luft holen kann. Eigentlich macht man das natürlich ohne Hund und legt sich nur die Hand auf den Bauch. Dann geht's auch viel leichter.

Igors Ex bückte sich und sah mir ungefähr so in die Augen wie der Zahnarzt damals.

»Ist alles okay bei dir?«

»Ja«, atmete ich und hatte dabei alle Mühe, Mr Bond festzuhalten. Er zappelte wie ein haariger Walfisch. Wahrscheinlich hatte ich zu fest auf ihn draufgedrückt.

»Brauchst du jemanden, der euch heimfährt?«

»Nein danke, alles gut.« Ich versuchte, sie anzulächeln, damit sie beruhigt war. Aber so, wie sie zurückschaute, sah es nicht so aus, als ob mir das geglückt wäre.

»Ich such mal weiter«, sagte ich schnell und schob mich wieder in die Menge. Für besorgte Exfreundinnen hatte ich keine Nerven.

»Frag mal Moritz, der hat hier mit aufgebaut, vielleicht weiß der was«, rief sie mir hinterher. »Der steht an der Bar!« Sie deutete auf eine gestreifte Mütze, die weiter vorne über die Menge ragte.

Moritz, klar. Der riesengroße Typ. Ab und zu war ich ihm schon bei uns in der Wohnung begegnet, aber Igor schmiss mich immer aus dem Wohnzimmer, wenn er da war.

Mit Mr Bond kämpfte ich mich zu ihm durch. Er stand mit noch zwei Freunden von Igor, die ich flüchtig kannte, hinter einer Bar aus Ziegelsteinen und verkaufte flaschenweise Bier und manchmal auch Cola.

Ich quetschte mich an den Bierkästen vorbei, die hinter ihnen aufgebaut waren, und stellte mich neben ihn.

»Weißt du, wo Igor ist?«, schrie ich ihm zu, aber er hörte mich nicht. Seine Ohren waren viel zu weit oben. Erst als ich ihn mit dem Ellbogen anrempelte, drehte er sich zu mir um.

»Igor. Ich suche Igor«, brüllte ich.

Er beugte sich runter und schrie mir ins Ohr: »Frag mich nicht, wo der ist. Wir sind nach dem Aufbau Pizza holen gegangen und in der Zeit ist er mit irgendeinem Mädchen verschwunden und hat diesen Affen an die Musik gelassen.«

»Hä? Mit welchem Mädchen denn?«

»Keine Ahnung, ich hab sie ja nicht gesehen. Das hat mir der Typ erzählt, den er als Vertretung angeheuert hat. Und der macht so eine Kackmusik, dafür könnte ich deinen Bruder echt umlegen.«

Er richtete sich wieder auf und teilte weiter Bierflaschen aus.

Man konnte meinen, die Leute hier waren alle am Verdursten.

Ich haute ihm noch mal meinen Ellbogen gegen das Bein.

»Du, ich bin hier beschäftigt«, schrie er. »Was ist denn noch?«

»Ich glaub nicht, dass der mit einem Mädchen weg ist«, schrie ich zurück. »Dem war die Party doch viel zu wichtig!«

Moritz grinste von oben runter und brüllte: »Mädchen sind aber auch wichtig.«

»Das ist kein Spaß!«, brüllte ich noch lauter. »Igor ist entführt worden. Der Typ, der die Musik macht, hält ihn irgendwo gefangen.«

Er tauschte einen leeren Bierkasten mit einem vollen aus und lachte. »Was hast du denn eingeworfen? Lass Igor mal in Ruhe. Der wird stinksauer, wenn du ihn jetzt störst. Und er taucht bestimmt bald von allein wieder auf.«

Mann, war der blöd. Der hätte doch wissen müssen, dass Igor seine Party niemals freiwillig verlassen hätte. Und erst recht nicht wegen einem Mädchen. Die interessierten ihn gar nicht so besonders, auch wenn sie das immer dachten.

Ich tauchte wieder in die Menge. Wo war überhaupt Ben? Und Jonas, wo war der, sollte der nicht auch schon längst hier sein, warum half mir denn keiner, war denen womöglich auch schon was passiert, waren jetzt alle weg, und die Gremlins saßen ganz allein auf dem Sofa, und ich fand ja nicht mal mehr zu ihnen zurück. Ich hing fest zwischen diesen Leuten, die nach Bier schrien und rumzappelten und stampften, und jetzt fing auch das mit dem Atmen wieder an, und Mr Bond war so schwer, so furchtbar schwer, und die Musik wurde immer noch lauter, und um mich herum wurde es immer noch enger und alle waren viel zu groß, und plötzlich konnte ich nicht mehr.

Ich bleibe jetzt einfach stehen und schreie los, dachte ich, und dann geht die Musik aus und alle fallen um und nur ich stehe da und Igor und er schaut mich an und es ist gut. Denn als ich ihn angerufen habe, war auch keine Musik gewesen, nur ein Krächzen. Und das war von den Papageien gekommen, mit einem Mal wusste ich es genau. Und dann war alles klar in meinem Kopf und ich konnte wieder denken.

Hinter der großen Halle war ein Gang, das hatte Igor mir erzählt. Und dass es da noch ein paar kleinere Räume gab. »Verliese« hatte er sie genannt. Wenn die Papageien irgendwo versteckt waren, dann dort. Und Igor auch. Hoffentlich. Denn das auf seinem Handy war doch wirklich ein Krächzen gewesen.

Ich schob mich durch die Menge bis zur Wand. Irgendwo musste es eine Tür zu dem Gang geben. Wenn ich mich immer am Rand hielt, würde ich sie finden.

Ich lief hinter den Scheinwerfern entlang, dort war viel weniger Gedränge, und dann entdeckte ich sie tatsächlich. Eine große Stahltür hinter der Soundanlage. Man kam nur hin, wenn man direkt an Steve vorbeimarschierte.

Es war unmöglich, dass er einen nicht bemerkte.

Es sei denn, jemand lenkte ihn ab.

Die Gremlins lagen auf dem Sofa und schliefen, als ich sie endlich wiederfand.

»Hast du Igor entdeckt?«, fragte die Blonde mit dem goldenen Tuch und streichelte über Mareks Haare.

»Nein. Der ist verschwunden. Ich bin mir sicher, dass er entführt worden ist.«

Sie lachte, genau wie schon Moritz.

»Mach dich nicht verrückt«, sagte sie. »Dein Bruder taucht immer mal wieder ab, wenn's ihm zu viel wird.«

Ich sagte nichts mehr dazu. Es hatte keinen Sinn.

Erschöpft setzte ich Mr Bond auf dem Boden ab und schüttelte meine lahmen Arme aus. Dafür, dass er so klein war, war er schon sehr schwer.

Dann rüttelte ich Matti und Marek wach. Sie blinzelten mich aus müden Augen an.

»Ich weiß jetzt, wo's Cola gibt«, sagte ich. »Ich hab euch doch eine Limo versprochen, aber jetzt kriegt ihr sogar Cola. Jeder eine ganze Flasche für sich.«

»Ich auch«, sagte Marek und war mit einem Mal wieder ganz wach.

»Ja, klar, sag ich doch.«

»Meinst du nicht, die sind noch ein bisschen klein dafür?«, fragte das Mädchen. »Manche Kinder drehen völlig auf wegen dem Koffein, das in der Cola ist.«

»Ich muss sie mitnehmen«, sagte ich. »Anders geht's nicht.«

Matti und Marek krallten sich in meiner Hose fest, als ich mich wieder mit Mr Bond auf dem Arm durch die Leute schob, die am Rand der Tanzfläche standen. So schafften wir es bis zur Bar.

Ich erbettelte zwei Flaschen Cola von Moritz, aber als ich ihn fragte, ob er auch Strohhalme hätte, schüttelte er nur den Kopf und sagte, ob mir eigentlich klar wäre, dass das kein Kindergeburtstag sei und dass er Igor jetzt noch viel mehr umbringen würde, wenn er wiederkäme, weil er sich nicht um mich kümmerte. Doch ein anderer Typ an der Bar hatte tatsächlich ein paar Strohhalme dabei und gab mir zwei ab.

Und dann bahnte ich uns einen Weg zur Soundanlage, wo Steve stand. Zu viert kamen wir viel besser voran als zu zweit, weil uns die Leute schneller Platz machten. Vielleicht hatten sie Angst, dass die Gremlins ihnen Cola auf die Schuhe kippten.

Als wir in der Nähe von Steve waren, hockte ich mich zu Matti und Marek runter, die sich immer noch an meiner Hose festhielten. Die war bestimmt schon ausgeleiert.

»Wir tun jetzt noch mal so, als ob«, sagte ich. »Wie im Zoo und wie vorhin in dem großen Haus.«

»Sagen wir wieder das mit der Oma?«, fragte Matti.

»Nein, dieses Mal tut ihr so, als ob ihr eure Schwester aus den Augen verloren habt, und deshalb geht ihr zu dem blonden Mann mit den Stacheln auf dem Kopf und fragt ihn, ob er sie für euch ausrufen kann, damit sie euch abholen kommt. Der hat nämlich ein Mikrofon. Habt ihr das verstanden?«

Marek schüttelte den Kopf.

»Pauli soll aber gar nicht kommen, weil die nimmt mir die Cola weg.«

»Und die schimpft dann mit dir«, sagte Matti.

Oh ja, da war ich mir sicher. Aber darüber wollte ich gar nicht nachdenken.

»Paulina kommt ja nicht in echt, wir tun doch wieder nur so, als ob. Niemand nimmt euch die Cola weg. Ihr geht jetzt zu dem Typ und sagt das mit eurer Schwester, und danach stellt ihr euch hier an den Rand, trinkt in aller Ruhe die Cola aus und wartet auf mich. Ich hole schnell meinen Bruder und dann fahren wir alle zusammen heim und ihr kommt endlich ins Bett. Okay?«

»Ich bin aber gar nicht müde«, sagte Matti und rülpste.

Marek gluckste vor Lachen. Sie quetschten sich zwischen den

Tanzenden durch bis zu Steve und zogen ihn so fest an der Hose, dass ich dachte, er stünde gleich ohne da.

Als er sich genervt zu ihnen umdrehte, rannte ich an ihm vorbei und schlüpfte durch die Tür.

Dahinter war es wie in einer anderen Welt. Kalt, dunkel und still. Ich setzte Mr Bond auf den Boden, machte zwei Schritte nach vorne und krachte voll gegen eine Wand. Es dauerte eine Weile, bis ich raushatte, in welche Richtung ich gehen musste, ohne direkt wieder gegen irgendwas zu knallen, weil es wirklich stockdunkel war. Normale Menschen hätten jetzt die Taschenlampe an ihrem Handy angemacht und wären ganz entspannt hier langgelaufen. Nur ich nicht. Weil mein Handy so was natürlich nicht hatte. Ich schlug mir lieber den Kopf an und lief dem Geklacker von Mr Bonds Pfoten hinterher. Der hatte das Im-Dunkeln-Sehen nämlich eindeutig besser drauf als ich.

Aber weit kamen wir trotzdem nicht. Mr Bond blieb so plötzlich stehen, dass ich über ihn stolperte und mich an irgendetwas Hartem stieß. Dass es eine Türklinke war, kapierte ich, als die Tür aufging. Eine Taschenlampe leuchtete mich an und irgendwer sagte »Scheiße«.

Danach war es wieder dunkel, und ich fing an zu schreien, weil mich jemand unter den Achseln gepackt hatte und wegschleifte. Mr Bond bellte wie wild, bis der Typ, der mich wegschleppte, ihm einen Tritt versetzte. Er heulte auf und rannte davon.

Ich lag auf dem Boden eines kleinen, fensterlosen Raums, in dem ein paar Papageien einen Höllenlärm veranstalteten. Bestimmt war das eines der Verliese, von denen Igor gesprochen

hatte. Eine Taschenlampe lag neben meinem Kopf und spendete ein bisschen Licht. Ein ziemlich dicker Mann stand an der offenen Tür und horchte nach draußen.

Ich sprang auf und versuchte, an ihm vorbei aus dem Verlies zu rennen, aber er stieß mich zurück.

»Du bleibst hier«, knurrte er und schaute mich böse an. »So eine wie du hat mir grade noch gefehlt.«

Seine Stimme klang dumpf, weil er einen Strumpf oder so was übergezogen hatte, der Mund und Nase verdeckte. Man konnte nur seine kleinen, fiesen Augen sehen, die zu eng beieinanderstanden. Sie erinnerten mich an irgendjemanden, aber ich wusste nicht mehr, an wen.

»Lassen Sie mich raus!« Ich versuchte, so zu klingen, als ob ich keine Angst hätte, aber das klappte nicht, denn ich zitterte dermaßen, dass meine Zähne aufeinanderschlugen. Wahrscheinlich hatte das Strumpfgesicht nicht mal verstanden, was ich gesagt hatte. Und dann war ich sowieso ruhig, weil er mir ein Klebeband auf den Mund klatschte. Nur die Papageien in ihren Käfigen machten weiter Krach. Blaumaskenamazonen, Palmkakadus, Taubenhalsamazonen und Hyazintharas. Die hatte ich doch unbedingt mal in echt sehen wollen, aber das war lange her. Jetzt schauten sie zu, wie meine Hände mit Klebeband auf dem Rücken gefesselt wurden.

Als er damit fertig war, packte Strumpfgesicht mich im Nacken und öffnete die Tür. Er schob mich aus dem Verlies und weiter den Gang entlang. Mit seiner Taschenlampe leuchtete er auf den Steinboden vor uns. Die ganze Zeit lag seine riesige Hand in meinem Nacken, und ich habe gedacht, wenn ich mich nur einmal falsch bewege, bricht er mir den Hals. Ich hätte so gern nach Mr Bond Ausschau gehalten, ich hatte Angst, dass er verletzt im Gang lag, aber ich konnte den Kopf nicht drehen.

Am Ende des Gangs war wieder eine Stahltür und dort schleppte Strumpfgesicht mich hin.

Der Hof, in den wir kamen, war klein, und es war niemand zu sehen. Nur der weiße Transporter von Steve stand mitten auf dem Platz, mit offener Seitentür, und aus seinem Inneren kam ein Gekrächze, das mindestens genauso laut war wie das im Verlies. Strumpfgesicht zog mich zum Wagen und schubste mich auf die Ladefläche. Dann schob er die Tür von außen zu und schloss den Wagen ab. Ich war wieder gefangen.

Aber wenigstens brannte vorne im Auto ein funzliges Deckenlicht, und ich konnte sehen, wo ich gelandet war.

Direkt neben mir standen fünf Vogelkäfige. In den beiden oberen waren Palmkakadus, die ihre schwarzen Hauben so hoch aufgestellt hatten, dass sie das Gitter streiften, und in den drei unteren saßen Blaumaskenamazonen. Und alle machten einen irren Krach.

Ich beugte mich über die Käfige. Dahinter bewegte sich etwas. Vorsichtig quetschte ich mich an den Papageien vorbei, und dann war ich einfach nur unendlich erleichtert. Denn dort, auf dem Wagenboden, lag Igor, an Händen und Füßen gefesselt und mit zugeklebtem Mund. Als er mich sah, versuchte er, sich aufzusetzen, aber es klappte nicht, weil er mit seinen Händen an einem Haken festgebunden war, der im Boden steckte.

Irgendwie musste ich ihn da wegkriegen.

Ich stupste ihn mit dem Fuß an und machte komische Grunzgeräusche, damit er kapierte, dass er sich, so weit es ging, auf den Bauch drehen musste. Nur so hatte ich eine Chance, mit meinen gefesselten Händen an seine ranzukommen. Ich setzte mich halb auf ihn drauf und lehnte mich ganz weit zurück, bis ich seine Hände berühren konnte. Es war voll kompliziert und kam mir vor wie eine von diesen endlos bescheuerten Gymnastikübungen, die bei anderen Mädchen immer supertoll aussahen, und nur bei mir dachte jeder, dass man mich danach auseinandersägen und neu zusammensetzen müsste. Die ganze Zeit hatte ich Angst, dass ich hintenüberkippte und Igor und ich uns ineinander verhakten und wie ein idiotisches Lebendknäuel auf dem Boden liegen blieben, bis Strumpfgesicht zurück war.

Und dann kam tatsächlich jemand über den Hof. Er bückte sich vor dem Auto und stellte etwas ab. Ich konnte ihn ächzen hören, und ich dachte, ich dreh durch, weil das garantiert Strumpfgesicht war, der die restlichen Papageienkäfige aus dem Verlies trug. Wenn er alle beieinanderhatte, packte er sie in den Transporter und fuhr davon, mit Igor und mir und allen dreizehn Papageien, und brachte uns irgendwohin, wo uns niemand mehr helfen konnte.

Vor lauter Panik fing ich an zu zittern und konnte überhaupt nicht mehr damit aufhören und das Klebeband kriegte ich so natürlich überhaupt nicht ab.

Da fing Igor an zu summen. Ganz leise. Er summte »Weißt du, wie viel Sternlein stehen«, wie Mama früher, wenn sie mich ins Bett brachte. Erst sang sie alle Strophen und danach summte sie nur noch die Melodie, bis ich eingeschlafen war. Keine Ahnung, wie Igor auf die Idee gekommen war, aber es funktionierte.

Ich wurde wirklich ruhiger und schaffte es, seine Hände freizukriegen.

Leider hörte er dann sofort auf zu summen, riss sich das Klebeband vom Mund und meckerte mich erst mal an: »Toni, spinnst du eigentlich? Was willst du hier?« Typisch mein Bruder.

Da habe ich mir echt gewünscht, dass sein Mund noch eine Weile zugeklebt geblieben wäre. Und antworten konnte ich ihm ja sowieso nicht, weil mir noch keiner irgendein Klebeband weggemacht hatte. Deshalb habe ich nur genervt meine Augen verdreht, und er hat immerhin kapiert, dass er mir vielleicht auch mal das Klebeband vom Mund reißen sollte.

Während Igor an dem Klebeband nestelte, mit dem meine Hände zusammengebunden waren, erzählte ich ihm schnell das Wichtigste, nämlich, dass Jonas und Ben auch hier waren und sich Steve bestimmt schon auf der Party vorgeknöpft hatten.

»Wie? Die Party läuft? Ohne mich?«, fragte Igor.

»Ja. Steve hat allen gesagt, dass du mit einem Mädchen weg bist. Und dass er für dich die Musik machen soll.«

Igor blieb fast die Luft weg vor Wut. »Das gibt's doch nicht. Der zieht vorne die Party ab, damit sein Kumpel hinten in aller Ruhe die Vögel abtransportieren kann. Und der legt hundertpro die letzte Schrottmusik auf.«

Er regte sich dermaßen auf, dass es ewig dauerte, bis er das Klebeband von meinen Händen weggepult hatte. Ich glaube, sogar Papa hätte das schneller hingekriegt. Und er hätte auf jeden Fall viel weniger geflucht.

Ich war schon über die Papageienkäfige drübergeklettert und wollte die Seitentür vom Laderaum aufschieben, als es auf dem Hof plötzlich laut wurde. Strumpfgesicht riss die Fahrertür auf und sprang ins Auto. Ich duckte mich hinter seinen Sitz. Auf der Beifahrerseite stieg Steve ein und schrie: »Fahr los! Sofort!«

»Und was machen wir mit den beiden?«, schrie Strumpfgesicht zurück und deutete nach hinten.

»Die setzen wir vor der Grenze ab. Jetzt fahr endlich los.«

Strumpfgesicht ließ den Motor an und gab Gas. Und legte fast sofort eine derartige Vollbremsung hin, dass ich mit dem Kopf gegen seinen Sitz schlug und alle Käfige umfielen.

Die Papageien fingen an zu zetern und draußen bellte ein Hund wie verrückt.

»Hey, geht's noch?«, brüllte Steve.

Strumpfgesicht kurbelte das Seitenfenster runter und schrie: »Haut ab hier, sofort!«

»Wir sind aber Toter Pinguin!«, kam es vom Hof.

Die Gremlins.

Er drückte auf die Hupe.

»Wird's bald? Sonst fahr ich euch um.«

»Toni muss kommen!«

Die Gremlins spielten Toter Pinguin und standen im Weg.

Von weiter weg hörte ich Schreie.

Und Strumpfgesicht gab Gas.

Ich habe gar nichts gedacht. Ich sprang einfach nur nach vorne, voll auf Strumpfgesicht drauf, und riss den Schlüssel aus dem Zündschloss.

Gleichzeitig hechtete Igor zu Steve und umklammerte ihn von hinten.

Strumpfgesicht versuchte, mich festzuhalten und mir den Schlüssel aus der Hand zu winden, aber ich trat wie wild um mich und schaffte es, den Schlüssel nach hinten zu den Papageien zu werfen. Im gleichen Moment machte sich Steve von Igor los und donnerte ihm die Faust ins Gesicht. Igor brüllte, während Steve aus dem Auto sprang und mit Riesenschritten davonrannte.

Ich stieß mich von Strumpfgesicht ab und warf mich auf die Beifahrerseite, aber weil ich so viel Schwung hatte, segelte ich über den Sitz rüber, rollte aus dem Auto und landete mit Karacho auf dem Pflaster vom Hof. Das tat ganz schön weh.

Als ich mich aufsetzte, standen die Gremlins neben mir.

»Spielst du auch Toter Pinguin?«, fragte Matti. »Da musst du aber erst mal stehen.«

»Sollen wir jetzt dich retten?«, fragte Marek und zog mich am Arm.

Aber bevor ich ihnen antworten konnte, schrie jemand meinen Namen. Plötzlich waren Valli und Paulina da, keine Ahnung, wo die herkamen. Valli riss mich auf die Füße und schleppte mich weg, und Paulina packte die Gremlins und lief uns hinterher.

Ich fühlte mich so schrecklich, weil Matti und Marek wegen mir fast totgefahren worden wären, dass ich Paulina gar nicht ansehen konnte. Und sie schaute auch nicht zu mir. Sie stellte sich ganz hinten in die Ecke des Hofs und hielt ihre Brüder im Arm.

Auch Valli sagte kein Wort. Sie hielt mich einfach nur fest. Ich war so froh, dass sie da war, aber ich konnte nicht aufhören zu zittern.

Ben und Jonas hatten Strumpfgesicht aus dem Wagen gezerrt. Mr Bond sprang um sie herum und bellte und versuchte immer wieder, ihn ins Bein zu beißen, aber so richtig traute er sich dann doch nicht. Dabei hätte Strumpfgesicht das voll verdient, so übel, wie der vorhin Mr Bond getreten hatte.

Nachdem Jonas Strumpfgesicht mit demselben Klebeband

gefesselt hatte, das der für uns benutzt hatte, zog Ben ihm den Strumpf vom Kopf. Und da wusste ich, woher ich ihn kannte. Er war der Tierpfleger im Zoo gewesen, der mich fast erwischt hatte, als ich den Pinguin zurückschmuggelte. Ich konnte es kaum glauben. Da hatte jemand einen so tollen Beruf und wurde trotzdem zum Verbrecher und stahl genau die Tiere, die er eigentlich beschützen sollte.

Das war doch total deprimierend.

Igor stieg aus dem Transporter. Er torkelte auf uns zu und hielt sich die Nase. Zwischen seinen Fingern tropfte Blut. Valli ließ mich vorsichtig los und rannte zu ihm hin. Sie setzte sich mit ihm mitten auf den Hof, direkt neben die Käfige mit den Papageien, die Strumpfgesicht dort abgestellt hatte, und leuchtete seine Nase mit der Lampe von ihrem Handy ab. Und plötzlich schrie Igor lauter als alle Papageien zusammen und schubste sie weg. Valli runzelte die Stirn und sagte, dass er sich nicht so anstellen solle, sie hätte nur kurz an seiner Nase gewackelt, um rauszukriegen, ob sie gebrochen wäre, und das wäre sie nämlich nicht. Ich hätte nicht gedacht, dass man das durch Wackeln so schnell rausfinden kann. Aber damit Igor sich wieder einkriegte, machte Valli seine Nase danach noch supervorsichtig mit einer Million Papiertaschentücher sauber.

Ich stand einfach da und schaute ihnen zu, und ganz allmählich begriff ich, dass es vorbei war.

Langsam ging ich zurück zum Lieferwagen und kletterte auf die Ladefläche. Die Blaumaskenamazonen schimpften noch lauter und die Palmkakadus wollten ihre Hauben überhaupt nicht mehr einklappen. Vorsichtig stellte ich ihre Käfige wieder auf und setzte mich vor sie hin. Während ich mit ihnen redete, wurden sie ruhiger, und irgendwann hörte auch ich auf zu zittern.

Als Paulina auf die Ladefläche kletterte, habe ich so getan, als ob ich sie gar nicht hörte.

»Das sind also die berühmten Papageien«, sagte sie und setzte sich neben mich.

Okay, dachte ich. Bring ich's hinter mich.

»Ich musste die Gremlins mitnehmen«, sagte ich. »Ich konnte Mr Bond nicht im Stich lassen, als ich gesehen habe, dass Monsterauge ihn entführt. Aber ich wollte sie ganz bestimmt nicht in Gefahr bringen. Wirklich. Ich habe so versucht, auf sie aufzupassen.«

Ich konnte sie immer noch nicht anschauen.

»Hey, Toni. Du hast sie doch gerettet«, sagte Paulina und nahm mich in den Arm.

Und nach einer ganzen Weile, in der wir nur so dasaßen, konnte ich ihr endlich alles erzählen. Wie ich in der Wohnung von Monsterauge eingeschlossen war und dass wir den jetzt besser Ben nennen sollten und was er mir über die Tiermafia erzählt hatte und wie wir rausgekriegt hatten, dass Igor in Gefahr war.

»Bevor wir hierhergefahren sind, wollte ich Matti und Marek bei dir abgeben, ehrlich, aber ich hab dich nicht erreicht.«

Paulina schubste mich. »Das war echt die Hammernachricht«, sagte sie und machte mich nach: »Wir sind bei Monsterauge im Auto. Aber ich kann nichts dafür, wir sind nur Mr Bond hinterhergerannt, und jetzt erreiche ich Igor nicht.« Sie legte ihren Kopf auf meine Schulter. »Du hast von einer wildfremden Num-

mer angerufen und dein Handy war tot. Ich bin total ausgerastet, weil ich gedacht habe, ihr seid entführt worden.«

»Aber ich habe doch extra gesagt, dass alles in Ordnung ist.«

»Nein. Der Typ im Hintergrund hat gesagt, dass du sagen sollst, dass alles in Ordnung ist. Das ist was anderes. Ich habe echt gedacht, ich dreh durch vor Angst. Deshalb bin ich mit Bekir zu dir nach Hause gefahren und da war zum Glück deine große Schwester. Und ihr Freund hat uns alle hierhergebracht.«

»Wie? Leon und Bekir sind auch da?«

Paulina grinste. »Fang ja nicht schon wieder so an«, sagte sie. »Wir sind wegen dir gekommen. Wegen dir und den Gremlins und Igor. Das war jetzt kein Pärchenausflug mit Picknick im Grünen.«

»Und wo sind die jetzt?«

»Die sind diesem Typ mit der Igelfrisur hinterher, den wir schon in der Halle verfolgt haben, als er Jonas und Monsterauge, äh … Ben, entwischt ist. Aber anscheinend sind sie inzwischen alle der Polizei in die Arme gelaufen. Bekir hat es mir eben geschrieben. Die müssten eigentlich gleich wieder hier sein, samt dem Igeltyp. Und dann können wir endlich heim.«

»Jonas ist übrigens schwul«, sagte ich. »Der war mit Ben zusammen. Der hat mich dermaßen mies belogen. Dem will ich nie wieder begegnen.«

»Der wird knallhart ignoriert«, sagte Paulina. Sie stand auf und zog mich nach oben. »Und jetzt komm mit raus. Wir müssen nach den Gremlins sehen, bevor sie deine Geschwister in den Wahnsinn treiben.«

Sie wollte aussteigen, aber ich hielt sie zurück.

»Warum waren die überhaupt vor euch im Hof?«, fragte ich.

»Die sind hinter dir her, als es ihnen auf der Party zu langweilig wurde«, sagte Paulina. »Und im Gang haben sie Mr Bond getroffen. Also, so habe ich sie zumindest verstanden, war ein bisschen wirr, was sie erzählt haben. Ich habe sie ja erst gesehen, als wir den Typ verfolgt haben, und da haben sie schon vor dem Auto gestanden. Mann, Toni, wenn du nicht gewesen wärst, hätte der die womöglich echt überfahren.«

»Wenn ich nicht gewesen wäre, hätten sie doch gar nicht erst da gestanden«, habe ich gesagt.

»Und wenn ich nicht mit Bekir auf der Feier gewesen wäre, hättest du sie erst gar nicht mitnehmen müssen. Also. Mach dich nicht verrückt. Okay, Toni?«

Ich habe genickt.

Aber ich finde es immer noch schrecklich, dass man an so furchtbaren Sachen schuld sein kann, ohne es zu wollen.

27. Kapitel

Kurz nachdem Paulina und ich aus dem Lieferwagen gestiegen waren, rückten fünf Polizisten an und nahmen Strumpfgesicht mit. Steve saß schon in ihrem Mannschaftswagen. Er war ihnen tatsächlich direkt in die Arme gelaufen, als er vom Hof geflüchtet war, und Leon und Bekir, die ihm hinterhergerannt waren, hatten die Polizisten überzeugen können, dass sie ihn besser mal festhielten. Eigentlich war die Polizei ja nur gekommen, weil der Wachmann der Möbelspedition bei ihnen angerufen hatte, um eine illegale Party in der verlassenen Fabrikhalle nebenan zu melden. Damit, dass sie gleich noch eine ganze Tierdiebebande hochnehmen konnten, hatten sie bestimmt nicht gerechnet.

Wobei, so groß war die Bande auch wieder nicht. »Mafia« war echt ein bisschen übertrieben für einen Tierpfleger und einen Typ, der alles stahl, was er kriegen konnte, egal, ob Papageien oder Lautsprecherboxen, Hauptsache, es brachte Geld.

Während die Polizisten die Personalien von Strumpfgesicht aufnahmen, fuhr ein Lastwagen vom Zoo auf den Hof. Jonas hatte seinen Kontaktmann dort angerufen, um ihm zu sagen, dass die Vögel wieder aufgetaucht waren, und keine halbe Stunde später waren schon zwei Tierpflegerinnen da und packten alle

Papageien ein. Sie waren überglücklich, dass sie sie wiederhatten, und die Papageien krächzten noch lauter als vorher im Lieferwagen, aber jetzt klang es viel fröhlicher.

Die Party in der Fabrikhalle wurde aufgelöst. War ja eigentlich klar gewesen. Als die Polizisten mit Strumpfgesicht und Steve fertig waren, marschierten sie in die Fabrikhalle und schmissen alle Leute raus. Igor wurde wegen der Papageiensache und der geklauten Lautsprecherbox verhört, aber dafür konnte er ja echt nichts. Nur an der Party war er schuld. Doch vielleicht kommt er sogar da ohne Strafe davon, auch wenn er in die Fabrik eingebrochen ist und man deshalb eigentlich eine Anzeige wegen Hausfriedensbruch kriegt.

Aber einer der Polizisten hat gemeint, wenn die Halle bis zum nächsten Morgen wieder komplett leer und sauber ist, dann drücken sie ein Auge zu.

Und darauf hofft Igor jetzt, weil seine Freunde echt super für ihn aufgeräumt haben. Wahrscheinlich hatten sie ein schlechtes Gewissen, weil sie nicht nach ihm gesucht, sondern den Mist mit dem Mädchen geglaubt hatten.

Ben und Jonas und Valli halfen auch beim Aufräumen. Nur Leon war schon weg, weil der die Gremlins und Paulina und Bekir heimgefahren hat. Während sie die Anlage und alles andere zu ihren Autos schleppten, saß ich neben Igor auf dem Sofa in der leeren Halle und schaute ihnen zu. Mr Bond lag auf meinem Schoß und Igor hatte seinen Kopf an meine Schulter gelehnt. Er stöhnte, weil seine Nase wehtat, und auch, weil er endlich merkte, wie blöd er gewesen war.

»Ich hätte mal echt auf dich hören sollen, Babykröte«, sagte er. »Als dieser Steve mir die Box verkauft hat, habe ich dem von den

Verliesen erzählt. Wie dumm kann man eigentlich sein? Und dann hat der seine Vögel hergebracht. Ich bin vorhin nur nach hinten gegangen, um das restliche Bier zu holen, und plötzlich taucht der auf und schlägt mich nieder. Und als ich wieder zu mir gekommen bin, war ich geknebelt und gefesselt und mit dreizehn bekloppten Papageien in einem fensterlosen Raum eingeschlossen, und mein Handy hat geklingelt. Das bist du gewesen. Und ich habe das Handy sogar angekriegt, weil es hinten in meiner Hosentasche war, aber ich konnte ja nichts sagen. Ich habe dich nur gehört und mir irre Sorgen gemacht, weil ich dir überhaupt nicht helfen konnte. Und dann hast du dich selbst gerettet und mich gleich noch dazu.«

»Jetzt ist aber klar, dass ich nicht nach Ungarn muss, ja?«, habe ich zu ihm gesagt. »Weil den Quatsch mit Jonas, den denkst du jetzt doch auch nicht mehr, oder?«

Igor verwuschelte meine Haare und lachte, aber er konnte nichts antworten, weil Jonas natürlich gerade in dem Moment zu uns herkam. Er hockte sich vor mich, und da fiel mir erst auf, dass er tatsächlich keinen Gips mehr hatte.

»Ich möchte mich bei dir entschuldigen«, sagte er. »Und ich will dir gern erklären, warum ich mich so verhalten habe.«

»Ich will's aber gar nicht mehr wissen«, sagte ich, obwohl es mich natürlich schon interessierte, aber ich war so stinksauer auf ihn. »Ich wollte dir immer nur helfen und du hast mich dermaßen belogen. Das hätte ich echt nicht von dir gedacht. Mit dir will ich gar nichts mehr zu tun haben.«

»Das ist aber ganz schön hart, Babykröte«, sagte Igor. »So kenne ich dich gar nicht.«

Ich streichelte Mr Bond und schaute keinen von beiden an.

»Jonas kann es ja dir erzählen«, sagte ich schließlich. »Und vielleicht hör ich zu.«

Igor rückte ein Stück, sodass Jonas sich zwischen uns setzen konnte. Eigentlich wäre es mir ja lieber gewesen, er hätte sich auf die andere Seite von Igor gesetzt, aber ich wollte jetzt auch nicht so zickig sein.

»Ich weiß nicht, ob Toni es dir erzählt hat«, sagte Jonas zu Igor, »aber Ben hat versucht, ihr Mr Bond wegzunehmen, als sie mit ihm unterwegs war. Er hat sie richtig überfallen. Und ich habe das Ganze total runtergespielt, weil ich nicht wollte, dass rauskommt, dass es Ben gewesen ist. Ich wollte nicht, dass er Ärger kriegt.«

»Von wem hätte er denn Ärger kriegen sollen? Ich hätte es ja verstanden, wenn du mir das erzählt hättest. Ich werde auch manchmal sauer und schreie Leute an oder mache sonst einen Mist. Wenn mir jemand Mr Bond klauen würde, würde ich auch versuchen, ihn zurückzustehlen«, sagte ich, obwohl ich ja gar nicht mehr mit ihm reden wollte.

»Ich habe mich für ihn geschämt«, antwortete Jonas leise. »Dass er ein Kind erschreckt, um einen Hund zu klauen, das war so daneben, und ich war auch noch mit schuld, weil ich Mr Bond einfach mitgenommen habe, als ich ausgezogen bin. Ja. Wahrscheinlich habe ich mich genauso für mich geschämt. Dass wir ein Kind in unseren bescheuerten Beziehungsstreit mit reingezogen haben.«

»Ich bin kein Kind mehr«, sagte ich böse. »Und mit bescheuerten Liebesbeziehungen kenne ich mich super aus. Ich habe Paulina und Bekir.«

»Ich habe gehofft, dass du das mit dem Überfall von Ben ein-

fach wieder vergisst«, fuhr Jonas fort und grinste mich plötzlich an. »Ich hätte nie gedacht, dass jemand so abartig hartnäckig ist wie du und so irrsinnig kombiniert.«

»Und deshalb hast du behauptet, ich würde dich stalken?«

»Toni, du bist den Dieben immer mehr auf die Pelle gerückt, als du Ben verfolgt hast. Das war gefährlich. Ich hatte einfach Angst um dich. Ich wollte verhindern, dass du in Gefahr kommst.« Er lachte kurz auf. »Das ist mir ja super gelungen.«

»Und wie geht's jetzt weiter mit Mr Bond?«, fragte ich. Das war nämlich das, was mich am allermeisten interessierte. »Wohnt er jetzt wieder bei Ben?«

»Wir machen halbe-halbe. Drei Tage in der Woche habe ich ihn und drei Tage Ben.«

»Da fehlt aber einer.«

»Ja, das ist dein Mr-Bond-Tag, wenn du willst. Du hast die freie Wahl. Und vielleicht könntest du ihn in der nächsten Zeit sogar öfter übernehmen, weil Ben und ich mit der Reportage über die Tierdiebstähle sicher jede Menge zu tun haben.«

Und da konnte ich ihn doch tatsächlich schon fast wieder anlächeln.

28. Kapitel

Um zehn Uhr am nächsten Morgen schmiss Valli mich aus dem Bett, weil Mama ihr eine Nachricht geschickt hatte, dass sie mit uns skypen wollte. Ich setzte mich müde neben meine Schwester an den Küchentisch und wartete, bis sie uns auf dem Computer anklingelte.

»Wolltet ihr nicht in die Budaer Berge?«, fragte Valli, als Mama auf dem Bildschirm auftauchte.

»Doch«, sagte Mama und schaute streng. »Aber wir sind einen Tag früher zurückgekommen, damit ich ein paar Sachen regeln kann. Ich bin nämlich inzwischen der Meinung, dass Toni nicht erst übernächste Woche kommen sollte, sondern sofort. Am Dienstag geht ihr Flug.«

Ich dachte, ich falle vom Stuhl. »Aber ich muss gar nicht mehr weg, Mama«, stammelte ich. »Das mit Jonas hat sich alles geklärt. Ich habe den nicht gestalkt, ehrlich nicht. Nur Valli und Igor haben das erst nicht kapiert.«

»Toni kann wirklich hierbleiben«, beteuerte jetzt auch Valli. »Das mit Jonas war ein Missverständnis. Es ging Toni tatsächlich immer nur um den Hund und wir haben das falsch verstanden. Du musst sie deshalb nicht nach Ungarn holen.«

Mama runzelte die Stirn und hatte diesen superkritischen Blick drauf, der zeigte, dass sie uns überhaupt nicht glaubte.

»Igor und Valli brauchen mich hier, ganz ehrlich, die kommen nicht ohne mich klar«, versuchte ich es noch mal. »Da kannst du gern auch Igor fragen. Ich habe überhaupt nie Mist gemacht. Ich habe immer nur wem geholfen.« Ich schubste Valli an. »Stimmt doch, oder? Sag ihr das auch mal.« Ich fand, sie könnte sich schon noch ein bisschen mehr für mich ins Zeug legen. Immerhin hatten Igor und sie mir das mit Ungarn eingebrockt.

Valli nickte. »Da hat Toni schon ein bisschen recht, Mama. Wir sind echt froh, dass sie da ist.«

»Das klang letzte Woche aber noch ganz anders«, sagte Mama. »Und außerdem bist du volljährig, Valentina, und Igor auch. Ihr braucht ja wohl keine Dreizehnjährige, um klarzukommen. Ich bin davon ausgegangen, dass ihr euch um Toni kümmert, und nicht umgekehrt. Aber jetzt hat mich ihre Lehrerein angemailt. Tonis Leistungen in der Schule sind eine Katastrophe. Weder Igor noch du habt ein Auge drauf gehabt.«

»Sie hat gesagt, sie hat's im Griff«, wehrte sich Valli.

»Das sagt sie immer«, meinte Mama grimmig. »Das heißt noch gar nichts.«

»Doch!« Ich war so aufgeregt, dass ich Valli fast vom Computer wegschubste. »Ich hab's echt im Griff, Mama, ich schwör's. Das mit der Schule ist doch nur ein bisschen schiefgegangen, weil ich mich um so viel anderes kümmern musste.«

»Um was denn? Was ist bitte so wichtig, dass du deine Hausaufgaben nicht mehr machen konntest?«

»Ich musste Tiere retten. Ziemlich viele. Das ging nicht anders.«

Mama stöhnte auf. »Du machst mich noch mal wahnsinnig, Antonia.«

»Aber ich bin ja jetzt fertig damit«, sagte ich. »Jetzt muss ich mich nur noch um Igor und Valli und Paulina und Matti und Marek und Jonas und Ben und Mr Bond kümmern. Da habe ich jede Menge Zeit für alle Hausaufgaben der Welt.«

»Und das soll mich jetzt beruhigen?«, fragte Mama.

»Ich kontrolliere ihre Schulsachen. Ab sofort, jeden Tag, okay?«, sprang mir Valli bei.

»Das will ich sehen«, murmelte Igor, der es endlich auch aus dem Bett geschafft hatte und im Türrahmen stand. »Die Babykröte frisst dich, wenn du an ihre Hefte gehst.«

Ich habe ihn ganz böse angefunkelt, damit er die Klappe hielt.

»War das Igor?«, fragte Mama. »Was hat er gesagt?«

»Dass du die Babykröte hier lassen sollst«, rief Igor von hinten. »Die kriegt das hin. Wir haben alle nur ein bisschen Zeit gebraucht, um uns an die neue Situation zu gewöhnen, aber jetzt läuft's super.«

Mama seufzte. »Meinst du wirklich?« Sie machte eine Pause und sagte dann: »Im Moment wäre es vielleicht tatsächlich nicht so gut, wenn Toni herkäme. Euer Vater wirbelt hier dermaßen rum, dass ich gar nicht wüsste, wo sie ein ruhiges Fleckchen zum Lernen finden könnte. Zurzeit stehen sogar zwei Computer im Schlafzimmer.«

»Gibt's da auch so 'ne irre Tapete wie in der Küche?«, rief Igor und blieb am Kühlschrank stehen, damit Mama nicht sah, dass er den Orangensaft aus der Flasche trank.

»Noch viel schlimmer«, sagte Mama. »Da sind lauter Schäfer und Schäferinnen drauf. Die sitzen unter einem blühen-

den Baum und halten Händchen. Alle achtzig Zentimeter der gleiche Schäfer mit der gleichen Schäferin. Wenn Papa zu laut schnarcht, kann ich die alle zählen. Aber ehrlich gesagt vermisse ich mein Labyrinth.«

Sie lächelte uns endlich wieder an, aber nur ganz kurz, denn gleich danach riss sie die Augen auf und schnappte nach Luft, weil sie Igor zu Gesicht gekriegt hatte. Er hatte sich neben mir auf den Stuhl gequetscht. Ich fiel fast runter.

»Was ist denn mit deiner Nase passiert, Igor?«, fragte Mama entsetzt. »Die ist ja doppelt so groß wie normal. Hast du dich geprügelt?«

»Ich prügel mich doch nicht, Mama. Das war nur ein kleines Missgeschick. So was Ähnliches wie ein Unfall.«

»Ich glaube, du kommst nach deinem Vater«, sagte Mama bekümmert. »Tut es sehr weh?«

»Es geht. War nicht so schlimm, wie es aussieht. Aber ohne Toni wäre ich jetzt wahrscheinlich schon Papageienfutter.« Igor grinste mich an und wuschelte mir durch die Haare.

»Versteh ich nicht. Was hat Toni denn damit zu tun? Und was meinst du mit ›Papageienfutter‹?«, fragte Mama.

»Hör nicht auf den, der spinnt«, sagte Valli und sah Igor scharf an. »Der hat sich ein bisschen blöd angestellt und ist mit was zusammengestoßen und Toni war zufällig dabei.«

»Toni hat mich gerettet«, meinte Igor. »So viel Wahrheit muss sein. Darum geben wir sie auch nicht mehr her. Aber vielleicht leihen wir sie dir an Weihnachten für ein paar Tage, wenn du sie dafür jetzt hierlässt.«

Mama seufzte tief auf und sagte endlich Ja und dass sie mir eine Gnadenfrist bis Weihnachten gibt.

Und das ist der Grund, warum ich immer noch hier bin. Und nur, wenn's in der Schule nicht wieder besser läuft, muss ich nach den Weihnachtsferien wirklich nach Ungarn ziehen.

Von daher sollte ich mich jetzt auch mal an die Hausaufgaben setzen, damit die Sommerhalder nicht gleich wieder Mama schreibt.

Nur eins muss ich noch schnell loswerden, weil das wichtig ist. Nämlich, dass ich Igor ja gar nicht allein gerettet habe. Ohne die Gremlins hätte ich es nie geschafft. Wenn sie nicht genau im richtigen Moment Toter Pinguin gespielt hätten, wäre die Geschichte niemals so gut ausgegangen.

Deshalb ist dieses Buch hier auch für sie. Und bis sie richtig lesen gelernt haben, können sie schon mal mit den Puzzleteilen spielen. Die habe ich nämlich extra alle noch mal abgemalt, sodass ein richtiges Memory draus geworden ist. Und falls ihnen das Memoryspielen mal zu langweilig wird, können sie sich mit den Puzzleteilen immer noch eigene Abenteuer ausdenken. Da stecken nämlich garantiert noch ganz viele Geschichten drin.

Katrin Zipse ist Radio-Redakteurin und lebt mit ihrer Familie in Baden-Baden. Sie ist die Jüngste von vier Geschwistern, aber ihr Zwillingsbruder ist wenigstens nur eine halbe Stunde älter als sie.
Für ihren ersten Jugendroman »Glücksdrachenzeit« wurde sie mit dem renommierten Thaddäus-Troll-Preis ausgezeichnet. Auch ihr zweiter Roman, »Die Quersumme von Liebe«, ist bei Magellan erschienen.

FSC
www.fsc.org
MIX
Papier aus verantwortungsvollen Quellen
FSC® C083411

CPI
Mehr Bäume.
Weniger CO_2.
www.cpibooks.de/klimaneutral

Natürlich magellan©

Säurefreies und chlorfrei gebleichtes FSC®-Papier
Klimaneutral produziert
Dispersionslack auf Wasserbasis
Klebstoff lösungsmittelfrei
Zellophanierfolie ohne Weichmacher
Hergestellt in Deutschland

1. Auflage 2016

Umschlaggestaltung: Christian Keller
unter Verwendung eines Motivs von iStock / Matthew Britton
ISBN 978-3-7348-5016-5

www.magellanverlag.de